愚蠢、谬误、罪孽、吝啬，
它们占据我们的灵魂，折磨我们的肉体，
就像乞丐喂养自己身上的虱子，
我们竟然哺育我们可爱的悔恨。

我们的罪孽深重，我们的悔恨无力；
我们想为忏悔获取厚报，
我们高兴地走上泥泞的小道，
自以为不值钱的泪水能洗尽污迹。

在恶之枕畔，三倍大的魔王，
久久地摇晃我们的灵魂，使它走向麻木，
我们的意志贵如黄金，
却被它这位高明的化学师化为轻烟。

正是这个魔鬼操纵着我们的生命线，
我们竟甘愿受它的诱惑，
一步一步堕入地狱，
穿过污浊的黑暗而不自知。

像一个赤贫的浪子，狂吻嘬吸
老妓受尽凌辱的双乳，
居然一路偷欢，竭力榨取幸福，
像挤榨干瘪的橙子。

如同无数蠕虫，一群恶魔
麇集在我们的头脑里狂欢，
我们张口呼吸，胸中的死神，
就像无水之河，呻吟着幸福。

如果说凶杀、纵火、投毒、奸淫，
还不能用它那可笑的素描，
点缀我们可怜的平庸的命运，
唉，那是我们的心不够大胆。

可是，在我们这污秽不堪的罪恶的动物世界里，
所有正在狂吠、咆哮、乱爬、尖啼的豺狼、
虎豹、猴子、秃鹫、蛇蝎，
以及各种怪物之中，

却有一只野兽，它更丑陋、更凶险、更卑劣！
虽然它并不凶相毕露、大喊大叫，
但它却处心积虑地使人间沦为废墟，
即使打呵欠也想吞没整个世界。

这就是"厌倦"——它不由自主地涌满泪水，
吸着水烟，梦想着断头台。
读者，你认识它，这不好对付的怪物，
——虚伪的读者，——我的兄弟，——我的同类！

名著金库

恶之花

Les fleurs du mal

全译本 · 彩图本纪念版 · 修订第十五版

［法］夏尔 · 皮埃尔 · 波德莱尔 著

文爱艺 译

敦煌文艺出版社

auteur

夏尔·皮埃尔·波德莱尔（Charles Pierre Baudelaire，1821 年 4 月 9 日 –1867 年 8 月 31 日）

法国 19 世纪最著名的现代派诗人，现代主义文学的创始人，象征派诗歌先驱。

《恶之花》1857 年初版问世时，只收 100 首诗。1861 年再版时，增为 129 首。以后多次重版，陆续有所增益。其间，诗集一度被认为是淫秽的读物，被当时政府禁了其中的 6 首诗，并进行罚款。从题材上看，《恶之花》歌唱醇酒、美人，强调感官陶醉，诗人似乎愤世嫉俗，对现实生活采取厌倦和逃避的态度。实质上作者对现实生活不满，对客观世界采取了绝望的反抗态度。他揭露生活的阴暗面，歌唱丑恶事物，甚至不厌其烦地描写一具蛆虫成堆，恶臭触鼻的《腐尸》，来表现其独特的爱情观。

他的诗是对资产阶级传统美学观点的冲击。

现代主义认为，美学上的善恶美丑，与一般世俗的美丑善恶概念不同。现代主义所谓美与善，是指诗人用最适合于表现他内心隐秘和真实的感情的艺术手法，独特、完美地显示自己的精神境界。《恶之花》出色地完成了这样的美学使命。

此外，他还发表了独具一格的散文诗集《巴黎的忧郁》（1869）和《人为的天堂》（1860）。他的文学和美术评论集《美学管窥》（1868）和《浪漫主义艺术》在法国的文艺评论史上也有一定的地位。波德莱尔还翻译了美国诗人、小说家、文学评论家爱伦·坡的《怪异故事集》和《怪异故事续集》。

traducteur

文爱艺，当代著名学者、作家、诗人、翻译家，中国作家协会会员。生于湖北省襄阳市，14 岁开始发表作品。

著有《文爱艺诗集》（14 版·插图本）《文爱艺全集》（诗 1–4 卷）等 60 多部诗集，深受读者喜爱，再版不断。

译有《柔波集》《箴言录》（9 版·插图本）等 70 余部经典名著及其他著作。

编著有《天问》《道德经》《心经》《酒经》《二十四诗品》《洗冤集录》等书。

出版有《当代寓言金库》等少儿读物。

所著、译、编图书，连获 2015 年（首届）、2016 年及 2018 年“海峡两岸十大最美图书”奖，连获 2011 年、2012 年、2013 年及 2015 年、2016 年、2017 年、2018 年，共 11 部“中国最美图书”奖；《文爱艺爱情诗集》（第 9 版）获 2019 年环球设计大奖视觉传达类金奖，《文爱艺爱情诗集》（第 10 版）获 2017 年台湾金点大奖、2018 年美国 NY TDC 64 TDC Communication Design Winners 大奖，《文爱艺爱情诗集》（第 12 版）获香港 2018 年 HKDA 环球设计大奖 GDA 银奖、同《鲛》再获 2019 年美国 Benny Award 大奖；《文爱艺诗集·第 62 部·夜歌》获铜奖，且再获美国 2018 年 ONE SHOW DESIGN 优异奖、2019 年第六十五届美国 Certificate of Typographic Excellence 年度优异奖，《文爱艺诗集》获“世界最美图书”奖。

共出版著述 200 余部。

Charles Baudelaire

目录

死　亡 / 407

附　录 / 429

残骸集 · 1866

序

舒 羽

“如果你能洞察渊底，愿你读这部书，愿你能渐渐爱我”。

这是法国著名诗人夏尔·波德莱尔（Charles Baudelaire，1821~1867）当年站在大自然遗落的心灵圣地与喧嚣的工业文明之隙向世人发出的哀鸣。波德莱尔生于巴黎，死于巴黎，先后遭遇了 6 岁丧父、7 岁母亲改嫁的孤寂命运，身处工业文明社会与田园牧歌式生活新旧交替的时代，快速膨胀的工业文明使人们从精神殿堂迅疾坠落于“乌烟瘴气”、“寡廉鲜耻”的时代，诗人的内心充斥着一种坠落状态所特有的强烈失重与不适，以至于在诗句中呈现出一种撕裂的疼痛和高贵的绝望。

通读此书，读到的是一颗在病态的社会环境中被蛆虫穿凿过的扭曲心灵，但在千疮百孔的溃烂中显现的却是诗人对康健肢体与美好人性的不懈追寻。你会感到被一种神秘的力量所牵引，相互之间生发着一场现实与虚幻、生命与死亡、灵魂与躯体、正义与邪恶、美丽与丑陋、清醒与沉醉的较量。通过他的门，走进读者的内心，目睹一场厮杀于灵魂深处、黑暗沼泽的殊死挣扎，且难分胜负。他的诗句就像一把锈钝的匕首，残酷而鲁莽地用伤痕累累的人生体验向着所有的读者切剖自己的灵魂。是的，他甚至把自己当作一个罪恶的标本，用诗歌的方式张贴警示的语句。然而，他是那个时代的漫游者又是厌世者，是不甘堕落者又是窥探者。作为漫游者，他把世界万物都纳入批判对象，因而反比别人清醒；而作为窥探者，他痛苦地寻找与尝试，失败之后仍不放弃，这也正是波德莱尔思想和审美意识的不朽之处。

我认为，人类对一切都可以有企图，但惟独对文学不该有“企图”，它是人类文明的极限，就像赈灾的粮资。真的诗人，敢于直面真实的自己，敢于卸下一切披尘的伪装，敢于剥除一切精神的修辞，从而真实地进入自己的本质，一如处子。因为诗歌是用生命书写的，而不是为装点生命而存在的。波德莱尔的诗句为何能刺穿心灵，参透时空？正是因为他付出了自己的灵魂，犹如他诗歌中所袒露的：“我爱回忆那些毫无遮掩的岁月”。意大利学者克罗齐说：“一切历史都是当代史”，我所理解的现代派诗歌就是诗人镌刻于当下真实的思想印迹。每个人都有理由典藏自己的“当代史”，确立“现代”诗歌的意义。

石版画　爱尔德·西莫　19.9cm×12.9cm
私人收藏

诗人无论用什么方式和技巧展现自己的内在世界，最能直接且持续打动读者的必然是真实。假若缺乏真诚的袒露而一味流于华美的形式，那么诗歌的存在有何价值？犹如巧匠编织了一件绚丽的彩服，内里却是一个空洞的木偶。也只有正视了这点，我们才能真正地理解

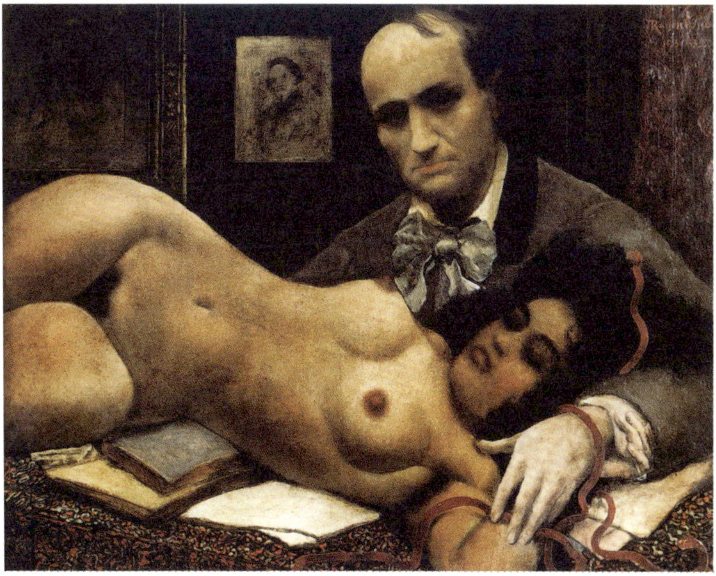

《波德莱尔和他的女神》画布油画　阿尔芒·哈桑佛斯　70cm×90cm　1931-1932年　布鲁塞尔　私人收藏

《夜之女王》彩色模仿蚀刻　罗伯特·丹卡尔顿　1800 年　私人收藏

波德莱尔的《恶之花》，以及此书中不容避讳且必须正面提及的重要部分，那就是波德莱尔的诗性世界中与女性的重要联系。

在这部诗集中，女性贯穿了波德莱尔的诗性世界（虽不尽然，但确实占据了极多的篇幅，约有 85% 以上的作品涉及女性）。他崇尚丰硕的女性形象和爱情的臻美境界，眷恋女性世界中的母性、性感、神性和力量，甚至与之在精神层面形成了一种依赖与支撑，却又屡屡绝望于现实中的情感遭遇和普遍被物质熏染的女性面貌：“绝对不是那商标画面上的美女，那出自寡廉鲜耻时代的变质物，她不能满足我的渴求”、“你对自己的美一无所知，却专横地滥用造作的魅力”、“赤裸的少女，对镜的老妇，为邀魔之宠都纷纷穿起长袜”。他痛苦的情感根源在于——他在情欲中叩问爱情（此处的“他”并非单纯所指某一个人），于是，产生了一系列疏离、陌生、吸引、抗拒，纠缠于肉体的向往与精神的排斥，沉醉于感官麻痹与罪恶感的双重沦陷，甚至迷失于一种颓废的忧郁：“我们已经颓废的民族，的确具有古人并不所知的美感，一张因心灵受到毒害而憔悴的脸，我们陶醉其中并命名为忧郁之美”。诗中他称自己为“享乐的哲人”，矛盾却从未放过他的灵魂：“附在美的身上气喘吁吁的情郎，仿佛垂死者抚摸自己的坟墓”、“我厌恶激情，理智却又让我伤心”。当然，在爱与憎的矛盾中也不乏对她们的同情。

如果说波德莱尔的心中居住着一位女神，那么她兼具美貌与精神、天真与浪漫、纯朴与淫荡，优雅与性感、宽恕与惩罚，并能洞悉世间万物一切的美丽与丑恶。她来自凡间，却能统领仙境，“使英雄气短、使怯童勇敢”、“统领一切，却对任何统领不负责任”，诗人为之迷惑和牵引并不自觉地被网罗奴役。但也只有这样的女人，才能与他的灵魂交织、搏斗、共鸣，从而自虚幻的现实世界走向真实的虚无空间。

波德莱尔肖像速写
马蒂斯画

由此，每个读者都会思考：“恶”为何称其为“花”？

因为，它的本质是“美”。只是，它美到邪恶，美到令人发指！而诗人为何痛苦？诗篇为何屡禁不止？读者为何深感其毒，却禁不住一页一页地阅读？

要回答这一系列问题，繁华都市中琳琅满目、极具奢华的橱窗可以告知我们答案。看呐，全世界最美的女郎，用性感的身体与理性主宰感性的眼神诱惑着这个世界的男人和女人。而引爆这场战役的首先是人们的欲望，其次才有了商界的利益之争。大师们拼却毕生的心血，穷极魅惑之能事的国际大牌无一不在演绎着每一个时代的“恶之花”，这三个字甚至可以随意为任何一个时代的任何一个顶级时尚品牌命名。有一种著名香水的名字就叫“毒药”，酒吧里最受欢迎的酒是一小杯名叫“毒药”（poison）的透明烈性液体。惊人的销售数据证实了魅惑的巨大成功，而被网聚其中的人们却不愿袒露内心深处的诱因（也可能不自知）。十九世纪后特别是二十世纪以来，产生了大量的中产阶级，他们是社会的稳定器，但也大量导致虚伪。他们习惯了用穿“衣”戴“镜”的姿态创造“文

弗里斯·莫里斯设计　1860–1863年　刺绣
维多利亚·亚伯特博物馆藏

明”，而波德莱尔的六首诗歌被禁止，恰恰因为他是那个阶级的逆子，是工业文明时代喊出皇帝新衣秘密的那个“小孩”。因此，我认为波德莱尔之所以被推认为是“现代诗歌的鼻祖”，除了他的诗歌风格从法国古典的特定规律中脱离而出之外，正是他的真实（或者说诚实）在那一个“当下”的诗坛催出了一朵全新的语言之花。

在那个烟囱林立，机械轰鸣的法国都市中，波德莱尔是第一个崇尚心灵回归自然的哀号者。而当理想与抱负，雄心与信仰遭遇了现实的礁石，作为一个诗人，波德莱尔用文字当利器，撕裂美丽，袒露黑暗的本质，捧出痛苦的心，并深刻揭示那个时代复杂的内部世界和纷乱的社会秩序，犹如一个霓虹灯下的醉汉。因此，整部诗集都饱含着一个酒精麻醉者所特有的清醒悟性。波德莱尔坚信，只有艺术是救赎精神的唯一火种，它是人类为自己的尊严所能提供的最有力的证据。诗人的心就像闪烁于黑夜上空的眼睛，“凭我的意志召回春天”。与此同时，波德莱尔也严厉抨击了一些流于庸俗的伪艺术：“为了挣得糊口的面包，你该像个唱诗班的孩子，歌唱你从不相信的赞美诗篇”。其中还有一些著名的诗篇如《腐尸》《吸血鬼的化身》等，则像一张张涂抹在裹尸布上的阴

《让娜·杜瓦尔 保尔·切纳瓦的天堂一瞥》羽笔油墨钢笔素描画 夏尔·波德莱尔 19.9cm × 12.9cm 约1850年 巴黎 雅克·杜塞图书馆

郁油画，他用现实与超现实的语言方式摹写死亡的真实状态。从他所营造的一个个惊悚的语境中，你能强烈地感受到诗人是如何在繁华的深渊吸纳并挥霍着生命的才华，同时感悟着积极的虚无哲学。如果你从他的欲望中读出了欢乐，那么，那正是他在黑暗中亵渎自己的方式。

波德莱尔就在这样的生死体验中用饮血当歌的诗句将生命推向了虚无，如一艘行驶在黑暗之海的船，欲望之风鼓动风帆，诗人带领读者在与黑水迷津的搏斗中勇敢地探索黑暗深处的光明，最终进入了宇宙空寂的澄明之境，抵达了对虚无人生的终极寄寓和超越的愿望："真正的行者只为旅行而出发，他们绝不会躲避厄运"、"从黑暗的地平线上升腾的光明，它是通过未来之国的天门"。

《恶之花》1857 年在法国首版后被迫删去了六首诗作：包括以上提到的《吸血鬼的化身》及《首饰》《忘川》《给一位太快活的女郎》《累斯博斯》和《被诅咒的女子》。然而却正是这部当时被法庭指控为伤风败俗的淫逸之作奠定了他在世界现代诗歌历史上的崇高地位，《恶之花》这部传世之作亦被尊为象征主义文学的先驱之著。同时，它也激发了中国文化界众多文学大家的共鸣，鲁迅、

特洛伊的海伦　弗里斯·莫里斯设计　1860 年 刺绣　维多利亚、亚伯特博物馆藏

周作人等都以不同的方式表达了对此书的高度认可以及对波德莱尔本人的无限崇敬。最早将《恶之花》译成中文的是著名诗人徐志摩，后来相继有王了一、钱春绮、郭宏安、莫渝、杨松河等译本问世，而此译本是目前最为完整的版本，同时加入了译者本人详尽的注释和独到的评析。译者良好而扎实的中西方文学积淀以及他谨而慎行的文学修养在此书的翻译

《葵花》画布油画　埃贡·席勒 1005cm×120.5cm　巴黎　雅克·杜塞图书馆（私人收藏）

工作中得到了较为完善的体现。字里行间，我们可以感受到他在二度创作中，为还原作品原意所做的一种自我情感的控制和努力，从一个读者的角度，也可将此理解为另一种激发。

更令人惊喜的是此书中珍存了200多幅与波德莱尔同时代的绘画大师的精湛作品，他们被评论界尊为“印象派”、“颓废派”的瑰宝；更重要的是，作为法文版的原版插图它们最大限度的贴合了文本内容，又被称为全世界最具收藏价值的《恶之花》插图，它们中90%以上是首度被引入中国。

“黑色是最彻底的奢华，就像沉默是最深的呼喊！”〔引自此序作者著名的诗句。责任编辑注〕汽车、墨镜、金属、甚至黑发、黑指甲、黑唇膏，为何与魅力有关的顶级物品都不会放弃黑色？因为“黑色是最彻底的奢华”！《恶之花》之所以永盛不衰、傲世绽放，正因为它根植并敢于怒放于心灵最真实的黑色土壤，引领读者的也正是诗人不朽的激情以及文字本身所具备的穿透黑暗的力量。

读者们认识它，就等于认识了自己。恶之花，无人的时候，你是否也想吞噬它？在这充满物质的空城，唯有我们的爱，胜过一切“恶之花”。唯有超越它，才能真正理解它！

波德莱尔雕像
巴黎的蒙帕纳斯公墓

怀着谦恭的深情

向白璧无瑕的诗人

法国文学的完美魔术师

我十分敬爱的

良师益友泰奥菲尔·戈蒂耶

献上

这些病态之花

——夏尔·皮埃尔·波德莱尔

一本禁书的题词[1]

喜爱田园诗的温和读者，
朴实善良的正派人，
请抛弃这部令人痛苦[2]，
让人狂热[3]的忧郁之书。

假若你没有师从魔鬼
把狡黠的修辞研习，
扔弃吧！你将不会理解，
或者认为我在发疯。

但是，如果你能抵制诱惑，
你的眼睛能洞察渊底，
愿你读这部书，愿你能渐渐爱我；

要想寻觅你的天堂
好奇的人啊，你将历经悲伤，
怜悯吧！……不然，我诅咒你！

注　释

[1] 本诗发表于1861年9月15日的《欧洲评论》，原标题为《题词》，拟作为1861年重版《恶之花》的序诗，因故临时取消，后收入1866年3月31日《当代巴拿斯》诗选（李勒主编）。收入1868年第3版《恶之花》时，位居第133首。

[2] 原文Saturnien，本意指“受土星影响的”，是占星术用语，占星家认为在土星当值时出生的人，将表现迟钝、忧郁，注定命运多舛。此处意译为“痛苦”。

[3] 原文Orgiaque，本意为狂躁、狂欢，是酒神节的狂欢，含有浪荡、放纵之意，此处意译为“狂热”。

延伸阅读

※ 法语与汉语，属两种不同语系，音韵有本质的区别，故翻译时，放弃刻意的韵译，遵循汉语自然的语序韵律。

※ 原诗是一首每行8个音节的十四行诗，前两段押环抱韵，即abba abba格式，后两段先押交叉韵，后押连续韵，即aba bcc格式。

※1857年《恶之花》出版时即引起诉讼，波德莱尔和出版商被法院判罚300法郎，并被勒令删除其中6首诗。1861年，波德莱尔推出修订版，写下此诗，拟为序，因种种缘故，未能收进此版。“愿你读这部书，愿你能渐渐爱我”，表达了诗人对此书被禁罚的无助及渴望理解的惆怅之情。

※ 此次中文赏析版，将此诗作为序诗，亦表达与诗人同样的感受。

《头颅和烛台》画布油画　保罗·塞尚　62.54cm×7.5cm　1865 年　瑞士私人收藏

《恶魔的手段》软质清漆　摹仿蚀刻　铜版雕刻　阿蒙德·拉桑福斯　19.5cm×12.9cm　1893 年　布鲁塞尔　克劳德·范·卢克收藏

致读者[1]

愚蠢、谬误、罪孽、吝啬[2]，
它们占据我们的灵魂，折磨我们的肉体，
就像乞丐喂养自己身上的虱子，
我们竟然哺育我们可爱的悔恨。

我们的罪孽深重，我们的悔恨无力；
我们想为忏悔获取厚报，
我们高兴地走上泥泞的小道，
自以为不值钱的泪水能洗尽污浊。

在恶之枕畔，三倍大的魔王[3]
久久地摇晃我们的灵魂，使它走向麻木，
我们的意志贵如黄金
却被它这位高明的化学师化为轻烟。

正是这个魔鬼操纵着我们的生命线[4]！
我们竟甘愿受它的诱惑；
一步一步堕入地狱，
穿过污浊的黑暗而不自知。

像一个赤贫的浪子，狂吻猛舐
老妓受尽凌辱的双乳，
居然一路偷欢，竭力榨取幸福
像挤榨干瘪的橙子。

如同无数蠕虫，一群恶魔
麇集在我们的头脑里狂欢，
我们张口呼吸，胸中的死神
就像无水之河，呻吟着幸福。

注 释

[1] 原诗最早发表于1855年6月1日《两世界评论》，为组诗《恶之花》18首的第1首，标题为《致读者》；收入1857年初版及1861年第2版《恶之花》时，亦用此标题；第3版（1868年版，由阿塞利诺和邦维尔编订，戈蒂耶作序）改标题为《序》。

[2] 列举困扰现代人的各种罪恶。

[3] 三倍大的魔王（Satan Trismégiste，即Hermes Trimegistos），古希腊神话中，希腊人对守护神赫耳墨斯（Hermès，罗马神话中的麦丘里Mercure）的别号，也是对埃及的大神多特（Thêt，Thoth，Tht或Tehut）的尊称。他是智慧、学问、魔术、炼金术之神。

[4] 指邪恶之力。

[5] 指没有作为的平庸的命运。

[6] 指平庸之人的平庸之行。

[7] 这些可憎的动物象征现代人的卑劣行径。

[8] 原为ennui，也作“无聊”解，含有厌恶、萎靡、抑郁、失意、郁闷、忧郁等意，是资产阶级无法治愈的“世纪病”。

[9] 水烟，原文Houka，应译为“水烟筒”，此处意译为“水烟”；东方印度、土耳其等地使用的烟具，传入西方，成为艺术家的饰品之一。

[10] 不仅指作者，读者也具虚伪之质。

[11] 源自诗人拉·马丁的《信仰》（la Foi）中的诗句：“像我一样，我的朋友，我的兄弟。”英国诗人艾略特（T.S.Eliot，1888 – 1965）的名诗《荒原》（1922）第76行加以引用。

延伸阅读

※ 作为序诗，它巧妙地表述了诗人的

如果说凶杀、纵火、投毒、奸淫，
还不能用它那可笑的素描
点缀我们可怜的平庸的命运[5]，
唉，那是我们的心不够大胆[6]。

可是，在我们这污秽不堪的罪恶的动物世界里，
所有正在狂吠、咆哮、乱爬，尖嚎的豺狼、
虎豹、猴子、秃鹫、蛇蝎[7]，
以及各种怪物之中，

却有一只野兽，它更丑陋、更凶险、更卑劣！
虽然它并不凶相毕露，大喊大叫，
但它却处心积虑地使人间沦为废墟
即使打呵欠也想吞没整个世界；

这就是"厌倦"[8]——它不由自主地涌满泪水，
吸着水烟[9]，梦想着断头台。
读者，你认识它，这不好对付的怪物，
——虚伪的作者[10]，——我的兄弟[11]，——我的同类！

意图及整部诗的内涵。
※ 诗人以锐利的笔触，直入现代人的内心，诸如愚蠢、吝啬等等劣性；指出这些劣性是源于我们的心中不够豁达、宽容。
※ 诗人渴望坦诚以待，敞开心扉并期望读者不要以虚伪的心态阅读此诗集。
※ 原诗是一首每行 12 个音节的四行诗，共 10 段，压环抱韵，即 abba 格式。

《伪善》铜版雕刻画　费利西安·罗普斯　17cm×13cm　19世纪下半叶　那慕尔　费利西安·罗普斯省立博物馆

为了挣得糊口的面包

你该像个唱诗班的孩子

歌唱你从不相信的赞美诗篇

理想与忧郁

1 祝福～110 时钟

1 祝 福[1]

当诗人遵从天神的意旨，
来到这令人厌倦的尘世，
他惶恐的母亲[2]
居然指向怜悯她的上帝，骂声不绝于耳：

“——唉，我宁愿生下毒蛇，
也不愿养育这招人耻笑的东西！
真该诅咒那狂欢的一夜[3]
孕育下这个孽种！”

“既然你选中了我这个可怜的女人
却让我的丈夫对我生厌，
既然我无法把这个可恶的小东西，
像情书一样投入火中，”

“我要把你强加给我的罪恶
回掷在你邪恶的嚣鸣[4]之上，
我要拧断你的树根，
让你无法生长瘟疫的毒苗！”

然而她只能咽下仇恨的口液。
只因她无法逆转这无法理解的天意，
她只能向炼狱[5]的深处
亲手堆积惩罚自己的柴薪。

然而，多亏天使的保佑，
这个横遭遗弃的孩子陶醉于阳光的爱抚[6]，
他感觉到吃喝的一切
竟然是琼浆玉液。

注 释

[1] 原诗最初发表于1857年初版《恶之花》时，位居第1首，其他各版亦是第1首。

[2] 波德莱尔的母亲在1868年致阿塞利诺的信中说：“我们非常吃惊，夏尔竟然想当作家！”透露出波德莱尔此情的根源。

[3]《旧约·约伯记》第三章：约伯诅咒自己说：“愿我生的那日和说怀了男胎的那夜都灭没。”

[4] 指诗人。

[5] 原指耶路撒冷的欣嫩子谷，本是焚烧垃圾之处，古时在此地杀婴献祭摩洛神或巴力神。

[6] 意指诗人和太阳有等同价值。

[7] 如基督受难的苦路。

[8] 指天使。

[9] 不理解诗人的人。

[10] 指让娜·迪瓦尔。

[11] 美人鸟，希腊神话中，鸟身女面的怪物，秃鹰身躯，有翼及利爪、鸟尾，掌司风景。菲纽斯受此鸟侵扰，被劫去他的食物。之后，“阿耳戈”号船上的英雄帮他除了此害。此鸟名引申意为掠夺者。

[12] 席勒《大地的瓜分》：诗人在世间无立足之地，宙斯请他到天上居住。

[13] 公元1世纪，天主教希腊神父圣

《杀婴者》羽笔水彩油墨画　阿尔弗雷德·顾彬　34.3cm×21.5cm　1900年　维也纳　阿尔贝蒂娜美术馆

他跟风嬉戏，与云交谈，
在朝圣的路上[7]引吭高歌，
伴随着他前行的圣灵[8]
见他如林中快乐的小鸟，而不禁热泪纵横。

但是他想爱的人，
却怀着恶意，在他静静的身上，
放肆地施暴，
检验他们的残忍。

在给他充饥的面包和酒里
他们[9]掺进肮脏的痰液和灰尘；
假惺惺地扔弃他触摸过的一切东西，
还责备他的脚印污染了他们的行踪。

他的妻子[10]在广场上吆喝：
"——既然他觉得我是美人，值得崇拜，
他就应该把我像古代女神那样打扮，
全身上下缀满黄金；"

"我要饱尝乳香、没药、甘松油脂，
一切的美酒佳肴和他的跪拜，
看我能否从爱慕我的人的心上
尽享神般的敬意！"

"当我玩腻了这亵渎的闹剧，
我将用我纤细有力的手；
我的指甲，我的如美人鸟[11]一般锋利的指甲，
在他的身上开辟一条血路，直达他的心脏。

"像抓住一只扑扑颤抖的小鸟，
我挖出他的心脏，
满怀轻蔑我把它扔在地上，

德尼（Saint Denys），将天使分为九级，称九品天神，依次为 Séraphine（首席天使）、Chérubins（二品天使）、Trônes（三品天使）、Dominations（权天使，主权、宰制者之圣品）、Vertus（力天使）、Puissances、Principautès 、Archanges、Anges。

[14] 把郁闷、痛苦视为灵药、香精、高贵，是本诗的主旨。

[15] 巴尔米拉（Palmyre）：今名为塔德莫尔（Tadmor），是所罗门王所建的叙利亚的都城。公元 268 年芝诺比阿（Zénobie）女王即位，此城成为叙利亚最富裕最具威力的都市。公元 272 年罗马皇帝入侵，女王被俘，该地沦为废墟。至 17 世纪末期，始被人发掘。

[16] 意为人间之美仅是永恒美的回映，此为哲学家柏拉图的观念。

延伸阅读

※ 诗人和天才是极易被误解的，是最容易使庸人冒入此行列的，因此，真正的诗人是孤独的。

※ 全诗由三层意思构成：母亲的诅咒、妻子的盘剥、诗人自身的企盼。母亲宁可生下毒蛇，也不要诗人；妻子贪恋享乐，如女妖般折磨丈夫。

※ 诗人面对母亲的诅咒、妻子的盘剥，以及种种误解、鄙视，凡此种种屈辱，对他产生的效果，却转化为可贵的考验，成为祝福，当作神圣的精神滋养而欣然承受。

※ 诗赋予诗人，或者说是真正的诗人赋予诗以战胜厄运的信念、信心和力量；尽管此诗流露出不被理解和受压迫的孤寂之情，但"神圣的桂冠"将在天国被预留一席之位，诗人的乐观精神将涤尽人世的污迹而永存。

※ 原诗是一首每行 12 个音节的四行诗，共 19 段，押交叉韵，即 abab 格式。

《无罪者的死亡加冕》画布油画　乔治·弗雷德里克·瓦茨
91.5cm×66cm　1899 年　私人收藏

让我的宠物吃个大饱！”

安详的诗人举起虔诚的手臂，
向着光芒四射的太阳，
把精神的光芒
洒向狂怒的人群：

“——主啊，感谢你的神恩，你赐予的苦难
是治愈我们不洁的灵药，足以洗净我们的污秽
犹如纯美的香精
沁入我们的心中，成为快乐！

“在天使的幸福的行列
我知道你为诗人预留了座席[12]，
知道你正邀请他参加三品天使
和力天使、权天使[13]的永恒的欢宴。

“我知道，痛苦是唯一的高贵[14]
无论人世和地狱都不能把它侵蚀，
为编织我那神秘的桂冠
就必须聚积宇宙的力量。

“哪怕亲手镶上巴尔米拉[15]散失的所有珠宝，
沧海明珠，以及不为人知的金属，
都不能成为这顶光亮夺目的桂冠的饰物
不能为它增添丝毫的鲜艳；

“因为我的桂冠是由纯洁的光辉织成，
这光辉来自初始神圣的火源，
而终将归于黑暗的眼睛，无论曾多么的光彩照人，
也只不过是一面充满哀怨的镜子[16]！”

《女人和心》中国（毛笔）水墨画羽笔和彩色铅笔画　爱德华·蒙克　50.3cm×32.5cm　1896年　奥斯陆　蒙克美术馆

《玛利亚·玛格达雷纳》画布油画　阿尔弗雷德·史蒂文斯　111.8cm×77.3cm　1887年　根特美术馆

2 信天翁[1]

经常，为了寻开心，水手们
捉住信天翁，这伴随着浪花行进在，
茫茫大海上的巨鸟，
尾随着航船漂过辛酸的旅程。

水手们刚把它放在甲板上，
这些碧空之王，就笨拙又羞惭地垂下，
它那洁白的庞然羽翼[2]
宛若残破的双桨躺卧在身旁。

这插翅的旅客，如此虚弱萎靡！
曾经何其健美，而今丑陋可笑！
一位水手用烟斗戏弄它的嘴，
另一位跛着脚模仿它的残废！

诗人恰似这位云中之君[3]
出入风暴，傲视弯弓；
一旦堕入笑骂由人的尘世，
威猛有力的羽翼却寸步难行。

注　释

[1] 原诗最初发表于1859年4月10日的《法国评论》，后收入《恶之花》1861年第2版，位居第2首，1868年第3版时，亦处同样的位置。本诗原无第3节，诗人接受阿塞利诺的建议补写。诗所述是诗人1841年航海至毛里求斯岛时的海上所见、所闻、所感。

[2] 信天翁双翼展开时，可达4米多。

[3] 不为世人理解的孤独感，是巴那斯派和浪漫派诗人爱用的主题。

延伸阅读

※原诗是诗人于1841年旅行至毛里求斯岛时所见、所感，充满托物言志的气息，表现了苦涩的自嘲，唯因如此，更见其伟大珍贵，当然更显其对自身修正的必需。

※信天翁是南半球海域的蹼足鸟，颇似庄子书中所言的大鹏，其展翅长达数米，振飞如垂天之云。诗人也应如此，高空神游，树灵魂于不朽。然而现实是作为凡人之身的诗人，不免受世俗生存境遇的种种困扰，恰似信天翁不幸坠入尘寰，即使平俗如水手，也可将其戏弄。

※当然不可因堕入凡尘，受辱，即停翅不行；诗人只是借信天翁抒吐世间生

存境域所固有的现状而已，并非消极之音，应从中汲取有益之信息，助生存之遨游。

※原诗是一首每行 12 个音节的四行诗，共 4 段，押交叉韵，即 abab 格式。

《风》中国水墨水彩画　莱昂·斯匹耶尔特　51cm×41cm　1904 年　奥斯坦德　现代艺术美术馆

3 高　翔[1]

越过池塘，越过幽谷，越过高山，
越过森林，越过云霞，越过大海，
越过太阳，飞过重霄，
越过群星灿烂的天空，奔向无涯的天边[2]，

我的灵魂，仿佛飘动在碧波中的
游泳健将，沉迷于汹涌的波涛。
怀着无法言说的快感
遨游在无限的深邃之中。

飞奔吧，远离这瘟疫横生的污泥浊水[3]；
在高空的风中荡涤你的罪恶，
尽情享受宇宙间明朗灿烂的光辉，
犹如痛饮清纯圣洁的美酒。

欣然地摆脱弥漫在人生的茫茫迷雾
抛弃重压在生命之途上的种种烦闷与忧伤，
以展翅翱翔的身形
奔向明亮灿烂的幸福的宁静！

超脱地看待人世，
让思想的鸟迎着曙光，
——领悟百花的芳香
与无声万物的语言！

注　释

[1] 原诗发表于1857年5月17日的《阿隆松日报》；收入1857年初版《恶之花》时，位居第3首，其他各版，亦处同样的位置。

[2] 指诗人的心灵不可及的地方。

[3] 原指有毒的空气，引申为人类制造出来的种种有害物质。

延伸阅读

※ 原诗表达了诗人凌空飞翔的梦想，展示了诗人积极向上的情怀。但是在凡尘，避开冷酷现实的烦扰，遁入自由心境的浪漫憧憬，仅仅只是梦幻而已；逃避龌龊，龌龊依然存在，只有扫除它，尘世才能清净。

※ 听懂花语和沉默万物的语言，是诗人脱离肉体，超越现实理想观念的体现。万物感应的化境，既是知觉的高扬，也是知觉丰富后的结果。

※ 原诗气势恢宏，在象征的繁复与深奥理想的交织中完成了理想与现实运动之中的和谐；独特技巧表达了独特的心灵体验，被誉为超现实主义的杰作。

※ 原诗是一首12个音节的四行诗，共5段，押环抱韵，即abba格式。

《星空》水粉画　爱德华·伯恩·琼斯　78.7cm×55.9cm　1870 年　私人收藏

4 契　合[1]

大自然是座神殿[2]，那充满活力的柱石
时常发出神奇的声音；
人们从此穿越象征的森林
森林以熟识的目光将他注视。

正如悠悠的回声遥遥地回应
融入幽远深邃的和谐之中，
像光明无边无际，又似黑暗无穷无尽，
芳香、色泽、音响互为感知。

有的馨香清丽如婴儿的肌肤。
柔和如双簧管的轻音，青翠如绿色，
——另外一些，则已腐朽，涵盖了万物，

像无限无极的事物四散飞扬。
仿佛龙涎香、麝香、安息香和熏香，
浑然一体抒吐着性灵的振奋与感官的激昂。

注　释

[1] 原诗写于1845年左右，直接发表于初版的《恶之花》，位居第4首，其他各版亦同。原诗题是“CORRESPONDANCES”，是哲学、宗教、美学通用术语，亦译作“感应”，但译者偏爱“契合”，认为它更表现此诗的主题。

[2] 把自然比为神殿，是法国文学常见的比喻。

延伸阅读

※《契合》是诗人奇妙的感觉：看得见的世界象征着无形的精神疆域，诗人将之融入语言，语言借助于声，将无形的气息转化、复苏。它极具魅力，在世界与我们的心灵之间搭建互通的桥梁。它提供了在象征事物中，以契合的方式，将心灵与世界交融，从而达致双方的互知冥合。

※ 这是物我合一的境界，与我国的传统哲学暗合。

※ E·T·A·霍夫曼在《克莱斯列里阿那》中的一节：“我发现色、声、香之间有基本类似性和某种秘密的结合……”此诗是对此段文字的诗意表达。

※《契合》是典型的象征主义的十四

行诗，前两节8行押环抱韵，即abba abba格式，后两节6行在交叉韵后押连续韵，即aba bcc格式，每行12个音节，音韵优美、和谐，准确地表述了“契合”的主题，是其代表作之一。

※诗人在色、香、声、形、味中，将视、嗅、听、触、息诸感觉交织，从而共鸣人的灵魂。

《思想神庙》画板油画　阿尔伯特·平卡姆·莱德　45.8cm×40.6cm　大约1885年　纽约　布法罗　奥尔布赖特·诺克斯艺术画廊

5 我爱回忆那些毫无遮掩的岁月……[1]

我爱回忆那些毫无遮掩的岁月，
太阳神[2]为他赤裸的塑像涂上金黄的色彩。
那时，男男女女尽享生活的乐趣
没有谎言，无忧无虑，自由自在，
抚摸他们脊梁的多情天空，
煅烧他们身心的康健。
无私慷慨，肥沃丰产的大地女神[3]，
不把自己的子女看成负担，
仿佛满怀温情的母狼，
敞开褐色的乳房，把天地万物供养。
英俊健壮的男子
因美女的崇拜而自鸣得意；
宛如毫无损伤的鲜果，
令人欲吮它的香艳！

而今，假若诗人想象
那天然裸露的场面重现
并且置身其中，
想象立刻被恐怖所席卷
阴森森的寒流瞬间侵入他的心里。
噢，赤裸无衣可蔽的伤心怪物！
噢，可笑的躯体，本该遮掩的胸膛[4]！
噢，扭曲、干瘦、虚胖、松弛的、可怜的肉体！
你们这些可怜的人，
实用之神冷酷无情地，
把你们的女人，苍白无色的女人，
在淫浪中放荡，又把你们滋养，
纯洁的姑娘，又在无形中继承母性的弱点
把罪孽像瘟疫一般繁衍！

注　释

[1] 原诗发表于 1857 年初版《恶之花》，位居第 5 首，其他各版亦同。

[2] 太阳神（Phoebus，福玻斯），象征和谐的身心。

[3] 大地女神（Cybèle，西布莉、库珀勒，大神母），也指地狱女神，支配人类农作物的收获。原为古小亚细亚人所崇拜的自然女神。

[4] 原文为 torse，上半身，指无头臂的胸腔。

延伸阅读

※ 对原生态的赞美，是对人性异化的反叛；对赤裸之美的颂扬，是对虚浮伪饰的抗拒。

※ 全诗在“恢复青春”以活力，抗拒颓弱以力量的热望中，对生命力以应有的定义。

对遥远人类生存状态的赞颂

现代人的苍白无力及无可奈何的老化

现代人病态的审美

三层次在三段式的格调中明晰地表达，对神圣青春的渴盼与敬意，为颓废的反讽注入了感染力。

※ 原诗是一首每行 12 个音节的无题自由排行诗，押连续韵，即 aabbccdd 格式。

我们已经颓废的民族，
的确具有古人不为所知的美感：
一张因心灵受到毒害而憔悴的脸，
我们陶醉其中并命名为忧郁之美；
但这些病态的审美
并不妨碍这些患病的生灵
把由衷的敬意献给青春，
——神圣的青春，她纯洁美丽，
明亮清澈的眼睛如清泉无瑕，
她无忧无虑，如碧空、飞鸟、花朵
把她的歌声、温柔、芬芳，
不断地洒向人间！

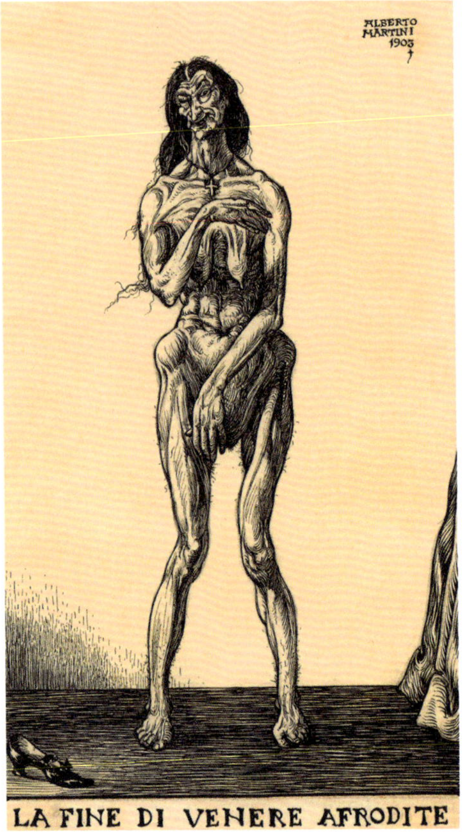

《维纳斯·阿弗罗蒂特的结局》中国水墨画　爱情的斗争系列画集
阿尔贝托·马提尼　22.5cm×12.9cm
1903年　米兰　路易·吉蒂舍尔收藏

6 灯 塔[1]

鲁本斯[2]，懒散乐土，遗忘之河[3]，
鲜活的肉枕，虽不能相忘，
但生机却像天上的风，海里的浪一般，
纷至沓来，汹涌澎湃；

达·芬奇[4]，幽深的镜子，
将可爱迷人的天使映现
带着充满神秘的笑意
温柔地闪现在冰河松林的天国里；

伦勃朗[5]，怨声载道的医院，
在大十字架里孤芳自赏，
从污秽之地发出含泪的祈祷，
瞬间接受冬日阳光的普照；

米开朗琪罗[6]，空阔之地
英雄与基督之徒混杂一处
强壮的幽灵在暮色苍茫中
伸开手指撕开自己的尸布；

无耻的牧神[7]，义愤的拳手，
你呀，善于发掘贱民[8]之美，
面黄肌瘦的身体，却包藏着高傲的心，
比劫[9]，你这苦役犯的忧郁皇帝；

华托[10]，狂欢节里的欢快之灵，
像蝴蝶纷纷穿梭于通明灯火，
光彩照人的鲜艳
旋转不已的舞会卷起狂澜；

注 释

[1] 原诗发表于1857年初版《恶之花》，位居第6首，其他各版亦同。

[2] 鲁本斯（Rubens，1577–1640），佛兰德（Flandre，目前分属法国和比利时）大画家，长期旅居法国，有多幅作品收藏于卢浮宫。他的画色彩绚丽，表现了强烈的动感，布景的人物大多肌肉丰满，表现强烈的肉欲，特具旺盛的生命力。此处特指其画作《梅迪奇家的玛丽下船图》（现藏于法国卢浮宫博物馆）和《爱之园》（现藏于普拉多美术馆）。

[3] 遗忘之河：希腊神话中冥府的河流，也译为忘川。

[4] 达·芬奇（Léonard de Vinci，1452–1519），文艺复兴时期意大利伟大的画家。此句寓指其美术作品《神秘的微笑》（现藏于法国卢浮宫博物馆），使人想起幽深的镜子。《石上圣母》、《最后的晚餐》、《圣母》、《圣子》、《圣安妮》亦让人从中获知达·芬奇所给予受众的种种联想。

[5] 伦勃朗（Rembrant，1606–1669），荷兰伟大的画家。他描绘了人类的种种惨景，画面充满悲苦哀伤。光线的巧妙应用是其重要的艺术特色。代表作有《艾玛乌的朝圣者》《医院》《解剖学研究》。

[6] 米开朗琪罗（Michel·Ange，1475–

戈雅[11]，噩梦充满的怪事，
欢宴之锅里烹煮的竟是自己的胎儿，
赤裸的少女，对镜的老妇，
为邀魔之宠都纷纷穿起长袜；

德拉克洛瓦[12]，邪恶天使出没的血湖，
掩映在四季常青的松林间，
奇异的号声从忧郁的天空下飘过
宛如韦伯[13]被压制的叹息；

这些诅咒，这些牢骚，这些厄运，
这些狂喜，这些呼号，这些哭泣，
往复回荡在无数的迷宫里，
如吸食神圣鸦片的凡夫俗子！

这是无数哨兵重复的呐喊，
是无数个号角传递的命令；
这是无数个城堡上点燃的灯塔，
是在密林中迷路猎人的呼唤！

上帝，这确是我们为自己的尊严
所能提供的最有力的证据
是世代相传，直达永恒的岸边
才可能逐渐消失的声音！

1564)，文艺复兴时期意大利伟大的艺术家，在雕刻、绘画等诸多领域都有独特建树。他的画中人物具有无比惊人的体魄和力量。此处特指他为西斯廷大教堂（现位于罗马梵蒂冈内）所作的天顶画和壁画。

[7] 牧神：亦译成羊人或农牧神，即潘神，希腊神话中人身羊足的农牧神，司山、林、蓄、牧，性喜嬉戏，常作为淫荡的象征。

[8] 原文 Goujat，意为粗汉，鲁莽的人，古话意为勤务兵、仆役，此文特指比劼的浮雕作品《亚历山大和第欧根尼》（现藏于法国卢浮宫博物馆）中皇帝的侍从。

[9] 比劼（Pierre Puget，1620–1694），法国雕刻家、画家。他曾在土伦旅居（土伦以监狱闻名），以囚犯为雕刻题材。代表作有《无耻的牧神（牧神小雕像）》《义愤的拳手（米龙·德·柯洛东）》等。

[10] 华托（J.A.Watteau，1684–1721），法国画家。喜欢画优雅的田园风光，乡村景色，题材大多描绘贵族男女寻欢作乐的生活；他特别喜爱意大利歌剧演员。代表作有《登陆希垤岛》等。

[11] 戈雅（F.Goya，1746–1828），西班牙大画家。创作范围极广，包括风俗画、历史画、肖像画、宗教画、讽刺画、版画等等，波德莱尔最喜欢他的系列铜版画《幻想》。

[12] 德拉克洛瓦（F.V.E.Delacroix，1798–1863），波德莱尔的好友，法国浪漫主义画派大师，有“浪漫主义之师”之称，代表作有《但丁之舟》等。波德莱尔在《一八五五年的博览会》中引用此节诗的自注：“血湖为红色。邪恶天使的出没指超自然主义。长青的松林为红色的补色——绿色。忧郁的天空指他绘画中的暴风喧吹的背景。韦伯的叹息是指他的色彩的和谐所唤起的浪漫派音乐的观念。”

[13] 韦伯（C.M.F.E.von Weber，1786–1826），德国浪漫派作曲家。

延伸阅读

※ 艺术，真正的艺术，是人类精神的

《在工作间观看现代艺术的艺术家》 大卫·欧扬 28.8cm×52.4cm
1884年 荷兰 多德勒支美术馆

灯塔，它的光明，不仅是“呼唤”，更是“尊严”。

※此诗所列举的八位艺术家，是诗人艺术观的注解，也是对其艺术的张扬；简洁而精密的概括，在精神的提升中回味。

※以诗论艺，纵横古今，评事品画，议人用典，自如流畅，皆有的放矢。

※原诗是一首每行12个音节的四行诗，共11段，押交叉韵，即abab格式。

《苦艾酒酒鬼》铜版画　费利西安·霍普斯　20cm×16.3cm　1876年　那慕尔　费利西安·霍普斯省级美术馆

7 病诗神[1]

可怜的诗神，你[2]怎么了？
梦幻的眼里充满疲倦。
畏惧与狂热在你的脸上交替呈现
沉默，冰冷。

是绿色女魔，还是红色的精灵[3]
向你倾注爱情和恐怖？
那放肆专制的噩梦，
威逼你陷入沼泽[4]深处？

我愿你的胸中散发出健康的气息
坚强的思想永驻你的心里，
我愿你的热血永不休止地奔涌，

那和谐的声调，
是太阳之神[5]与丰收之王[6]，
轮流播放的不朽之音。

注 释

[1] 原诗发表于1857年初版《恶之花》，位居第7首，其他各版亦同。克雷佩认为自本诗以下10首，是诗人境遇的自述。Muse（缪斯），诗神，是希腊神话中掌管文艺、音乐、天文等的第九位女神。

[2] 你，指诗神 Muse（缪斯），因其为阴性。

[3] 女魔（Succube），14世纪宗教界传说，趁男子熟睡与之性交的女魔；精灵（lutin），小妖精或淘气鬼。

[4] 沼泽（Minturnes，明图那），为古代意大利中部拉提姆（Latium）地区的海滨之城，罗马将军、政治家马略（Marius，公元前155-前86）被敌手苏拉赶出罗马，曾被迫隐匿此城近郊的沼泽中，水淹至口，人皆不敢杀之，后逃脱。

[5] 太阳神（Phoebus，福玻斯），即阿波罗（Apollon），为诗歌、音乐艺术之神，白日光明和太阳之神。

[6] 丰收之王（Pan，潘），牧神，人身羊足，头上有角的畜牧神。丰饶、多产的象征。也称田野林间的牧羊神潘恩。

延伸阅读

※ 诗人对诗神的祈求，糅合了基督圣徒的情感，凭借恐怖与忧郁的交织，

表达对健壮、和谐之声的期冀。

※ 病是一种现存的状态，不是诗人确定的目标；相反，去病，才是诗的目的。

※ 缪斯是司诗歌的女神，以她得病象征诗人处境恶劣，但诗人并不是以此象征诉说艰辛，而是借此表明对艺术的渴求与企盼。

※ 原诗是一首每行 12 个音节的十四行诗，前两段交叉韵，即 abab abab 格式，后两段押连续韵，即 aab bcc 格式。

吟游诗人　莫里斯设计　达尔背景　1890 年

8 谋生的诗神[1]

我心中的诗神，诗的圣殿[2]博得你的青睐，
但北风[3]呼啸的严寒，夹着纷飞的冰雪，
侵入你的孤独，
可有炭火温暖你双足？

难道你想凭借透过窗隙的寒夜微光
温暖你冻痕累累的双肩？
眼看你的钱袋空空如你的口腹，
难道你想从蔚蓝的空中摘取黄金[4]？

为了挣得糊口的面包，
你该像唱诗班的孩子，
歌唱你从不相信的赞美诗篇[5]，

或者像街头的卖艺者
用滑稽的身姿掩饰你暗吞的泪水，
以博得看客们开心的一笑。

注　释

[1] 原诗发表于1857年的《恶之花》，位居第8首，其他各版亦同。
[2] 宫殿，原文为Palais，此字亦有味觉、上腭之义。原意为诗人热爱一切豪华的东西。
[3] 北风（Borées），指神话中的北风之神。
[4] 金光灿烂的星辰，以"黄金"喻之。
[5] 赞美诗（Te Deum），原意：主啊！赞美你。

延伸阅读

※ 波德莱尔哀怜诗人把自己出卖给庸俗之徒，也自怜身不由己。理想与现实是一对永远的矛盾。
※ 诗人抒吐了一个引人深思的相悖命题。
※ 原诗是一首每行12个音节的十四行诗。前两段押环抱韵，即abba abba格式，后两段先押连续韵，后押环抱韵即aab ccb格式。

《带黑围巾的女人》纸板油画 亨利·德·图卢兹·洛特雷克 53cm×41cm 1892年 巴黎 奥赛美术馆

9 恶 僧[1]

在古修道的大墙上
一幅幅壁画展示着神圣的真理
它既温暖虔诚的心灵，
又冲淡修行的孤苦。

基督播下的种子已花繁枝满，
而今，许多高僧都已被遗忘，
他们曾把墓地当成画室，
怀着一颗纯朴的心把死亡赞美。

——我的灵魂是坟墓，
一个一个我居住其中；
这可恶的墙上依然荒芜。

无所作为的修士，什么时候
才能把我这苦难
画成美景，让我陶醉其中？

注 释

[1] 此诗大约写于1842年或1843年。原诗最初发表于1851年4月9日《议会通讯》，为总题《冥府》小诗篇11首之一。收入1857年初版《恶之花》时，位居第9首，其后各版亦同。

延伸阅读

※ 此诗借物言志，以恶僧行径表白诗人的心意。

※ 前两段，描述古代宗教画家的故事，意大利佛罗伦萨僧侣塔伊尼在比萨的神圣园画有许多壁画，其中有《死的胜利》；诗句“怀着一颗纯朴的心把死亡赞美”，即是指此。

※ 后两段，表现作者对缺乏创造力的批评，激励自己避免在创作方面留下空白。

※ 原诗是一首每行12个音节的十四行诗，前两段押交叉韵，即abab abab格式，后两段先押连续韵，后押环抱韵，即aab ccb格式。

《彩绘玻璃窗》水粉画 奥迪隆·贺东 87cm×68cm 1904年 巴黎 奥赛美术馆

10 敌[1]

我的青春只不过是一场阴郁的风暴。
虽然也曾沐浴过灿烂的阳光；
但惊雷和骤雨制造的打击，
已使我的青春硕果所剩无几。

而今，我已经被思想的秋天抓住，
我必须拿起铁锹和犁耙
重新翻耕被淹没的土地，
因为洪水已使它如墓穴般地荒芜。

谁能告诉我，那梦寐以求的新枝
能否在这如此荒芜的原野
盛开出鲜艳的花朵？

——哦，痛苦！痛苦！时光吞食生命。
这隐匿的青春杀手
竟然靠吮吸我们的鲜血生威！

注　释

[1] 原诗最初发表于1855年6月1日的《两世界的评论》。收入1857年初版《恶之花》时，位居第10首，其后各版亦同。

延伸阅读

※ 诗人所述之"敌"，乃永恒之时间；人类无休止的争斗，其实归根结底，是与时间的争斗，建功立业也好，名垂千秋也罢，谁是"敌"手？

※ 诗人从理性的层面，展示了一个永远交织的情感之结。

谁能解之？

※ 原诗是一首每行12个音节的十四行诗，前两段押交叉韵，即abab abab格式，后两段先押连续韵，后押交叉韵，即aab cbc格式。

《死者与掘墓人》石墨水粉画　卡洛斯·施瓦贝　76cm×56cm　1900年　巴黎　奥赛美术馆

11 厄 运[1]

要承负如此巨大的重担，
须有西绪福斯[2]的勇气！
尽管我们满怀热忱，
但艺无涯，而时光稍纵即逝。

远离那些著名的墓碑，
向着一座孤坟走去，
我的心沉闷如破鼓，
在送葬进行曲里弹奏。

——无数珍宝被岁月深埋
沉睡在被人遗忘的角落，
无论何种探器都无法将之触及；

好花自伤，暗香无痕
无数的芬芳
只能在寂寞中吐艳。

注 释

[1] 原诗最初发表于1855年6月1日的《两世界评论》，作于1852年，原标题为《无名的艺术家》。收入1857年初版《恶之花》时，位居第11首，其后各版亦同。

[2] 西绪福斯：Sisyphe又译西西弗，古希腊神话中狡猾奸诈的科林斯国王，死后被罚在地狱把巨石推上山，将及山顶，巨石又自动滚下，他只能再往上推，如此反复不止，永无终时。

延伸阅读

※“艺无涯”而生之有限，艺人一生的努力可能盛开成引无数人折腰的艳丽，也可能湮没在茫茫的时间长河之中，无人问津。

※厄运既可指艺不精或少勤勉，所结之果，青涩无人回应；亦可指艺精举世无双，知音难觅，这既是艺人的悲哀，也是艺术品的悲哀。

※原诗是一首每行8个音节的十四行诗，前两段押环抱韵，即abba abba格式，后两段先押连续韵，后押环抱韵，即aab ccb格式。

《沼泽之花》木炭画　奥迪隆·贺东　49cm×33cm　1822年　荷兰　奥特洛　库勒慕勒美术馆

12 昔　日[1]

久居在那宏伟的柱廊下
海日给它涂上万道金光，
那高大的柱廊，
在暮色中仿佛玄武洞府。

海浪滚动着天上的形象，
涌动着波澜
弹拨着华丽的乐章
与映入眼帘的夕阳合奏。

我终于享受到获得宁静的喜悦，
陶醉在蓝天、海浪、彩虹的包围之中
由香气袭人的裸奴侍奉，

他们用棕榈叶扇凉我的额，
其实精明的眼神
时刻在捕寻我痛苦的隐秘。

注　释

[1] 原诗最初发表于1855年6月1日的《两世界评论》。收入1857年初版的《恶之花》时，位居第12首，其后各版亦同。

延伸阅读

※ 昔日指诗人1841年6月至1842年2月的海上旅行的经历，但融入了诗人的梦境，在现实与梦幻的交织中，表现了相互观照的理念。

※ 明净的诗句中曲尽内伤。

※ 诗人回忆往事，那高柱长廊的波光艳影，依然历历在目，诗人难得有此愉悦轻松的时光，即便如此，美丽的棕榈叶也难以拂去诗人内心的隐痛，反而加深了诗人对现实世界的不满。

※ 原诗是一首每行12个音节的十四行诗，前两段押环抱韵，即abba abba格式，后两段先押环抱韵，后押连续韵，即abb acc格式。

《夜晚墓地》纸板油画　让·德尔维尔　42cm×65cm　1890年　私人收藏

《飞行的荷兰人》 阿尔伯特·平卡姆·莱德 36.1cm×43.8cm 大约1887年 美国 华盛顿 国立艺术博物馆华盛顿

13 漂泊的吉卜赛人[1]

目光炯炯精于占卜的部落
女人背上孩子就启程上路
下垂的乳房，含在孩子的口中
这常备的营养宝库。

男人扛起刀枪
护随着全家的马车，
怀着梦幻破灭的惆怅
抬头凝望苍天[2]。

从隐蔽沙窝的深处，蟋蟀
提高声音，目送着他们经过；
对他们一往情深的地母[3]，让草更青，树更绿，

让岩石涌泉[4]，让荒漠开花
让陌生的王国洞开熟悉的大门
为他们送行。

注　释

[1] 原诗发表于1857年初版《恶之花》，位居第13首，其后各版亦同。原稿作于1852年1月间，作者寄给诗人戈蒂耶，由戈蒂耶转交《巴黎评论》。原稿标题是《波希米亚人的旅行队》。吉卜赛人，原文 bohémien，即波西米亚人，俄国人称为茨冈人，通称为吉卜赛人，我国对此称谓较为普及，故译为吉卜赛人。

[2] 苍天：吉卜赛人习惯于仰面朝天，问天，苍天似乎从未使他们如愿。

[3] 地母（Cybèle，又可译为库珀勒），希腊中，司大地与农业的女神。

[4] 圣经中《出埃及记》中的故事：摩西使岩石涌泉。

延伸阅读

※ 吉卜赛人是欧洲的一个流浪民族，原住印度北部，经迁徙到达欧洲，属于亚利安民族的一支，没有祖国，他们精通音乐，善巫术占卜，无固定居所，常结伴流浪，卖艺为生。

※ 吉卜赛人有一首古老的悲歌：

当我大限已至，
请将我直立入土，
因为终我一生，
总是长跪乞人怜！

此种写照，可使人体味没有祖国、没有

居所的流浪民族的深沉感伤。

※波德莱尔受法国版画家雅克·卡洛（Jacques Callot，1592–1635）的版画《漂泊的波希米亚》的启发，而创作此诗，隐含着诗人淡淡的精神共鸣。

※原诗是一首每行12个音节的十四行诗，前两段押环抱韵，即abba abba格式，后两段先押环抱韵，后押连续韵，即abb acc格式。

蕨树　弗里斯·莫里斯　1889年
挂毯

14 人与海[1]

人啊，你会将大海永久地依恋！
海是你的镜子，透过滚滚的波涛
同你的灵魂观照，
你的灵魂原本是深渊，辛酸并不比大海少。

你总喜欢投入到你的影子之中；
用目光和双臂将它拥抱
迎着大海不可遏制的悲叹
排遣心中无法驱逐的愁绪。

你们俩无不心领神会、守口如瓶：
人啊，没有谁能探明你内心的深度；
海啊，没有谁能获知你内在的丰盈，
你们严守着各自的机密！

然而，无数个世纪以来
你们明争暗斗[2]，热衷于杀戮，醉心于死亡。
唉，死不相容的同胞[3]，
好斗的弟兄！

注　释

[1] 原诗发表于1852年10月的《巴黎评论》，标题为《自由人与海》。收入1857年初版《恶之花》时，位居第14首，其后各版亦同。

[2] 人欲征服海，海想吞没人。

[3] 既相通相亲，又相互杀戮，展示了情感的双重性。

延伸阅读

※ 汉语中的“海”有“母”，法文“母”（Mère）中有“海”（Mer），显现“海”与“母”的有趣的关联。

※ 人、海的关系，既是朋友，又是仇敌；人欲征服海，海却能吞没人。海既能给人提供各种物品，又能淹没人所拥有的一切。

※ 海既是广阔的空间，又是隔绝人与人交往的天然屏障；海载舟四通八达，海又覆舟于渊底。

※ 对立又统一的双重性，在此诗中得以具体呈现。

※ 原诗是一首每行12个音节的四行诗，押环抱韵，即abba格式。

《巴拉瓦的海边》 古斯塔夫·库尔贝 37cm×46cm 1854年 蒙彼利埃 法布尔博物馆

15 地狱中的唐璜[1]

当唐璜落入地狱冥河的岸边
把渡资交给卡隆[2]，这阴沉的乞丐[3]，
露出安地善式[4]的傲慢的目光，
用复仇之手猛摇船桨。

女人在漆黑的苍穹下扭曲，
垂露的双乳，敞开的衣裙，
仿佛供奉的动物，
在他的身后发出凄厉的哀求。

斯加雷纳尔[5]挤着笑脸向他讨要工薪，
而唐·路易[6]则伸出颤抖的手
叫集游荡在岸边的幽灵
观看这个嘲笑发自生父的逆子。

贞洁憔悴的爱尔薇拉[7]，
穿着重孝，颤抖地傍在丈夫身边，
好像请求这个负心汉再度露出动心的媚笑
重温媚笑中闪动盟誓的甜蜜。

有位穿盔甲的石头壮汉[8]
掌着舵，穿过愤怒的波涛，横渡冥河；
但这位沉着的英雄，倚剑垂首，
凝视着航线，对其他皆视而不见。

注 释

[1] 本诗最初发表于1864年12月6日的《艺术家》，标题为《不知悔改的男子》(l'Impénitent)，约作于1843年。收入1857年初版《恶之花》时，位居第15首，其后各版本亦同。

[2] 卡隆：希腊神话中冥河的司渡者，被视为死亡与冥界的象征。

[3] 莫里哀《唐璜》第三幕第三场：唐璜曾给一个穷人一个路易，叫他辱骂天主。

[4] 安地善(Antisthenes，公元前445–365，或者公元前435–370，又译为安提西尼)，古雅典的希腊哲学家，苏格拉底的学生，犬儒哲学派的创始人。

[5] 斯加雷纳尔：唐璜的侍从。莫里哀《唐璜》第五幕第七场，他见主人遭雷击，恐工钱落空，叫道："啊！我的工钱，我的工钱！"

[6] 唐·路易：唐璜之父。他曾教训逆子，参见莫里哀《唐璜》第四幕第五场。

[7] 爱尔薇拉：唐璜的情妇。唐璜把她从修道院里诱骗出来，随后又抛弃她，逼她重返修道院。参见莫里哀《唐璜》第一幕第二场及第四幕第九场。

[8] 石头壮汉：唐璜想诱骗一少女，其父跟他决斗，丧生剑下。之后，唐璜偶经死者之墓，戏邀墓前石像吃饭。石像答应下来，晚间到唐璜家中赴宴。顷刻雷电交加，房屋倒塌，唐璜被天

雷殛毙，堕入地狱。

延伸阅读

※ 唐璜是西方文学中的浪子，从戏剧到美术、雕刻、小说、诗歌诸领域，都有所表现。他已成为西方精神世界里的一个象征符号。

※ 地狱中的唐璜，何尝不是人间里的波德莱尔！

※ 原诗是一首每行 12 个音节的四行诗，共 5 段，押交叉韵，即 abab 格式。

《受害者》羽笔油墨水彩画 阿尔弗雷德·顾彬 31.3cm×39.7cm 1900年 维也纳 阿尔贝蒂娜博物馆

16 致邦维尔[1]（1841）

你一把抓住女神的头发
那样熟练
真让人误会，
你是个浪子，暴打自己的情妇。

你明亮的眼里充满早熟之光，
显示出建筑大师般的傲慢
构思新颖，结构完美
预示着你无限光明的前程。

诗人啊，我们的鲜血奔涌在每一个毛孔；
这是否意味着血脉
将会被马人[2]化为阴郁的小溪

那两条可怕的复仇之蛇[3]
在渗透力如此强的毒液里反复浸染
却让小赫拉克勒斯在摇篮里轻易勒死？

注　释

[1] 本诗作于 1842 年，收入 1868 年第 3 版《恶之花》，位居第 16 首。法国高蹈派先驱诗人邦维尔于 1842 年 10 月出版诗集《女像石柱集》（*les Cariatides*），波德莱尔很钦佩，故作此诗。

[2] 马人（Centaure，或译为涅索斯），古希腊神话中上半身为人，下半身为马的怪物之一。他背伊阿尼拉过河，中途调戏她，被她的丈夫赫拉克勒斯用浸过毒蛇血的箭射死。临死前，他骗伊阿尼拉说："用我伤口流出的血作为魔药，可管束赫拉克勒斯。"之后赫拉克勒斯有了外遇，伊阿尼拉将浸过此血的衣服给他穿，他竟被烧死。

[3] 复仇之蛇：古希腊神话传说，宙斯之妻赫拉妒忌赫拉克勒斯，曾把两条蛇放在刚出生的赫拉克勒斯的摇篮里，但却被赫拉克勒斯掐死。

《半人马内瑟斯和黛安妮拉》画布油画 阿诺德·勃克林 150cm×104cm 1898年 德国 Pfalzgalerie 凯泽斯劳滕

17 傲慢的惩罚[1]

在神学充满活力与生机
繁荣得令人惊奇的时代，
据说，有位伟大的博士，
——他居然能说服冷酷的人纷纷对宗教入迷；
使他们蒙昧的心皈依天堂
就连他自己都感到陌生的
只有纯洁的圣灵，
才能通过的道路，
仿佛一个人爬得太高，
——他的内心激起一种魔鬼般的骄傲。
在得意忘形中不由自主地狂叫：
“耶稣，小耶稣！我实在把你捧得太高了！
只要我想攻击你
你的光荣恐怕就成了耻辱，
你小子不过是一个可爱的胎儿而已！”

瞬间，他的理智完全消逝。
太阳的光辉因此而暗淡；
整个混沌在智慧的神殿里打转，
本来生机盎然，充满秩序，
光彩夺目的穹顶。
如今，盘旋的却是沉寂与黑暗，
仿佛丢了钥匙的密室。
从此他就如同白痴。
什么都看不见
分辨不清盛夏与寒冬，
又脏，又丑，像个无用的废物，
成为专供孩子们戏弄、嘲笑、逗乐的可怜虫。

注 释

[1] 原诗最初发表于《家庭百货店》(*le magasin des familles*) 1850 年 6 月号上。收入 1857 年初版《恶之花》时，位居第 16 首，1861 年再版时亦同。收入 1868 年《恶之花》第 3 版时，位居第 17 首。

延伸阅读

※ 宗教同他的传播者互为相生，人类通过切身的体验，明白了理智信念的重要，尽管付出了沉重的代价。

※“据阿尔贝·玛丽·海米特所述，本诗取材于米什莱(Jules Michelet，1798-1874)《法国史》中所载的一段 13 世纪的逸事。这个受惩的骄傲者是图尔内的西蒙，他是一位议事司铎。”——引钱春绮先生注文。

※ 诗人读史，有感而发，借古讽今，寓意深厚。

※ 原诗每行 12 个音节，押连续韵，即 aabbccdd 格式。

《骷髅（头骨）》胶画　阿尔弗雷德·顾彬　24cm×31.5cm　大约1907年　维也纳　阿尔贝蒂娜博物馆

18 美[1]

世人啊，我像石雕的梦一般美，
我的心胸生来令诗人动情，
我的爱情像永恒的物质无言
使相触的人伤痕累累。

我居踞碧空，神秘如狮身女妖；
如雪的灵魂与天鹅之羽的洁白相融；
对扭曲作态的身姿充满厌恶，
我从不哭泣，也不会傻笑。

我这仿佛从高傲的雕像里，
借来的身姿，诗人们将会
穷其一生，细加揣摩；

因为，要迷住这些温顺的情人，
我自有明镜使万物把美色增添：
那就是我这双眼，这双永远闪烁的大眼！

注 释

[1] 原诗最初发表于1857年4月20日的《法国评论》。收入1857年初版的《恶之花》时，位居第17首，1861年再版时亦同。收入1868年第3版时，位居第18首。

延伸阅读

※ 短暂与永恒，现实与梦幻，似乎是一对天敌，然而在艺术之美中，得以相融；石头是永恒无言的，但它所诱发的神秘梦幻，却使无声的冰冷在似乎毫无生气的表层，生发出无限遐想；美何尝不是一种审视与沉思，又何尝不是一场永不休止的梦幻。

※ 原诗是一首每行12个音节的十四行诗，前两段押环抱韵，即abba abba格式，后两段先押交叉韵，后押连续韵，即aba bcc格式。

《狮身人面兽与银鲛》画布油画　路易斯·韦尔登·霍金斯 80cm×75cm　1906年　巴黎　奥赛博物馆

19 理　想[1]

绝对不是那商标画片上的美女，
那出自寡廉鲜耻时代的变质物，
穿着高跟鞋，玩着响指，
她不能够满足我的渴求。

我还给伽瓦尼[2]，这萎黄病[3]的诗翁，
他的那些叽叽喳喳的病美人，
这些苍白的玫瑰
没有一朵是我理想中的花。

我这颗渴望的心深似渊谷，
恰似麦克白夫人[4]那颗罪恶的凶魂，
又仿佛是迎风怒放的埃斯库罗斯[5]的梦；

或者是你，米开朗琪罗之女——伟大的《夜》[6]，
你坦然露出那令人心荡神摇的双乳
以奇异的姿态温顺地将泰坦[7]哺护！

注　释

[1] 原诗最初发表于1851年4月9日的《议会通讯》，为总题《冥府》小诗篇11首之一。收入1857年初版《恶之花》时，位居第18首，1861年再版时亦同，收入1868年第3版时，位居第19首。

[2] 伽瓦尼（Paul Gavarni，1804–1866，或译为加瓦尔尼），法国讽刺画家，多取材于巴黎街头、冶游景色及家庭生活，以同情之心描绘下层社会的悲惨生活。

[3] 病名，指皮肤色黄，枯槁不泽。

[4] 麦克白夫人：莎士比亚悲剧《麦克白》中的女主人公。

[5] 埃斯库罗斯（公元前525–前456）：古希腊悲剧诗人。

[6]《夜》：米开朗琪罗的雕像，放置在佛罗伦萨梅迪奇教堂中，称为四大寓意雕像，其他为《昼》《晨》《昏》。为拥有巨大双乳锋露的大理石雕女像，卧躺姿势，长达194厘米。

[7] 泰坦：古希腊神话中的巨人。

延伸阅读

※ 诗人表述自己心中的理想，而理想是什么？这永无定论的命题，或许永远找不到它的答案。

※ 但他“绝对不是苍白的玫瑰”。

※ 原诗是一首每行12个音节的十四行

诗，前两段押交叉韵，即 abab abab 格式，后两段先押连续韵，后押环抱韵，即 aab bab 格式。

《梦游的麦克白夫人》画布油画
欧仁·德拉克洛瓦 30.4cm×39.3cm
1850 年 加拿大 弗雷德里克顿 弗布鲁克艺术画廊

20 女巨人[1]

大自然每天都怀着强烈的激情
孕育各种怪物，
我只喜欢待在年轻女巨人的身边，
如淫逸的猫紧跟着女王的屁股。

我喜欢看她用花把自己精心装扮
在可怕的游戏中自由地疯长；
从她眼中的神情
猜想她心中暗藏着的欲火；

我从容地游遍她美妙绝伦的身体；
在她肥硕的膝盖上休憩，
有时，夏日的骄阳令她疲惫，

她躺在原野里，
我懒洋洋地睡在她的双乳的阴影里，
如同山脚下安详的村庄。

注　释

[1] 原诗发表于1852年4月20日的《法国评论》。本诗为波德莱尔的早期作品之一，约作于1843年前后。收入1857年初版《恶之花》时，位居第19首，1861年再版时亦同。收入1868年第3版时，位居第20首。

延伸阅读

※在《一八九五年的沙龙》第五章《宗教画、历史画、幻想画》中，波德莱尔写道："无论在自然界还是在艺术中，假如价值等同，我偏爱巨大者，巨大的动物，雄奇的风景，巨大的船，高大的男子，高大的女人等等。"

※对巨人的热爱，道出了波德莱尔的审美情趣，对女巨人的钟爱，透露出他的恋母情结。

※女巨人是诗人心灵的情感轨迹。

※原诗是一首每行12个音节的十四行诗，前两段押交叉韵，即abab cbc格式，后两段先押连续韵，后押交叉韵，即aab cbc格式。

《溺水》水彩油墨画　羽笔油墨水彩画　阿尔弗雷德·顾彬　37.2cm×31.5cm　1903年　汉堡孔斯特美术馆

21 首饰（遭禁）[1]

我最亲爱的人[2]脱光衣服，满足我的心愿，
她那叮当回响的豪华首饰，
如同摩尔狂欢节上的女奴
昭显胜者得意的神情。

当这些首饰抖动着发出尖锐的嘲讽，
这由金银与珠宝构成的夺目世界
真使我心醉神迷
我已与它的声光相融，难舍难分。

于是她躺下，由我恣意爱抚，
我的爱情深如海
仿佛海涛向悬崖一般向她涌来，
她从沙发的高处不禁露出陶醉的媚笑。

她像驯服的猛虎那样凝视着我，
带着茫然梦般的神情尝试着一个个姿势，
天真与浪漫、纯朴与淫荡交织
使她的形体新增无穷的魅力；

她的手臂、小脚、大腿和纤腰，
油一般光滑，又似天鹅般婀娜，
在我的眼前摇晃；
她的小腹、她的双乳，我的一串葡萄，

向我飞来，竟比堕落天使更喜欢得到我的抚爱，
使我的灵魂失去安宁，
使我孤独平静的心
在她的玉体上掀起波澜。

注　释

[1] 原诗首次发表于 1857 年初版的《恶之花》，位居第 20 首，是法院判决勒令删除的 6 首禁诗之一。

[2] 指黑维纳斯让娜·迪瓦尔。

[3] 安提俄佩（Antiope）：古希腊神话中底比斯王的女儿。宙斯趁她睡熟时化身为羊人将她奸污，后来生下孪生子泽托斯与安菲翁。

延伸阅读

※原诗是一首每行 12 个音节的四行诗，共 8 段，押交叉韵，即 abab 格式。

※在诗中，诗人着力描绘让娜·迪瓦尔的美艳，因此，被法庭判为禁诗。

我好像看见安提俄佩[3]的腰身
与她肤如凝脂的胸脯结合，
巧妙地映衬她的盆骨，
在艳如脂粉的脸上浮现美容！

灯光终于心满意足地渐渐消失，
只有壁炉里的余火依然照耀着
闪闪的残焰发出轻轻的叹息，
把她金黄的肌肤映照得如血般的鲜艳！

《献给托马斯·库蒂尔、查尔斯·波德莱尔和萨巴蒂埃夫人》画布油画 92.5cm×73cm 大约1850年
克莱蒙费朗市 罗杰·基约博物馆

石版画　爱尔德·西莫
19.9cm×12.9cm　私人收藏

22 面具[1]（译文之一）

文艺复兴风格的寓意雕像——献给雕塑家克里斯托夫[2]

凝视着佛罗伦萨[3]似的珍宝；
宛如波涛汹涌的丰腴肌肤
在幽雅和魅力中显现出生命。
这尊女像，果然巧夺天工，
健美得出神入化，苗条得令人眷恋，
天生在豪华的床上造就风情万种，
足以让教皇和君王消愁。

——再顾这妩媚销魂的笑容
这掩不住自鸣得意的狂喜；
这暗藏狡黠、忧郁的眼神；
这俏丽的、洋溢着温存的脸上，
每道线条无不得意地告诉我们：
“快乐把我召唤，爱神为我加冕！”
看吧，这如许威严的雕像
竟具备如此优雅的魅力！
走近吧，让我们在她的美中流连不已。

哦，这亵渎的艺术！这惊心动魄的挑逗！
这预示着幸福，仙姿玉体。
顶部，竟是双头的怪物！

——不，这光彩照人的容颜，
只不过是一副面具，骗人的装饰，
仔细瞧瞧吧，那难以忍受的面孔才是真脸，
那向后仰起的真脸
正躲藏在蒙过你眼的假面的阴影之中。
——哦，可怜的高贵丽人！
你泪水如注，涌入我忧愁的心中；

注 释

[1] 原诗最初发表于 1859 年 11 月 30 日《当代评论》。收入 1861 年再版《恶之花》时，位居第 20 首，1868 年第 3 版时，位居第 22 首。

[2] 克里斯托夫（Ernest Christophe，1827–1892，或 1830–1892），与波德莱尔同时代的法国雕刻家。此处指的雕像是克里斯托夫的代表作《人间喜剧》（*La Comédie Humaine*），最初题为《痛苦》（*la Douleur*），后题为《面具》（*la masque*），高 2.45 米，安放在法国杜伊勒里公园。

[3] 佛罗伦萨：又译为翡冷翠，意大利文艺复兴的名城。

[4] 苦（la Douleur）：指 1855 年展览的克里斯托夫的石膏小雕像，名为《苦》，系《面具》的前身。

延伸阅读

※雕像也好，诗句也罢，真实凝聚了永恒，真诚使永恒具有活力；通过“面具”表面的姿态，使我们体味生活的勇力和信心。

※原诗是一首每行 12 个音节的诗，押交叉韵，即 abab abab 格式。

你的假象使我陶醉，我的灵魂
正痛饮你眼中激起的滚滚《苦》[4]水！

——可是，她为什么哭泣？她，已完美无缺
她征服世人，使人们拜倒在她的裙下，
究竟是何种伤痛使她健美的身躯忧焚？

——啊，傻瓜，她痛哭，是因为他与世长辞！
而她却依然活在世上
尤其她那缠绵不绝的忧伤，
今天如此，明天依然！
后天，以至永远！——就像我们一样！

（译文之二）

文艺复兴风格的寓意雕像——献给雕塑家克里斯托夫

凝视着这具佛罗伦萨[3]的珍宝；
瞧它体态丰满的曲线
幽雅和魅力集于一身。
这巧夺天工的奇迹，
令人叹为观止的健美，
分明可以摆在豪华的床上供人赞赏，
足以令君王为之陶醉。

——瞧，这细腻肉感的微笑
掩饰不住自鸣得意的狂喜；

这调皮、犀利、倦慵而略带讥讽的目光；
那笼罩在面纱里的俊美的脸庞，
似乎每一个线条都无不神气地在诉说：
“快乐召唤我，爱情奖励我！”
看吧，这是何等令人痴狂的魅力
赋予她如此神奇的美！
走近吧，在她的美丽中流连。

哦，反叛品！无法逃脱的惊骇！
这预示着幸福的妙女。
瞧，她的顶端，竟是双头妖怪！

——不！这只是面具，诱人的饰品，
看吧，那紧皱得难以忍受的面孔，
才是她的脸，
她躲藏在假脸的阴影之中
——哦，可怜的美人！
你泪流如注，涌入我的忧愁之中
你的假象令我陶醉；
而我的灵魂
却被你喷涌的《苦》[4]水击碎！

——你为何哭泣？完美的丽人
你的魅力征服人类，
究竟什么样的痛哭令你哭泣？

——啊，傻瓜，她痛哭流涕！
因为他活着！而特别令她哀伤的，
乃是明天，
她仍然要继续活着！
后天直至永远！——就像我们一样！

《暮色》 威廉·道夫·布格罗
127cm×66cm 1882年 私人收藏

23 美　颂[1]

美啊，你究竟来自天堂，还是出自地狱？
你的目光既可怕又神圣，
把恩惠和罪孽一同撒向人间，
因此，真应该把你比作酒。

你的眼里包藏着落日和曙光；
像狂风暴雨的黄昏那样散发出清香；
你的吻是春药，你的嘴是酒壶
使英雄气短，使怯童勇敢。

你究竟来自深渊，还是降自星空？
命运迷恋你，像只狗盯住你的裤裙；
你随手播撒欢乐和灾祸，
你统领一切，却对任何统领不负丝毫的责任。

美啊，你踏着死尸前进，却对死者冷嘲热讽；
在你的首饰里，恐怖只显得妩媚，
而凶杀却是你最贵重的饰物，
它骄傲地在你的肚皮上妖冶起舞。

啊，蜡烛，眼花缭乱的蜉蝣飞向你，
扑哧焚身，居然还说："感谢你燃烧的大恩！"
俯在美人身上气喘吁吁的情郎
仿佛垂死者抚摸自己的坟墓。

啊，美，你这无处不在的怪物，
只要你的秋波、你的微笑、你的秀足！
为我们打开无限的未识之门
你来自天堂或地狱，这又何妨？

注　释

[1] 原诗最初发表于 1860 年 10 月 15 日的《艺术家》杂志，诗题含有美女颂歌之意。可视为《面具》的续篇。收入 1861 年再版《恶之花》时，位居第 21 首，收入 1868 年第 3 版时，位居第 22 首。

[2] 妖妇（Sirène）：又称妖女塞壬，传说中半人半鱼的美人鱼，她坐在礁石上，用柔美的歌声诱引航海者分心，触礁而亡。

延伸阅读

※ 对"美"的探求与赞颂，是对现实的有力反击，这正是《恶之花》的精髓。

※"美"是诗人追寻的目标，也是置身世俗的不容妥协的决斗。

※ 原诗是一首每行 12 个音节的四行诗，共 4 段，押交叉韵，即 abab 格式。

啊，妩媚的天仙，和谐、芬芳、光明的女王，
我唯一的主宰！只要你让世界不那么丑陋，
让光阴不要那么沉重，你受命于上帝，还是魔鬼？
是天使，还是妖妇[2]，这又何妨？

《罪孽》画板油画　弗兰茨·冯·斯达克　97.5cm×60.8cm　1893年　奥地利　格拉茨　安诺姆　新画廊博物馆

《戴面具的老妇人》 詹姆斯·恩索尔 54cm×47.5cm 1889年 根特美术馆

24 异国的芬芳[1]

在温暖的秋夜，当我合起双眼，
就闻到你热情洋溢的胸脯散发的芳香，
我感到太阳那永恒的光芒
涌向幸福的海岸，闪现在我的眼前；

在自然恩赐的悠然海岛
到处是奇异的树，美味的果；
男子的体魄强健修长，
女子的目光真诚明亮。

你的芬芳引领我走向迷人的地方，
我看见一个港口，布满风帆
依然携带着大海的疲倦，

这时，绿油油的罗望子树[2]的清香，
在空中荡漾，溢满我的鼻孔，
我仿佛听到水手们的歌唱。

注 释

[1] 原诗发表于 1857 年 5 月 17 日的《阿隆松日报》，传为其女友让娜·迪瓦尔而作。诗中混有对毛里求斯岛和多罗泰的回忆。收入 1857 年《恶之花》时，位居第 21 首;1861 年再版时，位居第 22 首;1868 年第三版时，位居第 23 首。

[2] 罗望子树（Tamarinier）：热带地区的树名。

延伸阅读

※ 原诗约作于 1842 年 –1843 年间，或 1846 年，是献给让娜·迪瓦尔的情诗。诗中既有对让娜·迪瓦尔的赞颂，也有对南方海域的回忆。自然与情感的交织，情欲与回忆的融合，显示出诗人高超的写作水平。

※ 原诗是一首每行 12 个音节的十四行诗，前两段押环抱韵，即 abba abba 格式，后两段押连续韵，后押交叉韵即 aab cbc 格式。

《坐着的裸体》画板油画　马克斯·克林格尔　49.5cm×34cm　1880年　奥地利　林茨　雷恩特斯美术馆

25 黑　发[1]

《眩晕》中国水墨画　彩色铅笔画
雷恩·斯匹耶尔特　64cm×48cm
1908年根特美术馆

哦，你这浓密的卷发！
宛如波浪一直延伸到肩上！
销魂！这摇荡的风姿在回忆的峰巅
沐浴着你的幽香，
沉睡在久久回味的梦里！

倦怠的亚洲，火烫的非洲，
所有这遥远，似乎消失的世界，
都在这芳香袭人的浓密中居留！
正如别人在音乐中漫步，
我的灵魂，沿着你的芬芳航行。

我要去那里：人类都生机勃勃，树木都郁郁葱葱，
一切都沉醉在温暖里；
哦，你这浓密的卷发，请化为波涛把我卷起！
你这乌黑发亮的大海，包藏着征帆、桅杆、
船桨和点点渔火，整整一个光灿灿的梦：

喧嚣的港口，任我的灵魂逍遥在这欢腾、炫目、
芬芳的海洋之中；
任船只在这金色的波涛中滑行，
张开它那巨大的臂膀
拥抱这热流震颤的纯净之空的荣光。

我要把我这迷醉而热狂的头
永久地埋入你这乌黑发波的怀抱；
于是，我灵敏的思绪，得到它微颤的柔抚
仿佛重逢，这无限悠然的幸福，
在这无止境的芳香中摇荡！

注　释

[1] 本诗最初发表于1859年5月12日的《法国评论》，歌咏的是让娜·迪瓦尔的头发。收入1861年再版《恶之花》时，位居第23首；收入1868年第3版时，位居第24首。

延伸阅读

※原诗是一首每行12个音节的五行诗，共7段，押混合韵，即abaab格式。

※诗人在诗中展开奇特的想象，时而入梦，时而遨游五湖四海；在无限的时空里交织，把让娜·迪瓦尔的秀发，描绘得声色并茂，在色、形、味、声中，将诗人之爱，抒吐得回肠荡气。

哦，青丝，笼罩着黑暗的琼楼，
你赐我无限广阔的蔚蓝；
在你鬈发的岸边，那混合着椰油、
麝香和柏油的气息
席卷着我陶醉的热狂。

久久！久久地！在你浓密的长发里
我要把珍宝栽种，
为了让你永不拒绝我的欲求！
难道你不是我朝思暮想的绿洲？
难道你不是我久欲品茗的美酒？

《人性碎片》版画 费利西安·霍普斯 22.2cm×16.1cm 19世纪中半叶 费利西安·霍普斯省级博物馆

26 我爱你……[1]

我爱你，犹如爱闪烁的星空，
哦！哀愁之瓶，沉默的女郎，
你愈躲闪我，美人儿，我愈爱你，
你是我黑暗中的月亮，
你避开我，在无际的碧空[2]
它延伸的距离，更加增添引力。

我要向前进攻，
就像蛆虫尾随腐尸，
我甚至爱你的冷漠！
你的无情，反而显得更加美丽！

《圣母像》画布油画　爱德华·蒙克　90cm×68.5cm　1893年　奥斯陆　蒙克美术馆

注　释

[1] 原诗最初发表于1875年初版的《恶之花》。据传约作于1843年，波德莱尔曾朗诵给友人普哈隆听，诗中女性指诗人的情妇让娜·迪瓦尔。收入1857年初版《恶之花》时，位居第22首；1861年重版时，位居第24首；1868年第3版时，位居第25首。

[2] 碧空：暗指天国（天堂）。

延伸阅读

※“距离”是审美的引力，碧空的清寒与美人的冷艳，构成了天上人间的互映；既是诗情之美，艺术之美，也是新的审美的注入。

※原诗是一首每行12个音节的无题诗，押连续韵，即aabbccddff格式。

27 你要把整个世界纳入你的闺房……[1]

你要把整个世界纳入你的闺房，
邪恶的荡妇！无聊使你心如毒蝎。
为了检验你这可恶的牙齿，
你操练吃人的游戏。
你的眼睛像橱窗里的灯光
又似节日的烛火，闪现锋芒，
你对自己的美一无所知，
却专横地滥用造作的魅力。

你这丧心病狂冷酷无情的机器！
泄欲的工具，人间的吸血鬼，
你为什么不知羞耻
也不照照镜子，你的朱颜已改？
哦，荡妇，罪恶的女王
你利用大自然赐予你的红颜，
去装扮邪恶的妖魔，
自以为获得了神力的你，
——难道就没有什么能让你退缩？

哦，自甘堕落的怪物！登峰造极的耻辱！

注 释

[1] 原诗最早发表于初版《恶之花》，位居第23首，约作于1841年，诗中女性指犹太妓女萨拉。收入1861年重版《恶之花》时，位居第25首；收入1868年第3版时，位居第26首。

延伸阅读

※ 诗中表述了诗人对爱情渴望后的失望，是理想破灭后的心灵疼痛的记录。
※ 原诗是一首每行12个音节的无题诗，押连续韵，即aabbccdd格式。

《雪(云)》雷恩·斯匹耶尔特 中国水墨画 中国水墨水粉画 25cm×38cm 1902年 比利时 贝尔赫姆 私人收藏

28 尚未满足[1]

古怪的女郎，像夜一样漆黑，
混合着哈瓦那[2]烟草和麝香的气息
草原的浮士德[3]，黑色的魔术师[4]，
你这午夜黑暗的产物，

我不要鸦片，不要尼伊酒[5]，也不要康斯坦斯酒[6]，
我只要你那情思绵绵的口中的爱情的灵液；
当我的情欲纷纷向你涌来，
你的秋波就是我苦闷痛饮的清泉。

透过你灵魂的窗户——这又大又黑的双眼，
哦，冷酷的恶魔，别再向我发射无情的火焰；
我不是地狱之水[7]，

哦，放荡的复仇女神[8]，我不能，
为了挫败你的勇气，使我陷入困境，
或使你的卧床的地狱变成普洛塞耳皮娜[9]！

注 释

[1] 原诗最早发表于初版的《恶之花》，约作于1842–1843年，是吟咏黑维纳斯让娜·迪瓦尔的诗篇。收入1857年初版《恶之花》时，位居第24首；1861年重版时，位居第26首；1868年第3版时，位居第27首。

[2] 哈瓦那是古巴首都和全国经济、文化中心。

[3] 浮士德：16世纪德国魔术师。

[4] 黑色的魔术师：指俄比（Obi，或译为奥比），西印度群岛来自非洲的黑人魔术师。

[5] 尼伊酒（nuits，原意为夜，又译为纽伊）：葡萄酒名，产于勃艮第。

[6] 康斯坦斯酒（Constance，原意为诚实）：葡萄酒名，产于卡普（Cap），盛行于浪漫派时期。

[7] 地狱之水：原指冥河（亦译为恨河），绕地狱环流九次，典出维吉尔《埃涅阿斯之歌》第六歌439行。

[8] 复仇女神：原指麦哲拉（Megère），复仇女神之二，引申为悍妇之意。

[9] 普洛塞耳皮娜：冥王之妻，以放荡荒淫著称，此处指同性恋。

延伸阅读

※ 该诗系诗人沉痛的恋爱心路历程。

※原诗是一首每行12个音节的十四行诗，前两段押环抱韵，即abba abba格式，后两段先押环抱韵，后押交叉韵，即aab cbc格式。

《最后的教皇》中国油墨 黑色和彩色铅笔画 费利西安·霍普斯 米利尔的幼儿教育 缘雕刻画 约1884年 私人收藏

29 穿着波状般珠光闪闪的衣裙……[1]

穿着波状般珠光闪闪的衣裙，
走路也让人感到她在跳舞，
好像耍蛇人的木棒
在长蛇的跳动中起伏。

仿佛阴郁的黄沙直冲荒凉的苍穹，
全然不觉人间的疾苦。
似乎海上汹涌的波网，
她漠然地展现自己的媚态。

她的媚眼由迷人的宝石构成，
这奇异的象征本性
柔和完美天使与古代的狮身人面。

这黄金、钻石组合的闪烁，
永远闪亮着，如同无用的星辰，
不孕石女的冷冷庄重。

注　释

[1] 原诗最初发表于 1857 年 4 月 20 日的《法国评论》，原标题为《十四行诗》。收入 1857 年初版的《恶之花》时，位居第 25 首；1861 年再版时，位居第 27 首；1868 年第 3 版时，位居第 28 首。

延伸阅读

※ 在诗中，波德莱尔出神入化地表述出对让娜·迪瓦尔既欣赏又厌恶的复杂之情，这是矛盾之花，忧郁之花，是诗人对世俗情感入骨的讽刺。

※ 原诗是一首每行 12 个音节的十四行诗，无题，前两段，押交叉韵，即 abab abab 的格式，后两段，先押环抱韵，后押连续韵，即 abb acc 格式。

《穿冰鞋拿折扇的女士》费利西安·霍普斯 水彩铅笔画 32cm×22cm 1873 年 费利西安·霍普斯省级博物馆

《舞者》水彩油墨画 羽笔水彩油墨画 阿尔弗雷德·顾彬 39cm×31.5cm 约1900年 维也纳 阿尔贝蒂娜博物馆

30 舞　蛇[1]

我亲爱的，少不知愁的懒人，
　　我多么爱看，
你优美的躯体，那闪闪发光的肌肤，
　　仿佛颤动不已的丝绸！

你香泽袭人的
　　浓密的乌发，
像蓝色的波涛
　　飘忽在芬芳的海洋；

如同船刚刚苏醒
　　就迎接晨风
我的灵魂正扬帆出海
　　飘向遥远的天空。

你的双眼，丝毫不表露
　　甘甜或是苦涩，
真是金铁熔铸
　　冷若冰霜的一对明珠。

美人，你莲步轻移，
　　婀娜多姿
就像一条舞蛇
　　翩翩浮动。

你懒散得犹如一头
　　软绵绵的幼象
孩子般的头
　　摇晃个不休。

注　释

[1] 原诗发表于1857年初版的《恶之花》，位居第26首；1861年再版时，位居第28首；1868年第3版时，位居第29首，是歌咏让娜·迪瓦尔之作。

延伸阅读

※ 倾诉诗人对让娜·迪瓦尔的倾心之爱。由静态之美到动态之美，展示了迪瓦尔的诱人之态。再由动态之美，转而深入地表述爱吻的美妙。

※ 语言灵动，音韵和谐，恰与主题一致。

※ 原诗是一首单行8音节，双行5个音节的四行诗，押交叉韵，即abab格式。

石版画 爱尔德·西莫 19.9cm×12.9cm
私人收藏

你弯下身子，躺在床上
　　仿佛灵巧的船
任桅桁在水波间
　　不停地左右摇荡。

犹如冰川轰然融化
　　上涨的春潮，
迅速涌向
　　你的齿间。

我仿佛喝下令人辛酸，
　　又令人狂喜的波希米亚酒；
喝下那映出天空并把繁星
　　撒满我心头的一片汪洋！

《深远呐喊》羽笔棕色油墨画
奥古斯特·罗丹　18.6cm×12cm
1887–1888年　巴黎　罗丹美术馆

31 腐　尸[1]

亲爱的，想想我们曾看见过的东西，
　　那个凉夏的美丽清晨：
在山间小路的拐弯处
　　横卧在碎石上的腐尸，

两腿裸现，像个荡妇，
　　淌着热汗，冒着毒气，
厚颜无耻而又满不在乎地露出
　　臭不可闻的肚子。

阳光照射在这具腐肉上，
　　像是要烤熟它，
百倍地向大自然
　　归还它结为一体的万物；

苍天俯视这宛若怒放花朵的
　　傲然尸骨。
但恶臭却是如此强烈，以致
　　让你差点昏倒在地。

苍蝇在腐臭的肚皮上嗡嗡飞叫，
　　黑压压的蛆虫爬出来
像一股股黏稠的脓液
　　沿着这腐臭的烂肉直往外淌。

蛆虫犹如浪潮一般起伏不已，
　　横冲直撞，亮光闪闪；
仿佛这具被野风吹胀的尸体，
　　已经复活，小命在繁殖中延续。

注　释

[1] 原诗直接发表于1857年初版的《恶之花》，位居第27首；1861年再版时，位居第29首；1868年第3版时，位居第30首。约作于1842年至1843年之间。

[2] 指蛆虫蠕动声和苍蝇飞动声。

[3] 天主教徒在临终前需领临终圣事，包括告解、圣体、终傅。

延伸阅读

※ 诗人徐志摩称此诗是《恶之花》中“最恶毒、最奇艳的不朽之花”，一语道出此诗的价值。正如波德莱尔自称：“把你的污泥给我，我将之铸成黄金。”此诗，正是此论最好的佐证；寓永恒之灵于腐朽，铸永生之美于丑陋，在生死的映照中，将生死悖论宣泄到极致。

※ 原诗是一首以12个音节与8个音节交替闪现的四行诗，共12段，押交叉韵，即abab格式。

这世界竟发出不可思议的声音[2]，
　　像风在吹，又像水在流，
犹如农夫有力地摇动着簸箕
　　麦粒在其中不停地翻转。

身形已失，只留下依稀残梦，
　　只留下遗忘的画布，
让他仅凭残存的记忆
　　在描绘中草草复出。

一只心急火燎的母狗，躲在岩石后面
　　怒瞪着凶残的狗眼，
随时待机，在这腐秽的尸骨上
　　再攫取一块臭肉。

——可是将来，你也像这腐尸一样，
　　成为一堆臭肉，
你呀，我眼中的星辰，我心中的太阳。
　　我的天使，我的激情！

是的，你将如此娇美的女王，
　　当送终的圣事[3]来临，
你将在那繁花野草之下长眠，
　　在累累白骨间腐烂。

到那时，我的美人，请你告诉它们
　　那些吻噬你的蛆虫，
你的爱虽已解体，但你的情
　　已永存我的心中！

《沼泽植物》羽笔油墨画　羽笔水彩油墨画　阿尔弗雷德·顾彬　2.5cm×12.5cm　1903–1906 年　林茨　上奥地利州国家博物馆

32 来自深渊的求告[1]

你，我的至爱，求你怜悯，
我的心，已堕入深渊。
环顾这阴沉的世界，
黑暗已将恐怖和诅咒埋入地平线；

整整半年，毫无暖意的太阳在我的头顶晃悠，
余下的六个月，黑暗又将我紧紧掩埋；
这个不毛之地竟然比极地更荒凉；
没有森林、没有河流、没有绿草，也没有走兽！

在这个世界上没有任何一种恐怖
超过这冰冻太阳的冷漠与残酷
以及这蒙蒙混沌的漫漫长夜；

我真忌妒那帮卑贱的愚蠢动物，
它们总能进入浑浑噩噩的睡梦。
而我们时间的光线摇动得却是如此缓慢！

注 释

[1] 原诗初次发表于 1851 年 4 月 9 日的《议会通讯》，当时的标题为《贝雅特丽丝》（*La Béatvice*）；1855 年 6 月 1 日 在《两世界评论》发表时题为《忧郁》（*Le Spleen*）。收入 1857 年初版《恶之花》时，位居第 28 首；收入 1861 年再版本时，位居第 30 首；收入 1868 年第 3 版时，位居第 31 首。

延伸阅读

※ 原诗是一首每行 12 个音节的十四行诗，前两段押环抱韵，即 abba abba 格式，后两段是 3 个连续韵，即 aab bcc 格式。

※ 诗人追求爱情，在世俗的社会，在充满着钱腥铜臭的资本主义泥潭里，哪里有什么爱情可言，在这里，与其说是诗人在“求告”，不如说诗人在倾诉，在呐喊，在控告！

《夜行者》中国水墨画　羽笔
水彩画　阿尔弗雷德·顾彬
22.5cm×15.9cm　约1904年　巴
黎 蓬皮杜中心收藏

33 吸血鬼[1]

你呀，犹如一把尖刀，
刺入我忧郁的心；
你，在你华丽的盛装里
裹藏着恶魔般的凶残。

把备受凌辱的灵魂
化为你的床铺和领地；
——让耻辱紧紧捆绑我
如同囚徒系着锁链，

使我像酒鬼离不开酒盅，
赌徒沉迷下注，
犹如腐尸逃不脱蛆虫
——该死的，真该诅咒！

我曾祈求利剑
为我争取自由，
我曾祈求毒药
拯救我的怯懦。

唉，利剑和毒药都对我不屑一顾
轻蔑地说："你实在不配
我们帮你解脱，
你这该死的奴隶地位。

"蠢货！——如果我们帮你
摆脱她的统治，
你又会用你的热吻
复活这吸血鬼的尸身！"

注　释

[1] 原诗最初发表于1855年6月1日的《两世界评论》，为组诗《恶之花》18首之一，原标题为《贝雅特丽丝》，为咏让娜·迪瓦尔之作。收入1857年初版《恶之花》时，位居第29首；收入1861年再版本时，位居第31首；收入1868年第3版时，位居第32首。吸血鬼是古人迷信的想象物，它经常在夜间从古墓中出来吸食人血以葆青春。

延伸阅读

※原诗同《来自深渊的求告》，初次发表时，都曾用《贝雅特丽丝》为标题，表明诗人向往但丁的永恒恋情的思绪，虽受爱的折磨，也愿始终如一。

※诗中尽诉爱的苦难，情欲的悲哀。

※原诗是一首每行8个音节的四行诗，共6段，第1、2、4、5段押交叉韵，即abab格式，第3、6段押环抱韵，即abba格式。

《吸血鬼的娱乐》水彩铅笔画 博莱斯瓦·比耶加斯 48.5cm×40cm 1916年 巴黎 私人收藏

34 忘川（遭禁）[1]

贴紧我的心，残酷的恋人[2]，
令人销魂的雌虎，冷漠的女妖；
我要把战栗的双手久久地
伸入你这浓密的秀发里；

我要掀起你这洋溢着幽香的衬裙
把我这痛苦的头深深地埋入其中，
像闻一朵枯萎的花那样，
闻一闻那消失的爱情留下的芬芳。

我要酣然入梦！长眠不醒！
在这令人陶醉的梦魂里，
我要在你这美妙绝伦铜镜般光滑的娇躯上
留下疯狂的无悔的热吻。

我要吞没这消沉的悲泣
除了你这沉睡的深渊，我别无所求；
你的口中萦绕着遗忘，
忘川之水在你的吻中流淌。

从此，我的灵魂仿佛得救，
乐于服从命运；
我像受尽煎熬的无辜囚徒，
因狂热而加刑，

为了消除怨恨，我要从你这高耸的胸脯，
这迷人的乳头上
吮吸毒芹之浆、忘忧之水[3]，
它从未有过诚实。

注　释

[1] 原诗最初发表于 1857 年初版《恶之花》，位居第 30 首；1861 年再版时，位居第 31 首；1868 年第 3 版时，位居第 32 首，后收进 1864 年《19 世纪牧神巴拿斯》选集。是被法院判处删除的 6 首禁诗之一。忘川是古希腊语中的冥府之河，饮此水，即忘却过去。

[2] 恋人指让娜·迪瓦尔。

[3] 忘忧之水，原文为 Népenthès，意为消愁药、忘忧草或猪笼草，典出荷马史诗《奥德赛》第四歌第 228 行。诗中描述海伦有此物，是埃及女给她的，混入酒中，饮后可以忘掉忧愁。

延伸阅读

※女人不仅是忘忧之水，更是地狱之河。此诗是诗人吟咏让娜·迪瓦尔之作，以惊人的想象力，袒露爱之痛、情之深。

※近似色欲之词，使其遭禁，只能怨法官理解能力差，不能触及诗人的灵魂。

※原诗是一首每行 10 个音节的四行诗，共 6 段，押环抱韵，即 abba 格式。

《不灭的激情》黑粉笔铅笔画 让·德尔维尔 56.5cm×98.5cm 1890年 布鲁塞尔 现代艺术博物馆

35 某夜我躺在……[1]

某夜我躺在犹太丑女[2]的身边，
就像一具尸体紧靠着另一具尸体。
在这卖身女的身边，我不由自主地想起
我梦寐以求的多愁善感的美貌女郎[3]。

我想起她那天然端庄，
想起她那具有无限活力的美丽的眼睛，
想起她那芳香袭人的满头秀发，
想起来，爱情的火焰就在我的胸中狂燃。

如果，在某夜，哦，冷酷的美人，
你能情不自禁地流出一滴泪珠
使你冷若冰霜的眼睛变得模糊。

我或许早就满怀热忱地亲吻你高贵的玉体
从足尖，一直到秀发！
任凭情感的激流冲开你的心扉。

注　释

[1] 原诗最初发表于 1857 年初版的《恶之花》，位居第 31 首，1861 年再版时，位居第 32 首，1868 年第 3 版时，位居第 33 首，为集中创作最早的诗篇之一。

[2] 指犹太妓女萨拉（Sarah），诨名斜眼（La louchette）。

[3] 指让娜·迪瓦尔。

延伸阅读

※ 诗人对让娜·迪瓦尔怀有终生不渝的情感，可惜让娜·迪瓦尔让他吃尽了苦头，爱情成为永远也拂不去的伤痛，在诗人的心中留下终生挥之不去的阴影。

※ 原诗是一首每行 12 个音节的十四行诗，前两段押环抱韵，即 abba abba 格式，后两段先押环抱韵，后押连续韵，即 abb acc 格式。

《舞会上的幽灵》水彩油墨画 羽笔水彩油墨画 阿尔弗雷德·顾彬 31.4cm×39.2cm 1900年 维也纳 阿尔贝蒂娜博物馆

36 死后的悔恨[1]

我忧郁的美人，一旦你长眠于
黑色大理石垒起的坟墓深处，
只有潮湿的墓室，凹陷的地穴
来做你的卧房和住宅；

当碑石压住你充满恐惧的胸脯
和你那令人陶醉的纤纤细腰，
使你的芳心不再跳动，需求不再索取，
使你的双脚不能再上情场追逐。

坟墓，我无限梦幻的知己
（只有坟墓能理解诗人），
在难以入眠 的漫漫长夜里，

将会对你说："荡妇，你居然对死者的悲哀置若罔闻，
这对你何益？"
——蛆虫将会像折磨你的悔恨那样啃咬你的肌肤。

注　释

[1] 原诗最初发表于 1855 年 6 月 1 日的《两世界评论》，为组诗《恶之花》18 首之一。收入 1857 年初版《恶之花》时，位居第 32 首，1861 年再版时，位居第 33 首，1868 年第 3 版时，位居第 34 首。

延伸阅读

※ 本诗依然是咏叹让娜·迪瓦尔的诗篇，诗人告诫让娜·迪瓦尔，死亡会将遗憾凸现成永无止境的折磨，到时，一切悔之晚矣。

※ 洋溢着法国七星诗社时代的风情，昭示出诗艺不可割裂的传承关系。

※ 本诗是一首每行 12 个音节的十四行诗，前两段押环抱韵，即 abba abba 格式，后两段先押环抱韵后押连续韵，即 abb acc 格式。

《永恒的火焰》水粉油墨画　羽笔水粉油墨画　阿尔弗雷德·顾彬　32.9cm×27.2cm　1900年　纽约现代艺术博物馆

37 猫[1]

到我多情的怀中来吧，我美丽的猫；
　　收起你脚上的利爪，
让我沉醉在你那金银与玛瑙
　　糅合的美丽的眼中。

当我的手指悠然抚摸
　　你的头和有弹性的背。
当我手触着你那带电的娇躯
　　感到怡然而陶醉，

就恍惚看到我的爱妻。她的目光
　　犹如你的眼神，宝贝，
仿佛标枪，深邃而冷漠，令人断肠，

从头到脚，一种危险的芬芳，
　　一种沁人心脾的幽香
在她迷人的褐色娇躯周围荡漾。

注　释

[1] 原诗最初发表于1854年1月8日的《阿隆松日报》，标题为《十四行诗》，约作于1852年，后收入1857年初版《恶之花》时，位居第33首;1861年再版时，位居第34首;1868年第3版时，位居第35首。

延伸阅读

※《恶之花》中共收入3首《猫》，波德莱尔擅写"猫"，可见一斑。

※"猫"在诗人的笔下是女人的代称，猫善察世事，洞悉人生，它的柔顺、狡黠，同女人无二。

※此诗依然是咏叹让娜·迪瓦尔。

※原诗是一首交错音节的十四行诗，单行为10个音节，双行为8个音节，前两段押交叉韵，即abab格式，后两段先押交叉韵，后押连续韵，即aba bcc格式。

《希塔和萨丽塔》画布油画　塞西莉亚·波　94cm×63.5cm　1893-1894 年　巴黎　奥赛博物馆

38 决　斗[1]

两个战士血刃交接
刀光满天，鲜血四溅。
——这血肉相搏的把戏，
正是被爱情折磨的青春在喧嚣。

利剑折断了！犹如我们的青春，
亲爱的！他们又用赤手和牙齿，
代替不可靠的刀剑。
——唉，这爱情的积怨多么可怕！

凶残的英雄揪扭着滚下，
薮猫[2]和雪豹[3]出落的山沟，
他们的血肉使荆棘绽放花朵。

——这个挤满友朋的深渊，乃是地狱！
让我们毫无悔意地进入，无情的女杀手，
让我们仇恨的火焰永无熄灭之日！

注　释

[1] 原诗最初发表于1858年9月19日的《艺术家》，后收入1861年再版的《恶之花》，位居第35首，1868年第3版时，位居第36首。

[2] 薮猫（Chat-pard，即serval），西非葡萄牙产，猫科动物，猞猁属，腿长，毛色深而有黑斑，性凶猛。

[3] 雪豹（Once，即Léopard des neiges），产于非洲和亚洲的豹类。

延伸阅读

※ 情之仇，是人类无法解除的固有情感。诗人触及这一无法避免的疼痛，抒吐出人类的悲哀。无论是智者，或愚者，无论尊卑，谁能逃脱情网的束缚？

※ 原诗是一首每行12个音节的十四行诗，前两段押交叉韵，即abab abab格式，后两段先押交叉韵，后押连续韵，即aba bcc格式。

《短木棒战争》画布油画　弗朗西
斯科·德·戈雅　123cm×266cm
1820 年　马德里　普拉多博物馆

39 阳　台[1]

回忆之母，情人中的情人，
你呀，是我全部的快乐！我全部的爱！
你可曾记得那温存的快慰，
那炉火的柔情，那黄昏的魅力，
回忆之母，情人中的情人！

那些被熊熊炭火燃亮的黄昏，
那玫瑰色的柔雾所笼罩的阳台。
你的乳房多么温暖！你的心地多么善良！
那些永难磨灭的往事
那些熊熊炭火燃亮的黄昏。

那温暖的晚上[2]，夕阳多么美丽！
天空多么广阔！爱情多么顽强！
我敬爱的女王，当我俯身向你，
我仿佛闻到你生命的芬芳。
那温暖的晚上，夕阳多么美丽！

夜降下它那沉重的帷幕，
黑暗中我的目光搜寻到你的秋波，
我畅饮你的幽香，唉，甘醇的毒物！
你的秀足在我的掌中入梦。
夜降下它那沉重的帷幕。

我把那销魂的时刻召回，
重温在你膝上的旧梦，
可是除过你的温存、你的娇躯
我从何处重觅你的美丽？
我把那销魂的时刻召回！

注　释

[1] 原诗最初发表于1857年5月17日的《阿隆松日报》。收入1857年初版的《恶之花》时，位居第34首；收入1861年再版的《恶之花》时，位居第36首；1868年第3版时，位居第37首。

[2] 晚上（Soirée），高纬度区域的夏季，入夜较晚，甚至持续至晚上九、十点钟。故有此语。

[3] 歌德叙事诗《渔夫》有诗句："你看那太阳浸入海中，它们沐浴后的面容更加美丽。"

延伸阅读

※ 在诗中诗人缅怀与让娜·迪瓦尔的旧情，表达了对未来的期望。由黄昏、晚上、深夜，以至黎明，盼重归于好。在极具乐感的诗句中，寄予了诗人对爱情的渴望。特具诗美的格式天然地抒吐了此种情怀。

※ 原诗是一首每行12个音节的五行诗，共6段，每段前4行押交叉韵，第5行重复第1行，即ababa格式。

《穿红背心的女人》画布油画　阿德里安·德·维特　85cm×69cm　1880年　列日　瓦隆艺术博物馆

那些海誓山盟，芬芳，那无休止的吻，
能否从不可测知的深渊重现？
就像从海底深处沐浴过的太阳[3]
再获青春，重上云霄？
那些海誓山盟！芬芳！那无休止的吻！

波德莱尔的画

40 着魔者[1]

夕阳罩上一层黑纱，
哦，我生命的月亮！愿你也像它那样蒙上阴影；
随之呼吸，随之入梦；随之默默无言，愁容满面，
整个地沉入厌倦的深渊之中；

我爱你如此！可是，倘若今天，
你像从昏黄中挣脱的星星那样，
奔向充满狂热的地方，
那也无妨！迷人的匕首，愿你出鞘！

愿你的眼睛在吊灯的光焰中闪亮！
愿你从野汉的眼中燃起欲望！
病态也好，活跃也罢，你的一切我都喜爱；

任你随心所欲，漆黑的深夜，火红的黎明；
我这战栗的全身，没有一根神经
不在叫喊："哦，亲爱的巴力西卜[2]，我爱你！"

注　释

[1] 原诗最初发表于1859年1月20号的《法国评论》，约作于1858年，后收入1861年再版的《恶之花》，位居第37首，1868年第3版时，位居第38首。

[2] 巴力西卜（ba'al zêbhubh），亦称巴力（ba'al），或译为巴西卜（Beelzebùl）。《新约·马太福音》第十章第25节，注为鬼王之名，为迦南宗教的丰收神，带有纵欲特征。

延伸阅读

※ 依然是歌吟让娜·迪瓦尔的诗篇。在爱之痛中发出呼唤："我爱你！"这声音更透出诗人对爱情的失望、无助，更加深诗人的忧郁、理想的幻灭，故在"着魔者"的具象中，抒吐自身的无可救药。

※ 原诗是一首每行12个音节的十四行诗，前两段押环抱韵，即abba格式，后两段先押连续韵，后押交叉韵，即aab cbc格式。

41 幽　灵[1]

Ⅰ 黑暗

命运已将我深深地囚禁
在这无限凄凉的地窖里面；
连一丝微光也透不进来；
只有阴郁的夜神陪伴我，

我像个画家，被爱嘲弄人的神灵
逼迫在黑暗中画画；
像食欲惊人的厨子，
我烹食我自己的心，

这位幽雅动人的幽灵
不时地闪现。
直到显出整个身形。

从她迷幻般的东方神韵中，
我认出这位来访的美人：
原来是她！黝黑又光彩照人。

Ⅱ 芳香

读者，你可曾在陶醉中
细细地品味过
香囊中陈年的麝香
或那弥漫在教堂里的气息？

这神奇的魅力，往昔的时光
又因你而焕发青春，使我们陶然！
就像依偎在情人的身边
亲手摘下那回忆的鲜花。

注　释

[1] 原诗最初发表于 1860 年 10 月 15 日的《艺术家》，约作于 1860 年。后收入 1861 年再版的《恶之花》，位居第 38 首；1868 年第 3 版时，位居第 39 首。

[2] 白藓（dictame，即 dictamnus alba），是一种芸香料植物，花有红、白两种，气味浓郁，有强烈的香气。

[3] 三色素描：是用黑笔、白笔、红笔在彩纸上画的素描。

延伸阅读

※1859 年让娜·迪瓦尔因中风住院，后半身不遂，留下难以治愈的后遗症，诗人悲痛万分，写下此诗。

※ 在诗人看来，迪瓦尔的不幸，在他的心中仿佛是“幻影”，迪瓦尔仿佛是一个“幽灵”，在她那散发着芳香的“肖像”里，锦上添花的“画框”似乎也进入了“黑暗”。而这个“幽灵”仿佛是诗人永远的痛，这既是诗人的悲哀，也是人类无法逃脱的悲哀。

※ 原诗是一组每行 10 个音节的十四行诗，共 4 首。韵律各不相同：

※ 第 1 首，前两段押环抱韵，即 abba abba 格式，后两段先押交叉韵，后押连续韵，即 aba bcc 格式；

※ 第 2 首，前两段押环抱韵，即 abba

《鉴赏中国古玩的瘦子》画布油画
詹姆斯·恩索尔　100cm×60cm
1885 年　根特美术博物馆

她那柔软浓密的头发，
就像鲜活的香囊，
发射出野性的气息，

她那细纹的、丝绒的衣裙，
充满着纯洁的青春活力，
散发出浓郁的芳香。

Ⅲ 画框
犹如一幅杰作，
仍需凭借漂亮的画框，
而增添迷人的力量
脱离茫然无际的自然而独立，

珠宝、家具、金银、首饰，
正与她的旷世之美相匹配；
一切都像是她的画框，
增添她完美的光辉。

有时，她竟然以为
世上谁都对她钟情；她满怀
快慰，把她的裸体

沉浸在绫罗绸缎的热吻中，
她那舒缓有度的举止
显示出猴子般的天真优美。

Ⅳ 肖像
为我们迷狂的熊熊情焰
终将被病魔和死神化为灰烬。
那双充满热情而温柔的眼睛，
那张令人心神欲醉的双唇，

abba 格式，后两段先押环抱韵，后押连续韵，即 abb acc 格式；
※ 第 3 首，前两段押环抱韵，即 abba abba 格式，后两段先押连续韵，后押交叉韵，即 aab cbc 格式；
※ 第 4 首，前两段押交叉韵，即 abab abab 格式，后两段先押交叉韵，后押连续韵，即 aba bcc 格式。

《图书管理员》水彩画　费利西安·霍普斯　22cm×14.5cm　取自“取悦诚实人的百张速写”画集系列　1878年　布鲁塞尔　从马雷什·多米尼克巴布尔收藏

那白蘚[2]一般浓烈的热吻，
那比日光还要炽热的春潮，
全都夺走，还留下什么？可怕啊，我的灵魂！
只有褪色的三色素描[3]，

像我一样在孤独中死去，
都被时间这不公正的老头，
一日一日地用又粗又硬的翅膀抹去痕迹……

生命和艺术的阴险杀手，
你怎能在我的记忆中
抹掉她，我的欢乐，我的光荣！

无题

42 如果我的名字……[1]

如果我的名字，像一只船
被北风吹送到遥远的未来，
献给你的这些诗篇，
将在人们的脑海里掀起梦幻的波澜，

但愿我对你的追忆虽已成为传闻[2]，
犹如单调的扬琴[3]令人生厌，
却依然像我这骄傲的诗韵
凭借这神奇的链环而永存[4]；

遭诅咒的人啊，从深不可测的渊底
到九霄云外，除了我，谁会回应你的呼喊！
——你呀，宛如稍纵即逝的幽灵，

迈出轻盈步履，投出从容的目光
蔑视那帮百般挑剔的蠢货，
你，面如青铜的天使，黑眼的雕塑[5]！

注　释

[1] 原诗最初发表于1857年4月20日的《法国评论》，标题为《十四行诗》。后收入于1857年版《恶之花》时，位居第35首;1861年再版时，位居第35首;1868年第三版时，位居第40首。

[2] 暗指古代传说中的女性。

[3] 扬琴（Tympanon），古希腊乐器，由铜弦制作，用小木棒敲击。

[4] 恋人的名字将在诗中不朽。

[5] 让娜·迪瓦尔是黑白混血儿，黑皮肤，波德莱尔称之为黑美人。

延伸阅读

※波德莱尔钟情于让娜·迪瓦尔，遗憾的是他们并不相合，终因诸多原因分手，但诗人依然留下这首诗篇，表达出对让娜·迪瓦尔的无限深情。这是波德莱尔献给让娜·迪瓦尔的最后一首诗，诗人深情的表述，恋人的倩影将随着他的诗韵而永存。

※原诗是一首每行12个音节的十四行诗，前两段押环抱韵，即abba abba格式，后两段先押连环韵，后押交叉韵，即aab cbc格式。

43 永远如此[1]

你常问："你哪来的这些奇怪的忧愁，
就像涌向光秃秃的黑岩上的潮水？"
——当我们的心摘下爱果之后，
生存就化为痛苦！这公开的机密，

这单纯、毫无神秘的忧愁。
就像你的喜悦，显而易见。
好奇的美人[2]！请别再追问，
你的声音虽美，但也请你缄默！

别出声，不知愁的人！欢快的灵魂！
闭上稚笑的嘴！死亡更胜浮生，
抛出巧妙的锁链将我们网住。

但愿你让我、让我陶醉于虚幻之中，
钻入你的美目，像沉浸一场美梦，
永远沉睡在你睫毛的呵护里！

注　释

[1] 原诗最初发表于1860年5月15日的《现代评论》。后收入1861年再版的《恶之花》时，位居第40首，1868年第3版时，位居第41首。原文标题是拉丁文成语，即：Semper eadem。伊丽莎白女王曾以此为座右铭。

[2] 指萨巴蒂埃夫人（Mme Sabatier），银行家的情妇，爱好文艺，雨果、戈蒂耶等人都是她的座上客。她与让娜·迪瓦尔相反，是白种人，称为白维纳斯。波德莱尔把她奉为诗神、保护神，寄托着自己的向往和追求。

延伸阅读

※ 让娜·迪瓦尔是诗人心中永远的痛，萨巴蒂埃夫人是诗人心中的一个梦。现实与梦幻是一对天敌。当诗人在梦中，现实的痛化为忧愁；当诗人置身现实，梦幻又成为诗人无法化解的企求。忧郁在欢快的字里行间，在企望中成为永远的痛结。

※ 原诗是一首每行12个音节的十四行诗，前两段押交叉韵，即abab abab格式，后两段先押连续韵，后押环抱韵，即aab ccb格式。

《午餐》画布油画　雷恩·巴克斯特　1908 年　莫斯科　普希金博物馆

44 她的全部[1]

今天早上，
魔鬼特地来到，
我的楼上，
突然问我："你告诉我，

"构成她魅力的
种种可爱之处，
那组成她娇躯的
黑色与粉红，

"何者最美？"——我的灵魂！
随即回答这个讨厌鬼：
"她的一切都芳香袭人，
周身上下毫无区别。

"我已被她陶醉，真不知道
是什么把我诱惑。
她像晨曦令我目眩
又似良夜给我安慰；

"那美妙绝伦的和声
笼罩着她婀娜的娇躯，
这完美的和弦
怎么也无法一一转述。"

"她已把我的全部感受
融为一体！
她的气息散发旋律，
犹如她的声音化为芬芳！"

注　释

[1] 原诗最初发表于1857年4月20日的《法国评论》。后收入1857年初版《恶之花》，位居第36首；1861年再版时，位居第41首；1868年第3版时，位居第42首。

延伸阅读

※萨巴蒂埃夫人爱好文艺，美丽、大方、得体，成为波德莱尔的"精神偶像"。此诗尽倾诗人的情怀，赞颂她的完美无缺。

※原诗是一首每行8个音节的四行诗，共6段，押交叉韵，即abab格式。

《风》中国水墨和羽笔画　雷恩·斯匹耶尔特　38.4cm×30.9cm
约1902年　布鲁塞尔　现代艺术博物馆

45 今晚你说什么呢……[1]

今晚你说什么呢，孤独可怜的灵魂，
我的心，我憔悴的心，
对这位美丽、善良，以神奇的眼神
使你重获青春的佳人，你诉吐什么？

——我们用我们的骄傲把她颂扬，
她那威严中无比优雅的魅力；
她那激发灵感的肉体散发出天使的芬芳，
她的秋波为我们披上光明的外衣。

无论是黑夜里、孤独中，
无论在小街、人群里，
她的倩影犹如凌空飘舞的火炬。

她说："我是美人，我命令你
为了爱我，你必须爱美；
我是圣母，我是诗神，我是守护天使！"

注　释

[1] 原诗最初发表于 1855 年 1 月 15 日的《巴黎评论》，后收入 1857 年初版的《恶之花》，位于第 37 首；1861 年再版时，位于第 42 首；1868 年第 3 版时，位居第 43 首。

延伸阅读

※ 波德莱尔在 1854 年 2 月 16 日将此诗随匿名信附寄给萨巴蒂埃夫人。

※ 巴尔巴拉（Charles Barbara）曾在他的小说《红桥谋杀案》（*l'Assassinat du Pont-Rouge*）中引用此诗。

※ 原诗是一首每行 12 个音节的十四行诗，前两段押连续韵，即 aabb ccdd 格式，后两段先押连续韵，后押交叉韵，即 aab cbc 格式。

《争吵》水彩画　费利西安·霍普斯　68.5cm×49cm　1877年　私人收藏

46 鲜活的火炬[1]

你的眼睛充满光明，
无疑是睿智的天使赐予的魅力；
神圣的盟友，我的弟兄，走吧，
把钻石般的光芒射进我的眼里。

它[2]使我摆脱一切罗网和罪孽，
它引领我走上美的道路；
它是我的向导，我是它的奴隶；
我整个的生命都服从它鲜活的闪动。

迷人的眼里，闪烁着神秘的光芒
如同白昼里的烛火；虽然被日光
染上鲜红，却灭不了幻想的火焰；

蜡烛赞美死亡，你歌颂清醒；
走吧，赞颂我灵魂的苏醒，
明亮的星辰[3]，太阳也灭不了你的光焰！

注 释

[1] 原诗最初发表于1857年4月20日的《法国评论》。后收入1857年初版《恶之花》时，位居第38首;1861年再版时，位居第43首;1868年第3版时，位居第44首。

[2] 它，指萨巴蒂埃夫人的眼睛，即鲜活的火炬。

[3] 星辰（astres），复数，指眼为两颗星辰。

延伸阅读

※这是波德莱尔1854年2月7日写给萨巴蒂埃夫人的匿名信中的附诗。

※眼为火炬，是波德莱尔精神幻念的形象寄托，尽管以此意象吟咏眼非波氏首创，但波氏“鲜活的火炬”独具魅力。

※原诗是一首每行12个音节的十四行诗，前两段押连续韵，即aabb ccdd格式，后两段先押交叉韵，后押连续韵，即aba bcc格式。

《晨光中的女人》画布油画　拉斯帕·大卫·弗里德里希　22cm×30cm　1818年　德国　埃森　福克博物馆

47 给太快活的女郎（遭禁）[1]

你的容颜、举止、神采
美丽如描画的风景；
微笑在你的脸上荡漾
仿佛清风从空中飘过。

你的娇躯
所散发出来的健康
使所有走近你的人
晕头转向。

你把充满音响的色彩
布满你绚丽多彩的衣裙
把花之芭蕾的意象
刻入诗人的心中。

这五彩缤纷的长裙
正是你色彩斑斓的象征；
这使我神魂颠倒的女狂人，
我爱你，又恨你！

有时，我拖着疲惫的身躯
徜徉在美丽的花园，
觉得阳光对我冷嘲热讽，
使我心碎；

就连青枝绿叶的春天
都在我的心上留下斑斑伤痕，
以致我采一朵花泄愤
惩罚大自然的无礼。

注　释

[1] 原诗直接发表于1857年初版的《恶之花》，位居第39首。被法院判处遭禁的6首诗之一。后收入1864年《19世纪牧神巴纳斯》选集。

[2] 毒液（Venin），波德莱尔声称指忧郁或悒郁（spleen 或 mélancolie），法官将此解释为梅毒，故将此诗查禁。

延伸阅读

※1852年12月9日，诗人第一次匿名写信给萨巴蒂埃夫人时附寄此诗。收入1857年6月25日初版《恶之花》，书刚问世，即遭法院查禁并扣留。8月18日，波德莱尔写信给萨巴蒂埃夫人，言明此诗及其他九首皆为她而作，望她出庭，以利裁决。很遗憾，她最终没有出庭。

※此诗遭查禁，真是理想与现实的绝妙嘲讽。

※原诗是一首每行8个音节的四行诗，共9段，押环抱韵，即abba格式。

我也想在某一个晚上，
等淫乐的时候来临，
我悄悄地潜入你的玉体，
像个无耻的蠢汉，

去抚扪你获得宽恕的胸房，
惩治你那快活的肌肤，
给你惊愕的腰际
弄上凹陷的创口，

啊，这使人眩晕的陶醉！
透过那分外鲜艳，
令人销魂的晶莹的双唇，
我的妹妹，我向你注入我的毒液[2]！

《植物》金底彩色铅笔和纸板水彩画（金色背景） 费利西安·罗普斯 23cm×16.5cm 19世纪后半期 荷兰 奥特罗 库勒慕勒博物馆

48 通　功[1]

啊，欢快的天使，你可体验过忧虑，
羞耻、悔恨、哭泣、惆怅，
以及像揉纸团一样压迫人心
漫漫长夜里可怕的无边的恐怖？
啊，欢快的天使，你可体验过忧虑？

唉，善良的天使，你可知道怨尤，
当复仇女神把地狱之鼓敲响，
操纵着我们的时光，
那些苦泪和暗中握紧的拳头？
唉，善良的天使，你可知道怨尤？

哦，健康的天使，你可感知过热病，
沿着凄凉的灰白的济贫院的高墙，
抖动的双唇、寻觅难得一见的阳光。
像流民又似落伍者迈动着病步？
哦，健康的天使，你可感知过热病？

唉，美丽的天使，你可见过皱纹，
体验过衰老的恐怖，当我们的馋眼
在依恋的秋波里，对献身暗怀恐惧
那可恶的痛苦，所感到的令人厌倦的愁闷？
唉，美丽的天使，你可见过皱纹？

啊，洋溢着幸福、喜悦、光明的天使，
连奄奄一息的大卫王[2]也曾向往
获得你娇躯上散发出的健康；
可是，我只求你为我祈祷，天使，
啊，洋溢着幸福、喜悦、光明的天使！

注　释

[1] 原诗最初发表于1855年6月1日的《两世界评论》。后收入1857年初版《恶之花》时，位居第40首；1861年重版时，位居第44首；1868年第3版时，位居第45首。

[2]《旧约·列王纪上》第一章："大卫王年纪老迈，虽用被遮盖，仍不觉暖。"臣仆劝他："寻找一个处女，让她伺候王，奉养王，睡在王的怀中。"

延伸阅读

※此诗是1853年初波德莱尔写给萨巴蒂埃夫人的匿名信中的附诗。

※恋人的美德可弥补诗人的缺陷，医治诗人的痛苦。

※原诗是一首每行12个音节的五行诗，共5段，押环抱韵，每段第5行与第1行重复，即abbaa格式。

《绚丽天使》画布油画　让·德尔维尔　1894 年　私人收藏

49 告　白[1]

一回，就那么一回，温柔可爱的女郎，
　　你光滑的手臂
挽住我的手臂（在我的灵魂深处
　　这记忆依然历历在目）；

夜色深沉；像一枚崭新的奖章
　　一轮明月皓然当头，
庄严的夜色，像奔涌的江河，
　　流过沉睡的巴黎的上空。

沿着墙角，穿过一个个大门，
　　有几只猫咪悄悄地走来，
竖耳谛听，像亲爱的影子一般，
　　慢慢地跟着我们，不肯走开。

无拘无束的亲密
　　正在淡淡的月光下温柔，
突然，从你那音色华丽
　　充满着乐音的口中，

从你那沐浴着朝阳的军乐一样
　　明朗而灿烂的口中，
发出一声奇异的响动，一声哀怨
　　这声音一直在颤悠

像个孱弱、丑陋、阴沉、肮脏的女孩，
　　连家里人都感到羞耻，
为了怕世人看见，长期以来，
　　被密藏在地下室里。

注　释

[1] 原诗最初发表于1859年6月1日的《两世界评论》，后收入1857年初版《恶之花》时，位居第41首；1861年重版时，位居第45首；1868年第3版时，位居第46首。

延伸阅读

※ 此诗是1853年5月9日波德莱尔写给萨巴蒂埃夫人的匿名信中的附诗。

※ 该诗回忆了诗人跟萨巴蒂埃夫人在协和广场上散步时的情景。从诗中看出，诗人对萨巴蒂埃夫人的了解已从表面深入内心，是心灵的袒露，有惊人的直率与悲凉。

※ 原诗是一首单行12个音节，双行8个音节的四行诗，共10段，押交叉韵，即abab格式。

可怜的天使，你脱口而出的声音在回荡：

“这世上，一切都不可靠，

不管怎样处心积虑地伪装，

自私之心总会露出马脚；

“做美貌女人，真是不易，

就像愚蠢冷酷的舞女

不由自主地要强装笑脸

是那样的贱气；

“相信人心，真是愚不可及；

爱情和美丽，迟早都逃不脱幻灭的命运，

最终都要被弃入遗忘的背篓

还给永恒！”

我时常回想起那迷人的月光，

那种寂静，那种忧郁，

那种从内心深处的忏悔里

低声吐露的，这可怕的告白。

《夜晚》画布油画　加布里埃尔·费里尔 160cm×110cm　1911 年　巴黎　小皇宫博物馆

50 心灵的黎明[1]

当红亮的曙光伴着噬人的理想
纷纷射入放荡者的心中，
依凭神秘的报复之力
在沉睡的野兽身上，天使渐渐苏醒。

精神太空那遥不可及的蔚蓝，
为了梦想而痛苦的沮丧者，
带着深渊的诱惑而消失。
亲爱的女神，纯洁明亮的生命，

残羹尚热的愚蠢欢宴已经消失
你的面影，却更加清晰地在我的眼前，
不断地飘动：那分外明亮的妩媚的红颜。

太阳使烛光黯淡无色；
光辉的女郎，你无敌的倩影，
你灿烂的灵魂也像太阳永世长存！

注　释

[1] 原诗最初发表于 1855 年 6 月 1 日的《两世界评论》，为《恶之花》组诗 18 首之一，后收入 1857 年初版《恶之花》时，位居第 42 首；1861 年再版时，位居第 46 首；1868 年第 3 版时，位居第 47 首。

延伸阅读

※ 此诗是 1854 年 2 月初，波德莱尔献给萨巴蒂埃夫人的诗，并附言：After a night of pleasure desolation，all my soul belongs to you…（度过这凄欢之夜，我的灵魂属于你……）

※ 原诗是一首每行 12 个音节的十四行诗，前两段押环抱韵，即 abba abba 格式，后两段先押环抱韵，后押连续韵，即 abb acc 格式。

《沉睡的裸体女人》画布油画
欧仁·卡里埃 19世纪后半叶
巴黎 奥赛博物馆

51 向晚的和谐[1]

时辰到了，花儿在枝头颤动
每朵都在吐艳，宛如香炉；
声音和芳香在晚风中飘荡；
这忧郁的圆舞曲，不可抗拒的眩晕！

每朵都在吐艳，宛如香炉；
提琴呜咽，恰似受伤的心；
这忧郁的圆舞曲，不可抗拒的眩晕！
天空凄美如祭坛。

提琴呜咽，恰似受伤的心，
一颗柔心，憎恶广漠漆黑的虚无！
天空凄美如祭坛；
夕阳在凝结的血泊中沉没……

一颗柔心，憎恶广漠漆黑的虚无，
从美丽的昔日中搜寻一切回忆！
夕阳在凝结的血泊中沉没……
想起你就仿佛看见圣体在发光[2]！

注　释

[1] 原诗最初发表于1857年4月20日的《法国评论》，亦刊登于同年5月17日的《阿隆松日报》。后收入1857年初版《恶之花》时，位居第43首，1861年再版时，位居第47首；1868年第3版时，位居第48首。

[2] 圣体在发光（Ostensoir），亦译圣体龛、圣器、圣体显供台。

延伸阅读

※ 本诗不仅显示诗人对萨巴蒂埃夫人的虔诚崇拜，也显示诗人驾驭语言的超凡才能。

※ 原诗格律严谨，诗中的每节第2行与第4行都在下一节的第1行与第3行中重复，全诗仅两个韵脚，押环抱韵，即abba abba格式。这种独特的形式，源于东方，类似我国“回文诗”，传自马来半岛，亦称马来诗体，或译为连环诗。

※ 美丽的格式，在黄昏来袭时，交织着感伤；迷茫的暮霭，抚慰着苦痛。

※ 在和谐的乐声中，显示出对这位精神偶像的礼赞。

《苍白的女人》羽笔油墨画 阿尔弗雷德·顾彬 20.4cm×24.8cm 约1903年 维也纳 阿尔贝蒂娜博物馆

52 香水瓶[1]

这馥郁的芳香能够渗透任何物体
好像还可以贯穿玻璃。
打开来自东方的首饰箱
铁锁吱吱呻吟，发出咯咯声响，

或者打开荒废屋子的衣柜
这充满霉味的黑暗，
你立刻可以看到一个古瓶，余香犹存，
顿时从中涌现复活的灵魂。

沉睡的无数思想，仿佛阴郁的蛹，
缓缓地在沉闷的漆黑里蠕动，
现在它展翅开始飞翔，
映出天的碧蓝，显出花的粉红，闪出金的光彩。

这时，醉人的回忆
在浑浊的空中飞舞；闭上双眼；而眩晕
却抓住了被征服者的灵魂
把它推向充满瘴疠的深渊；

将之击倒于千古沟壑旁，
拉撒路[2]虽然已经发臭，却依然撒扯自己的尸布，
这幽魂因旧情不绝
而蠢动不已。

就这样，等我在世人的记忆里消逝
被丢弃在阴森的衣橱
像一只布满灰尘、裂纹横生的
忧愁的旧香水瓶，

注　释

[1] 原诗最初发表于1857年4月20日的《法国评论》，收入1857年初版《恶之花》时，位居第44首，1861年再版时，位居第48首；1868年第3版时，位居第49首。

[2] 拉撒路（Lazare），《圣经》中的人物，见《新约·约翰福音》第11章，拉撒路死后4天，因耶稣呼叫而复活。此处，指含有香气的香水瓶。

延伸阅读

※ 此诗是献给萨巴蒂埃夫人的最后一首诗，但未寄出。

※ 瓶中之香气，是爱的芳香，是诗人的爱情象征；诗人的生命不在，但爱的芳香不息，情音不绝。表露了诗人对萨巴蒂埃夫人至诚之爱。

※ 原诗是一首每行12个音节的四行诗，共7段，押连续韵，即aabb ccdd格式。

我将是你的棺木，可爱的瘟神！
做你威力和毒性的见证，
这天使调制的珍贵毒药！腐蚀
我的液体，我心灵的生死！

资本论　1887年版　绿色皮革金纹

53 毒[1]

酒能使最龌龊的陋室
　　变成富丽豪华的宫殿，
并使神话中的柱廊
　　涌现在红霞闪烁的金光里，
犹如暮云密布的夕阳。

鸦片能够提升无疆的境界，
　　延展它的无限，
使时光深沉、快感倍增，
　　以悒郁的乐趣
使我们的灵魂获致不可形容的满足。

所有这一切，都比不上
　　你碧绿的眼中所流出的毒，
你的明眸是映现我灵魂颤抖的湖……
　　我那成群结队的梦
为寻求解脱而投入你这秋波深处。

这一切都比不上你的热吻
　　那香液神奇的魔力，
它把我的灵魂投入到无悔的遗忘里，
　　它让我充满了眩晕，
它将我的灵魂推向死亡！

注　释

[1] 原诗最初发表于1857年4月20日的《法国评论》，收入1857年初版《恶之花》时，位居第45首；1861年再版时，位居第49首；1868年第3版时，位居第50首。

延伸阅读

※ 这首诗是献给碧眼美女玛丽·迪布朗的首篇。玛丽·迪布朗（Marie Daubrun，1827–1901），演员，1845–1846年间，与波德莱尔相识，但她性格易变，与波德莱尔并不相合，后分手。波德莱尔先后为她写了十多首诗。

※ 原诗采用亚历山大诗体，即12音节与7音节相融的格式，押环抱韵，第5句与第2、3句同韵，即abbab的格式，诗体格律工丽，对迪布朗作了入骨的咏叹，是咏赞女性的杰作。

《恶之花》画布油画　阿尔芒·赛甘　53cm×35.5cm　1894 年　私人收藏

54 阴云密布的天空[1]

你的目光仿佛蒙上一层烟雾；
你神秘的眼睛（蓝色？灰色？绿色？）
时而含情脉脉，时而显出迷惘，时而使人痛苦，
反射出天空的暗淡与麻木。

你使我想起那些暗淡的日子，
那些莫名的愁思压迫我脆弱的日子，
过于警觉的睡神，
让迷醉的心灵沉溺于不安的泪水。

你有时就像那雾气弥漫的太阳
所照射的美丽的地平线……
又像乌云密布的天空落下的火花
焕发出灿烂的光芒！

哦，迷人的地方，危险的女郎！
我也同样爱上你的雪和霜，
我难道能从无情的寒冬
吸取比冰和剑更震撼人心的欢乐？

注　释

[1] 原诗直接发表于1857年初版的《恶之花》时，位居第46首;1861年再版时，位居第50首;1868年第3版时，位居第51首。

延伸阅读

※ 本诗歌咏玛丽·迪布朗的绿眼，那蒙上烟雾的水汪汪的眼睛，成为诗人新的渴望以及新的精神的震撼。诗人将绿眼美女的眼神描绘得出神入化，调动了几乎各种气象术语，达到了鲜活的程度。

※ 原诗是一首每行12个音节的四行诗，共4段，押连续韵，即aabb格式。

《孤独》画布油画　让·雅克·亨纳尔　50cm×60cm　1886年　巴黎 让·雅克·亨纳尔博物馆

55 猫[1]

I

它在我的脑海里徜徉，
俨然在自己的家里，
温柔、强壮、优美、迷人的猫。
它的叫声细微，

音质柔和审慎；
无论平静或激怒，
声音深沉而丰富。
这正是它魅力的秘密。

这清亮的声音，
渗进我阴暗的心底，
如和谐的诗流遍我的全身
似媚药，令我欣喜。

它消除最残酷的痛苦
又包含所有的狂喜；
不需要任何字眼，
就可表达深长的妙语。

没有琴弓
却抓住了我的心，
这完美的琴
那激动人心的弦

唯有你的声音，
你这神秘、珍奇的猫咪，
你的一切，像天使一般

注　释

[1] 原诗直接发表于 1857 年初版《恶之花》，位居第 47 首；1861 年再版时做了改动，并将原诗分为两段，位居第 51 首；1868 年第 3 版时，位居第 52 首。

延伸阅读

※原诗是一首每行 8 个音节的 4 行诗，共 10 段，两章，押环抱韵，即 abba 格式。

※诗人以猫拟人，相互爱恋，相互观察，彼此相通，心心相印。与其说将猫神话了，不如说诗人对人的沟通已极度失望。

和谐而微妙！

Ⅱ

从它金褐相间的毛皮上
散发出馥郁的芳香
我只抚摸了一次
就满身沾染上了它的芬芳。

这家宅的守护精灵；
在它的王国里
一切都受它的裁决、主宰、鼓舞；
它是女妖，还是神灵？

当我的目光似乎被磁石
引向爱猫的身上，
当我凝视着
自己的内心，

我惊奇地发现
它的瞳孔冒着火焰，
那对明灯，这鲜活的猫眼石，
正死死地盯着我。

《年轻的公猫　带猫的小男孩》画布油画　皮埃尔·奥古斯特·雷诺阿　124cm×57cm　1868年　巴黎奥赛博物馆

56 美妙的船[1]

令人神魂颠倒的魔女啊！
我要向你描述装饰你青春气息的千姿百态；
　　我要描绘，
你那融天真与成熟为一体的优美。

当你穿着宽大的裙子御风而来，
就像一只优美的船漂向大海，
　　扬帆鼓浪，以轻快
傲慢、动人的节奏摇荡。

你那轩昂的头，显得特别的优美，
衬着粗圆的颈项和丰满的双肩；
　　你这尊贵的少女
安详而得意地走自己的路。

令人神魂颠倒的魔女啊！
我要向你描述装饰你青春气息的千姿百态；
　　我要描绘，
你那融天真与成熟为一体的优美。

你那顶住波纹绸衣的高耸乳房，
自豪得像美不胜收的衣橱
　　隆起而光亮的镜板
像盾牌一样吸引住一道道闪电；

啊，这挑逗的、粉红色的惹火肉钉[2]！
藏着迷人的秘密衣橱，
　　你充满了珍宝、玉液琼浆，散发着芳香
使人意乱神迷！

注　释

[1] 原诗最初发表于1857年初版《恶之花》，位居第48首；1861年再版时，位居第52首；1868年第3版时，位居第53首。

[2] 古代的盾牌是圆形，中心有一浮凸，称为脐顶，此处比喻女性的乳房，肉钉即乳头。

[3] 暗指大力神赫拉克勒斯在摇篮中扼杀巨蟒的故事。

延伸阅读

※ 这是一首独具特色的优美情诗，诗人赞颂玛丽·迪布朗的娇艳，在新颖的意象里，赋予船以生命；船摇曳的丰姿，喻女友的美丽。

※ 从画家的视角，颂赞情人体态之美，从诗人的心里抒发出为情所迷的感觉，使得此诗具有无法倾吐的迷人之美。

※ 原诗是一首音节交叉的四行诗，其中第1、2、4行为12个音节，第3行为8个音节，押连续韵，即aabb格式。

当你穿着宽大的裙子御风而来，
就像一只优美的船漂向大海，
　　扬帆鼓浪
以轻快、傲慢、动人的节奏摇荡。

你那裙摆下的高贵双腿，
激起阴郁的欲火，使人如痴如醉，
　　就像两个巫女
不断地搅动着深瓮里的黑色春药。

你那足以玩弄年轻勇士的手臂，
对闪闪发亮的蟒蛇[3]不屑一顾，
　　生来就是为抱紧情郎，
像要把他铭刻在心上。

你那轩昂的头，显得特别的优美，
衬着粗圆的颈项和丰满的双肩；
　　你这尊贵的少女
安详而得意地走自己的路。

《巴黎人》木炭画　费利西安·霍普斯　56cm×36cm　1867年　布鲁塞尔　现代艺术博物馆

57 遨　游[1]

　　亲爱的，我的妹妹，
　　想想真甜美
我们到远方长相厮守！
　　在这与你，
　　相似的国度里[2]
自在地相恋直到长眠！
　　雾蒙蒙的天空
　　水汪汪的太阳
充满着无限的诱惑
　　犹如你的媚眼
　　透过你的泪珠，
闪烁出无限神秘的光辉。

那儿，一切都井然有序，
只有华美、宁静、令人沉醉[3]。

　　被岁月磨亮，
　　闪烁着流光的家具，
会装点我们的卧房；
　　最奇异的花
　　把自己的芬芳
融入龙涎香的幽味之中，
　　绚丽的天顶，
　　深邃的明镜，
东方的华美
　　这所有的一切
　　都在悄然低诉
它们温柔的家乡话。

注　释

[1] 原诗最初发表于1855年6月1日的《两世界评论》，约作于1848年或1851年或1854年，是献给玛丽·迪布朗的诗篇。亦有同题散文诗，最初发表于1857年8月24日《现在》杂志，后收入散文诗集《巴黎的忧郁》。收入1857年初版《恶之花》时，位居第49首；1861年再版时，位居第52首；1868年第3版时，位居第53首。

[2] 原指荷兰，但并非现实的国度，指诗人梦想的理想之国，此处将自然与情人融为一体。

[3] 此段在诗中复叠三次，叙述理想美的性质，表现诗人渴盼之情的急切。不仅指自然，亦是对异性之美的希求。

延伸阅读

※此诗表述了诗人心中的理想国与理想伴侣，它不在红尘，不在人间，只在诗人的心中。

※原诗律韵独特，格律工整。全诗分3章，每章14行，分两段，第1段12行，第2段为2行3节重复的副歌，交替为5、7音节，押混合韵，即aabccbeefggfee格式。与遨游的主题相合。

《混乱》羽笔油墨画　阿尔弗雷德·顾彬　31.4cm×39.2cm　约1903年　林茨　上奥地利州国家博物馆

那儿，一切都井然有序，
只有华美、宁静、令人沉醉。

　　瞧！那沉睡在运河上的船
　　连梦中都在远航
漂游是它们的天性；
　　为了使你最小的心愿
　　都得以实现
它们从天涯海角向你涌来。
　　——夕阳
　　把它的金辉，
笼罩住全城，
　　运河和田野；
　　整个世界
沉睡在它温暖的光明里。

那儿，一切都井然有序，
只有华美、宁静、令人沉醉。

《夜晚狂想》画布油画　哈拉尔德·索伯格　79.5cm×62cm　1893年　奥斯陆　国立画廊

58 无法挽回的悔恨[1]

I

我们能否驱除这古老而延至今朝的悔恨？
　　它扭动着腰身，蠢蠢欲动，
像蛆虫一样吞噬着我们，
　　如同毛虫叮咬着橡树？
我们能否驱除这难以平息的悔恨？

用何种媚药、何种美酒、何种药剂，
　　能把宿敌淹灭，
这贪婪无度，像娼妓、蚂蚁一般的
　　吸血鬼、害人虫？
用何种媚药？何种美酒？何种药剂？

你这娇艳的魔女，哦！说吧，请把答案，
　　告诉我这苦闷的心
它像垂死的伤兵，
　　正经受着铁蹄的蹂躏，
你这娇艳的魔女，哦！说吧，请把答案，

告诉这个垂死的人，他已被狼闻到
　　正受着乌鸦监视，
告诉这垂危的伤兵！他将这样死去
　　没有十字勋章，也没有墓地；
这个可怜的垂死者，已被狼嗅到了尸气！

谁能照亮这污浊黑暗的天空？
　　谁能划破这没有夕阳
没有日出、没有繁星，甚至阴郁的闪电都没有的
　　比松脂更为浓重的黑暗？

注　释

[1] 原诗最初发表于1855年6月1日的《两世界评论》，标题原为《献给金发美女》，是献给玛丽·迪布朗的诗；1847年玛丽·迪布朗担任在圣马丁门剧场上演的德鲁诺瓦夫人所著的梦幻剧《金发美女》的女主角，波德莱尔观后作此诗。后收入1857年初版《恶之花》时，位居第50首；1861年再版时，位居第54首；1868年第3版时，位居第55首。

[2]《金发美女》剧中，恶魔狂叫"希望死了"，金发美女看到映在窗玻上的灯光，想逃进屋里，她刚入，恶魔即把灯光吹灭。

[3] 以下两段在《恶之花》第3版中分为第二章。

延伸阅读

※ 剧中人是梦中之人，亦是理想中的精神之魂，然而现实与戏剧是割裂的两个世界，理想、梦幻与实境相异的两个天地，所以梦幻总是紧紧地把心灵抓住，而实境总是轻易把理想抛弃。

※ 一叹！成为永远之痛。

※ 原诗是一首单行12个音节、双行8个音节的五行诗，共10段，第5行与第1行重复（第6段除外），押交叉韵，即ababa格式。

谁能照亮这污浊黑暗的天空？

闪烁在客栈窗玻上的希望之灯[2]
　　已被吹灭，永远地归于沉寂！
没有月色、没有亮光
　　哪儿是它的归宿！
恶魔吹灭了客栈窗玻上的希望之灯！

可爱的魔力，你是否喜欢下地狱的人？
　　可知道难以饶恕的罪孽？
你可知晓那射向我们灵魂的
　　恶毒的悔恨？
可爱的魔力，你是否喜欢下地狱的人？

无法挽回的悔恨用它可恶的毒牙
　　侵蚀我们可怜的灵魂，
它不断地蛀蚀，就像白蚁
　　从根下手把大厦掏空。
无法挽回的悔恨用它可恶的毒牙咬噬！

Ⅱ[3]
——我有时从通俗剧场的舞台上看到
　　在乐声回起中，
一位仙女点起神奇的黎明之火
　　照亮地狱的上空；
我从通俗剧场的舞台上看到

由灯光、金钱、薄纱交织的人，
　　打败了不可一世的魔王；
我从未体验过狂喜的心，
　　也是一座剧场，但在这儿
我却是空等那披纱展翅的人！

《咒》水粉胶画 色铅笔及羽笔油墨 费利西安·霍普斯 32cm×18cm
1885年 那慕尔 费利西安·霍普斯省级博物馆

59 倾 诉[1]

你真似秋日美丽的晴空，面如桃花，清朗迷人！
可忧愁却似海潮在我的心中奔涌，
退潮之后，在我沉闷的唇上
留下泥土般苦涩的回忆。

——你的手徒然地掠过我干瘪的心胸；
我的朋友，你所探寻的
已被女人魔爪般的利齿洗劫一空。
别再探寻了，它已空无一物。

我的心成了惨遭众人践踏的故宫；
他们在那儿酗酒，揪住头发，互相残杀！
——忽然一阵幽香，从你裸露的乳胸四周飘散……

美人啊，你这灵魂的无情的枷锁！
但愿你用你那节日般欲火正旺的眼睛，
把我这颗被恶魔洗劫一空的心烧透！

注 释

[1] 原诗直接收入初版《恶之花》，位居第51首，在初版中是歌咏玛丽·迪布朗（Marie Daubrun）的最后一首。再版时，位居第55首。第3版时，位居第56首。标题原文意为：闲谈、闲聊，但译者感此词有倾吐之意，故译为“倾诉”。

延伸阅读

※原诗为法式标准的十四行诗，每行12个音节，前两段押交叉韵，即abab abab格式，后两段前半部分押交叉韵，后半部分押连续韵，即aba bcc格式。

※诗人追求理想，希望完美，但理想与现实反差是如此之大，只能惨遭世俗的蹂躏。诗人愤激，企求美人把自己的心烧个透乃绝望之词，但它的骨髓中透出的却是希冀和沉痛。

《成熟》画板油画　费利西安·霍普斯　26cm×18cm　1886年　那慕尔　费利西安·霍普斯省级博物馆

《尖叫》油胶画 粉笔版画 爱德华·蒙克 83.5cm×66cm 1893年 奥斯陆 蒙克博物馆

60 秋　歌[1]

I

不久，我们就要陷入寒冷的黑暗之中；
别了，我转瞬即逝的美丽的夏日！
我已听到忧郁的撞击声
纷纷落在院中的小路上。

整个寒冬将占据我的灵魂：
愤怒、怨恨、战栗、恐怖、不堪忍受的苦役。
我的心将变成红彤彤的冰块，
仿佛掉进北极的地狱。

我听到每一根枯枝的落地声；
这声音比断头台的回声更凄厉。
我的身心犹如危楼
不堪承受撞锤[2]的打击。

我在这阵阵的打击中动摇，
仿佛听见钉棺材的声响。
为谁？——昨天还是夏日，转眼已是秋天！
这神秘的声音，仿佛丧钟敲响。

II

美人，我爱你含情脉脉的眼睛，
可是如今，你却无往而不忧伤，
你的情，你的爱，你的所有，
都不及海上辉煌的太阳。

然而，温柔的心啊！请爱我
像慈母一样，即使我是个忘恩负义的罪人；

注　释

[1] 原诗最初发表于1859年11月30日的《当代评论》，当时并没有分成两段，题名为献给M.D.（指Marie Daubrun）。1861年再版时，位居第56首；后又收入1868年第3版，位居第57首，分成现在的两段。

[2] 撞捶（bélier）：指古代撞击城门、城墙的兵器，前端为铁制，形如羊头。有悬置木架上的，称撞墙车。

延伸阅读

※此诗被誉为“情诗绝唱”。

※这是一首感伤万分而又柔情无限的情诗。

※1859年11月30日首次发表时，玛丽·迪布朗正在各地巡回演出，对波德莱尔若即若离，而波德莱尔却正充当玛丽·迪布朗“监护人”的角色。

※热恋之夏已经消失，转眼已是秋天，寒冬即将来临，钉棺材的声音，仿佛回荡在诗人耳畔，多么希望在最后的时刻，体会美人带给他美好的回味，即使一叶秋风，一抹夕阳。虽近晚景，爱意依然美丽。

※第一部分，无法更改的时序，写入深秋，恐惧、厌倦，无情地撞击诗人的心胸。转瞬即逝的时令，快步入秋，何

如恋人，或姐妹，给我温暖
哪怕是秋风一叶抑或是夕阳一轮。

啊，短暂的人生！坟墓正贪婪地虚位以待！
请让我头枕你的双膝，
一面追忆酷热难眠的美丽夏日，
一面品味这晚秋的金光明媚！

尝不是情之虚浮，爱如浮云的感慨！第二部分，如果有了爱人的柔情，即使坟墓正贪婪的虚位以待，又如何呢？

※普鲁斯特（Marcel Proust，1874-1922）在他的巨著《追忆似水年华》的首卷《年轮花女的影子》中，引录此诗，确切地表达了似水年华的情绪。

※法国作曲家Cabriel Fauré（1845-1924）和Maurice Rollinat（1846-1903）曾将此诗谱成曲，广为传诵。

※原诗是每行12个音节的四行诗，共两章7段，押交叉韵，即abab格式。

《绝望》画布油画　爱德华·蒙克
92cm×75.5cm　1893 年　奥斯陆
蒙克博物馆

61 致一位圣母[1]

——西班牙风格的还愿品

在我的痛苦深处，**圣母**啊，我的主宰，
我要为你修筑一座隐秘的祭台，
我要远离世俗的欲望与嘲笑的视线，
在我内心最幽暗的角落里，
挖出一个天蓝色的**壁龛**，
让你耸立其中。
我要用精美的**诗句**
装点你美丽的头颅。
这用水晶般的韵律编织的巨大的**桂冠**。
要用我的嫉妒，哦，我凡俗的**圣母**，
为你裁制一件大衣
硬朗、厚重，以**猜疑**做衬里，
让它像岗亭一样，把你的魅力禁锢；
你这长长的**外衣**，就是我**颤抖**不已的**欲望**！
它时而低沉，时而升高，
时而在峰顶摇晃，
时而在谷中休憩，
我用**热吻**覆盖你白里透红的肉体。
我还要用我的敬重为你做一双美丽的**缎鞋**
由你这美妙绝伦的秀足践踏，
它们把你的脚拥在这柔软的怀里，
仿佛**忠实**的模子一样保持你的完整。
纵然我使出浑身解数，
也雕不出一轮**银光闪闪的月亮**[2]做你的**阶梯**，
嫉妒之**蛇**[3]在我的身上穿肠破肚
我要把它放在你的脚底，
任你践踏，任你嘲弄，
你这拥有拯救之力的胜利**女王**。
你会看见，我纷至沓来的**思绪**

注　释

[1] 原诗最早公开发表于1860年1月22日的《自由谈》(*la Causerie*)。1861年收入再版的《恶之花》时，位于第57首；收入1868年第3版时，位于第58首。

[2] 银光闪闪的月亮：原指圣母底座的白色月牙形台阶。月象征蜜月，银象征金钱。意指，无论我如何在艺术上努力，都不能挣够度蜜月的金钱。

[3] 蛇：指嫉妒。

[4] 原诗指安息香、檀香、乳香、没药。

[5] 天主教《教理问答》第204条规定的七大罪：骄傲、吝啬、贪色、嫉妒、愤怒、贪吃、懒惰。

延伸阅读

※此诗亦属歌咏玛丽·迪布朗的诗，因她的肤白、金发碧眼，容貌似圣母，故波德莱尔将她比做圣母。

※典出自马修·格列高利·刘易斯(Mathew Gregorz Lewis)的《修道士》(The Monk)。传说安波罗斯(Ambrosius 340–397)的修道院中有一尊圣母像，除此之外，他从没见过任何女人。魔鬼派一个容貌酷似圣母像的女人引诱他。安波罗斯愤怒地打碎了圣母像。

※波德莱尔在1859年曾将此诗寄给《现代评论》杂志，编辑见此诗把一位

像鲜花簇拥的**圣母**祭台前的**蜡炬**一样，
透过蓝色天花板的星光，
张开炯炯有神的眼睛不断地将你凝视；
只因我的一切都为你坠入情网，为你神魂颠倒，
一切都将化为**神香妙药**[4]。
我这动荡不安的**灵魂**，
也就化为缕缕**烟雾**不断地向你飞奔。
最后，为了成全你这**马利亚**的角色，
为了让爱情与野蛮相结合，
啊，可怕的快感！我这充满悔恨的刽子手，
就会把七大罪孽[5]变成七把匕首
把你爱情的最深处当作靶子，
像冷酷的江湖术士把**匕首**，
全部插入你气喘吁吁的心里，
插入你涕泣的心里，插入你鲜血淋漓的心里！

碧眼的女戏子比做圣母，恐“亵渎宗教”，引起社会不安，未敢发表。诗人将心仪的爱人当作圣母来歌颂，并没有“亵渎宗教”，只是有些读者仅从字面误解了诗人的本意。

※全诗共44行，每行12个音节，押连续韵，即aabbccdd格式。

石版画 爱尔德·西莫
19.9cm×12.9cm 私人收藏

62 午后之歌[1]

尽管你这双蛾眉
赋予你与天使
截然不同的风姿，
但是，你的秋波却如此妩媚。

噢，风流的娘们，
我爱你，这可怕的苦恋！
如同虔诚的教士崇拜偶像
我对你五体投地。

你粗硬的发丝
散发出沙漠、森林般的清香；
你的头
有着谜语和机密一般的风度；

幽香在你的肌肤上飘来荡去
犹如香炉缭绕的青烟；
你像黄昏般迷人，
啊，神秘、温柔的仙女。

效力最强的迷药
也不及你的魅力，
你那示爱的本领
连死人都会复生！

你那多情的纤腰
迷恋你的脊背和双乳，
你那懒洋洋的媚态
使坐垫纷纷陶醉。

注　释

[1] 原诗最初发表于 1860 年 10 月 15 日的《艺术家》。收入 1861 年再版的《恶之花》时，位于第 58 首，收入 1868 年第 3 版时，位于第 59 首。

延伸阅读

※原诗是一首四行诗，共 10 段，每行 7 个音节，押环抱韵，即 abba 格式，类似我国古典的排律，但译文放弃亦步亦趋的直译，力求传达原文情意。

※此诗为歌咏让娜·迪瓦尔之作，但细品此诗，亦不排除歌咏玛丽·迪布朗或其他女性。

有时，为了平息
你那神秘的热狂，
你纵情地吻我，咬我，
在我的心上留下痕迹；

你先用嘲弄的微笑，
折磨我，褐色的美人，
再把明月般的目光
向我的内心深处照耀。

我把莫大的狂喜，
我的才华和命运。
放在你这双缎鞋之下，
你的丝光的脚底，

你是色彩，你是光华，
你治愈了我灵魂的伤痛！
从我黑暗的西伯利亚
爆发出来的热情！

《狮身人面像之吻》画布油画　弗兰茨·冯·斯达克　160cm×144.8cm
1895年　布达佩斯　美术博物馆

63 西西娜[1]

请想象装束优雅的狄安娜[2]。
她走遍密林，穿过灌木丛。
任长发飘散，敞胸陶醉于众禽的喧嚣，
尽显非凡的气度，连最优秀的骑士也不屑一顾！

你曾见过泰罗瓦妮[3]，这酷爱杀戮的斗士，
鼓动赤足的民众冲锋陷阵，
火红的脸上，射出怒火，
神情自大地挥刀冲进王宫？

西西娜也是如此！但这位温柔的斗士
热衷于战斗，心却常怀慈悲；
硝烟和战鼓虽然激起她的勇气，

但面对乞怜者，她却放下武器，
正对弱者，她看似刚烈的心，
却化为一座流不尽的泪池。

注　释

[1] 原诗最初发表于1859年4月10日的《法国评论》。收入1861年重版《恶之花》时，位居第59首，收入1868年第3版时，位居第60首。

[2] 狄安娜：希腊神话里的月神和狩猎女神。她掌管狩猎，照顾妇女分娩，保护少男少女，以贞洁著称。但她亦有很残忍的一面，曾射死偷看她洗澡的猎人阿克特翁，并残暴地让狼将他的尸体撕成碎片。

[3] 泰罗瓦妮（Théroigne de Méricourt，1762–1817），法国大革命时期涌现出来的平民女英雄。参加攻打巴士底狱，包围王宫并逮捕路易十六。被称为l'Amazone de la liberté（自由女战士）。

延伸阅读

※ 西西娜是萨巴蒂埃夫人的女友，即尼埃里夫人（Mme Nieri），是巴黎著名的交际花，以美貌、优雅、阔绰、胆大妄为著称。

※ 原诗是一首典型的法式十四行诗，每行12个音节，前两节押交叉韵，即abab abab格式，第3节先押连续韵，最后1节复押交叉韵，即aab cbc格式。

※ 诗人仅仅用了两个典型女性的形貌，即出神入化、栩栩如生地描摹出西西娜的秉性。

《疯狂》画布油画　弗拉迪斯拉夫 波德科温斯基　310cm×275cm　1894 年　克拉科夫　国立博物馆

64 题奥诺雷·杜米埃的肖像画[1]

你手里的画中人，
艺术造诣，精妙绝伦，
他教我们自嘲，
读者，他是智慧巨匠。

他善讽刺，而且诙谐；
力度入木三分
讽刺邪恶，
证明他心灵纯美。

他嘲讽有力而不轻浮
既不像梅莫斯[2]，也不似靡菲斯特[3]
复仇女神[4]的火光耀眼
使魔鬼胆寒心惊

鬼怪之笑
不过是笑里藏刀；
而他宽厚坦然的笑，
就像他的善良！

注 释

[1] 奥诺雷·杜米埃（Honoré Daumier，1808–1879），法国现实主义讽刺画家，以犀利入骨的讽刺画驰名欧洲。出身工人家庭。1830 年开始为法国左翼报刊画漫画。1832 年，他画的漫画《高康大》，因涉嫌讽刺国王路易·菲利浦被捕，投入圣贝拉治监狱，监禁达半年之久。杜米埃一生创作的漫画达 4000 余幅。原诗 1866 年 2 月收入在阿姆斯特丹出版的《拾零集》，后收入 1868 年第 3 版的《恶之花》时，位居第 61 首。

[2] 梅莫斯（Melmoth）是苏格兰作家马图林（Maturin，1782–1824）的神怪小说《梅莫斯》（1820）中的主人公。

[3] 靡菲斯特（Mephisto），是靡菲斯特匪勒斯（Mephistopheles）的简称，来源于希伯来文，原意指说谎者、取消者、破坏者等。为德国中世纪传说中的恶魔。

[4] 复仇女神（Alecto），此处特指三个复仇女神中的一个。复仇神在美术、文学作品中通常会被描绘成蛇女人，手持鞭子和火炬。

延伸阅读

※ 原诗是一首 4 段四行诗，每行 8 个音节，押环抱韵，即 abba 格式。

※波德莱尔对奥诺雷·杜米埃的漫画非常欣赏，曾在《几位法国讽刺画家》一文中对他的作品进行过分析，予以好评。他们一起参加过巴黎公社的英勇斗争。杜米埃对波德莱尔也很敬佩，曾说：“如果波德莱尔没有选择走大诗人的道路，他会成为大素描家。”

※1865年，尚弗勒里准备出版他的《现代漫画史》，其中附有奥诺雷·杜米埃的肖像画。5月，他写信给波德莱尔，请求他为这幅肖像画题诗，诗人欣然允诺并即兴作此诗寄去。诗既刻画了杜米埃，亦表达了自己的美学观。

《艺术爱好者》画布油画　奥诺雷·杜米埃　31cm×23.5cm　1870年　鹿特丹　凡范波尼肯·博曼斯美术馆

65 致我的弗朗西斯卡的赞歌

——为一位博学而虔诚的制帽女工而作[1]

我要用新曲将你赞美
哦，在我孤寂的心中
嬉戏的，可爱的宝贝。

请戴上花冠，
哦，可爱的美人
所有罪孽因你而获得赦免。

我要痛饮你的热吻，
犹如痛饮忘川之水
你的魅力如此惊人。

每当罪恶的风暴
席卷大地，
哦，我的女神，你就会显灵，

你像苦海的救星一样
照亮我的心灵……
导引我敬献对你的虔诚！

充满美德的水池，
永恒的青春的源泉。
请容我不再沉默！

污秽的，你把它烧净；
粗糙的，你把它磨光；
懦弱的，你使它坚强[2]。

我饥饿的粮仓，

注　释

[1] 原诗最初发表于1857年5月18日的《艺术家》。收入1857年初版《恶之花》时，位居第53首，附有献词和一段前记；1861年再版时，位居第60首，删去献词及前记；1868年第3版时，位居第62首。

[2] 此段引自钱春绮先生译文，略有改动。

延伸阅读

※原诗是用罗马帝国末期的古拉丁文写成的，是一首三行诗，共11段，每行8个音节，押连续韵，即aab bcc dde格式。

※译诗，弃韵。

※据法国诗人邦维尔称，诗中所咏女子，名曰“吕塞特”，为波德莱尔所迷恋。

※诗中第7段诗文，是至今常被人们引用的佳句，可品茗再三。

长夜中的光明。
请引导我走上正路。

请给我增添力量。
你这洋溢着芬芳
令人快乐的浴盆！

请在我的腰际闪耀，
哦，这天使的圣水，
漫过这纯贞的腰带；

你是闪着光芒的酒杯。
你是面包、美味，
你是神酒，啊，弗朗西斯卡。

《孕妇》画布油画 欧仁·卡里埃 81.3cm×65.4cm 19世纪末 加地夫 威尔士国家美术博物馆

66 致一位克里奥尔美女[1]

明媚的阳光爱抚着芳香之国，
浓密的丛林，华盖如云
满目的美景引人倦怠。
我却巧遇了魅力不为人知的你。

你洁白的脸上散发出热情；迷人的棕发
在颈项间流露出华贵；
身材修长苗条，你快乐如猎手，
你的微笑穿透你的目光。

夫人，假如你走向，荣耀之都，
伫立塞纳河[2]滨或卢瓦尔河畔[3]，
你将使古老的园林[4]重现光彩。

在这清静的，浓荫之下。
你能使诗人内心萌生无限诗情，
你的大眼睛使诗人比黑奴温顺。

注　释

[1] 原诗最初发表于1845年5月25日的《艺术家》。克里奥尔（Créole）是安的列斯群岛或留尼旺岛（聚会岛）、海地等处的白种人后裔，讲克里奥语，是欧洲语言与当地语的混合语种。收入1857年初版《恶之花》时，位居第54首;1861年再版时，位居第61首，1868年第3版时，位居第63首。

[2] 塞纳河（la Seine），穿过巴黎城中的河流。沿岸密布名胜古迹。

[3] 卢瓦尔河（la Loire），法国最长的河，在塞纳河之南，沿岸遍布法国历代君王诸侯的行宫城堡。

[4] 园林（manoir）：封建领主的城堡，或农场主的邸宅、庄园，为封建文人荟萃地。

延伸阅读

※1841年，年仅21岁的诗人在旅行中经毛里求斯岛，认识当地的农场主奥塔尔·德·布拉加尔和他的夫人，受到他们的热情接待。同年10月20日，诗人从波旁岛写信感谢农场主，并附此诗，赞赏夫人的美貌。

※此诗是波德莱尔早期的诗作之一，也是组诗《恶之花》18首之一。诗中对女性的颂扬，是诗人追求艺术美的坦

荡写真。

※此诗虽短，亦经诗人反复修改，这是精品必出自诗人呕心沥血的最好证明。

※对美人的赞颂，溢于言表，但并非简单的怜香惜玉之作。

※原诗是一首每行 12 个音节的十四行诗，前两节押交叉韵，即 abab abab 格式，后两段先押连续韵，后押环抱韵，即 aab bcb 格式。

《舞会前》画布油画　费利西安·霍普斯　22cm×17.4cm　1868 年　布鲁塞尔　霍迪斯·克里默的收藏

67 忧伤与漂泊[1]

告诉我，阿佳特[2]，你的心可曾飞翔，
远离这肮脏都市的黑色汪洋，
飞向另一个光彩夺目的大海，
碧蓝、明亮、深邃、处子一样？
告诉我，阿佳特，你的心可曾飞翔？

大海，茫茫的大海，安慰我们的辛劳！
是谁？赋予大海，这沙哑的歌手
竟以狂风怒吼的大风琴伴奏，
让高妙的催眠曲在梦中荡漾？
大海，茫茫的大海，安慰我们的辛劳！

带我走吧，火车！把我载去吧，快艇！
离去！离去！我们的泪水已积成泥泞！
——忧伤的阿佳特发出呼喊：
远离这痛苦、罪恶，远离这悔恨，
带我走吧，火车，把我载去吧，快艇？

芬芳的天堂，你是那么遥远，
那儿的蓝天下，只有爱和喜悦，
人们爱所爱的一切！
纯情的云雨把纯真的爱心淹没！
芬芳的天堂，你是那么遥远！

然而，那洋溢着童贞欢爱的绿色天堂。
那奔跑，那歌声，那亲吻，那花束，
那激荡在山丘背后的琴弦，
那黄昏时分，丛林里的美酒，
然而，那洋溢着童贞欢爱的绿色天堂，

注　释

[1] 原诗最初发表于1855年6月1日的《两世界评论》，为《恶之花》组诗18首之一。收入1857年初版《恶之花》时，位居第55首；收入1861年再版时，位居第62首；收入1861年第3版时，位居第64首。

[2] 阿佳特（Agathe），曾在诗人记事簿上出现过3次，是波德莱尔常接触的女孩。但有些评论家认为，“是诗人痛苦之魂的拟人化”，或“回忆幼年时代的少女而加以理想化”。这并不重要。

延伸阅读

※原诗标题为拉丁文：Moesta et Errabunda，译成法文是：Triste et vagabonde 或 Trise et errante。

※这首诗诗体独特，与《阳台》一样，每行的第1行与第5行重复，即末行与首行重叠，情绪回环，乐感增强，达到委婉感伤，一唱三叹的效果。六段形成和谐的一组。每行12个音节，押交叉韵，即ababa格式。

※前3段书写诗人想摆脱大都市的黑色忧郁，向往新的光辉明亮快乐的海洋。后3段转入对童年的回忆，那“芬芳的乐园”，“洋溢着童贞欢爱的绿色天堂”，可惜，那美好的时光转瞬即

逝，即使“呼唤”，也不再复生。
※ 诗人想通过远离大都市和对童年的追忆，遁入无限的空间和时间之中，以此摆脱忧伤的愿望。但现实依然痛苦，诗人只能在哀婉声中悲叹。

那充满着短暂欢乐的纯洁天堂，
难道比印度、中国还要遥远？
能否用悲哀的呼唤召它复活，
能否用清亮的嗓音唤它回还，
那充满着短暂欢乐的纯洁天堂？

罗丹为《恶之花》作的插图

68 幽 灵[1]

犹如兽眼[2]的天使，
我要深入你的闺房
伴着夜的幽暗
悄然向你走近；

我的棕发美人，
我要给你月光般冰冷的吻
要给你像爬行在墓穴的
蛇般的爱抚。

当那苍白的黎明来临，
你会发现我留下的空位，
直到黄昏，依然冰冷。

别人用尽万般柔情，
征服你，而我，要用恐怖，
统治你的青春，支配你的生命。

注 释

[1] 原诗直接发表于1857年初版的《恶之花》，位居第72首;1861年重版时，位居第63首;1868年第3版时，位居第65首。

[2] 兽眼，原文是 à l'oeil fauve，fauve 意为猛兽，亦有浅黄褐色的意思。此处天使指恶天使，来自地狱，故取猛兽之意，译为“猛兽的眼光”——“兽眼”。

延伸阅读

※ 这是一首十四行诗，每行8个音节，前三段押连续韵，即aabb ccdd格式，第3段压连续韵，最后一段押环抱韵，即aab ccb格式。

※ 原诗标题是 le Revenant，意为鬼魂、幽灵，按字面原意，可解释为复活者或还魂者。是献给恋人让娜·迪瓦尔的情诗。诗人想象自己死后，魂魄在黑夜偷偷溜进她的闺房，与之重温旧梦。

※ 诗意想象奇特，冷酷之中蕴涵深情，是山盟海誓的另外一种注解。

《幽灵》铜版画　阿尔弗雷德·顾彬　26cm×20cm　作者个人画集《死亡之舞》1918年　私人收藏

69 秋之十四行诗[1]

你水晶般明亮的眼睛仿佛向我探询：
"古怪的人，我哪里可爱？"
——乖乖的，别作声，我的心情很坏，
只有古代愚者的单纯令我平静，

我不愿向你透露这可怕的隐情，
也不愿向你透露这可怕的激情的细节，
你的手邀我长眠。
我厌恶激情，理智却又让我伤心！

我们安然相爱吧。小爱神[2]正潜伏
在哨所里，张开决定命运的弓。
我熟知她那些古老的利箭：

罪恶、恐怖而疯狂！——哦，苍白的雏菊[3]！
我苍凉洁白的玛格丽特，
啊，难道你不像我一样也是暮秋的一缕余晖？

注　释

[1] 原诗最初发表于1859年11月30日的《现代评论》，1861年《恶之花》再版时收入，位居第64首；1868年收入第3版时，位居第66首。

[2] 小爱神（Amour），又译为丘比特，传说中的爱神，被他击中金箭者，即会产生爱情。

[3] 原文是：marguerite，音译是玛格丽特，意为雏菊。

延伸阅读

※克雷佩认为，此诗是诗人歌咏玛丽·迪布朗之作。

※1854年玛丽·迪布朗曾在快乐剧场扮演过《阿登森林的野猪》中的玛尔格（Margne），法文中的玛格丽特人名与雏菊是同音词，故在诗中称之为Marguerite。

※此时，她青春不再，已不是1847年的金发美女了。

※诗人感叹朱颜易凋，青春不再的苍凉。

※原诗是标准的法式十四行诗，每行12个音节，前两节押环抱韵，即abba abba格式，后两节押混合韵，即abb aba格式。

※现代派的写作，不是放弃韵律乱写，而是精通音韵，使独特、精深、博大

的情感、思想得以准确、鲜明、富于感染力地表达出来。

《带红帽子的女人》水彩画　雷恩·斯皮耶特　51cm×41cm　1904年　奥斯坦德　斯特丹市立博物馆

70 月之忧伤[1]

今晚，月亮陷入悠闲的梦中；
犹如躺在层层垫褥上的美女。
在入睡前，用漫不经心的手
来回抚弄自己的乳房，

在她那柔滑如缎的背上。
月亮久久地沉醉于痴情，
她的眼神在白色的梦幻里流连
那些幻象不断地向蓝天深处涌现。

有时，她闲极无聊地遥望地球，
不胜伤感地洒下泪珠，
滴在失眠诗人的心上，

这无法用手接住的泪花。
犹如闪着虹光乳石的玉片，
只能够深藏在远离太阳光的心里。

注　释

[1] 原诗约作于1850年前，直接收入1857年初版的《恶之花》时，位居第75首；在第2版、第3版时，分别位居第65首，第67首。

延伸阅读

※原诗是十四行诗体，每行12个音节，前两段押交叉韵，即abab abab格式，第3段押连续韵，即aab格式，最后一段押环抱韵，即ccb格式。

※1857年初版时，波德莱尔曾将样书寄给小说家福楼拜（Flaubert，1821–1880）和文艺评论家圣伯夫（Sainte-Beuve，1804–1869）。很快，即1857年7月13日，福楼拜回信给波德莱尔，其中特别指出："我该对你说……我酷爱第75首……特别是首段第3、4行……"，一周后，圣伯夫回信说："我最喜爱你诗集中的《月之忧伤》，这是一首美丽的十四行诗，如同莎士比亚时期英国某位诗人的作品。"

※在此诗中，诗人展开想象的翅膀，把月亮比做美女，把月光比做美女的乳房，把云比做绸缎。

※诗人形象地把自己伤感的情绪，比喻为月之洒上诗人心中的泪，只有在日光触及不到的地方深藏。

《冷漠无情》画布油画　皮埃尔·伯纳尔　60cm×96cm　1899年 巴黎　奥赛博物馆

※夜色幽美，情思迷蒙，诗意朦胧。

※表面写月之悲，实则抒吐情之悲，无限的感伤，尽在无限幽美的境地里浮现。

71 猫[1]

无论热恋中的情侣还是严谨的学者
待到成熟的年龄，都同样爱猫，
这家中的骄傲，温柔而强壮，
就像他们一样，畏寒而深居简出。

作为才能与欢爱的朋友，
它们探寻着黑暗深处的宁静与恐怖；
倘若它们能放下架子而甘心为奴，
冥王[2]恐怕早就让它运送灵柩。

它们沉思冥想，那高贵的身姿
仿佛安卧在荒漠中的狮身女怪，
睡意沉沉地进入无力的梦乡；

它们的丰腰闪烁着魔幻的光芒，
它们神秘的眼睛，
像晶莹的沙粒，处处闪现。

注　释

[1] 原诗曾被小说家尚弗勒里在1847年11月14日的文艺报《海盗·恶魔》上发表的小说《爱猫特罗特》中引用，但未注明作者。1848年《比利时评论》中的论文，也曾引用过本诗全文。原诗真正署名发表是1851年4月9日的《议会通讯》，为总题《冥府》小诗篇11首之一。收入1857年初版《恶之花》时，位居第56首;1861年再版时，位居第66首;1868年第3版时位居第68首。

[2] 冥王（l'Erèbe，即Erebos），音译为厄瑞玻斯。它是古希腊神话中混沌王卡俄斯之子，夜神倪克斯的兄弟。此字本意为“黑暗”，又可解释为阴魂进入幽冥必经的黑暗之路。

延伸阅读

※诗中所咏之猫是诗人的好友荻旺·勒·佩尔什的猫，爱称爱莎莉。此猫生性孤独，耽于幻想，爱好夜与黑暗，有雄踞荒漠的斯芬克斯般的神秘风度，带有可怕的神秘性。

※诗人咏猫，实则是对人的心理体验，借猫之形诉吐而出。

※诗艺精妙，自诞生即被广泛引用。

※原诗是一首每行12个音节的十四行诗，前两段押环抱韵，即abba abba格

式。后两段先押连续韵，后押交叉韵，即 aab cbc 格式。

《猫》铜版画　阿尔梅里·罗贝尔·里什　31.8cm×22cm　1917年　布鲁塞尔　私人收藏

72 猫头鹰[1]

仿佛外来的天神，
猫头鹰排列成阵，
隐蔽在紫杉的阴影里，
睁着红眼沉思默想。

它们纹丝不动
直到黑暗
赶走夕阳，
忧郁的时光闪现。

它们的态度启悟智者
碌碌忙尘世
只留下喧嚣和冲动；

沉醉于瞬间幻影
在幻变中盲动
结果只能接受严惩。

注　释

[1] 原诗最初发表于1851年4月9日的《议会通讯》，为总题《冥府》小诗篇11首之一。收入1857年初版《恶之花》时，位居第57首；1861年再版时，位居第67首；1868年第3版时，位居第69首。

延伸阅读

※此诗体为十四行诗体，每行8个音节，第1、2段押环抱韵，即abba格式，第3段押连续韵，即aabb格式，最后一段押交叉韵，即abab格式。

※诗的形象生动，在生动的形象里，寓于哲理。

※诗人将猫头鹰比喻为智者，能够超然物化，可以摆脱世间的喧闹、混乱。他告诫人们，也提醒人们，要像猫头鹰那样沉着、冷静、善于布阵，不要沉醉于瞬间幻影，而具坚定的信念，盲动，必受惩。

※这是诗人身心体味的诗。因境遇不佳，波德莱尔常迁徙不定；从1842年至1858年，他迁居达15次之多。

《猫头鹰》彩色铜版插图　亨利·沙普洪特　16cm×9.5cm　1911年　巴黎　阿尔戈图书馆收藏

73 烟 斗[1]

我是某位作家的烟斗；
你看，我黑漆漆的脸
宛如非洲的小黑妞[2]，
就知道我的主人烟不离口。

当他一有苦恼，
我就冒烟
就像备餐的厨房
迎接收工的农夫。

我搂抱并抚慰他的灵魂
从我的口中升起
变幻不定的蓝烟，

我把浓香[3]搅动
让他的心如痴如醉
从而摆脱精神的疲惫。

注 释

[1] 原诗直接发表于1857年初版《恶之花》，是《理想与忧郁》的最后一首，位居第77首；1861年再版时，位居第68首；1868年第3版时，位居第70首。

[2] 原文是Abyssinienne和Cafrine，音译为阿比西尼亚和卡菲女人，指东北非和南非的黑人，译文作了简洁处理。

[3] 浓香，原文是药用的植物白鲜，香气浓烈，亦有强壮药和安慰的意思。

延伸阅读

※这是一首构思奇妙但主题并不新颖的诗。

※诗人将烟斗拟人化，烟斗成了作家的知心人，对主人百般体贴，将作家从忧郁中解放出来。

※波德莱尔本人即嗜好吸烟。

※历史上以烟斗为题的文学作品很多。美国诗人朗费罗（Henry Wadsworth Longfellow，1807–1882）的《海华沙之歌》、英国作家拉坡（Alphonse Rabbe）的散文诗《悲观者画像》、法国诗人圣达马（Saint Amant，1594–1661）的《烟斗》，即表现了烟草的效果及带给诗人的快感。

※烟在一定的阶段对作家、诗人们产生了影响，波德莱尔以此为题，亦不足为怪了。

※原诗是一首每行8个音节的十四行诗，前两段押环抱韵，即abba abba格式，后两段先押环抱韵，后押连续韵，即abb abb格式。

《夏尔·波德莱尔肖像画》画布油画　古斯塔夫·库尔贝　54cm×65.5cm
1847年　蒙彼利埃　法布尔博物馆

74 音　乐[1]

音乐像海浪一样席卷我！
　　向着我苍白的星，
背负着浓雾的苍穹，在浩瀚的太空，
　　我扬帆航行；

我挺起胸膛，鼓起像征帆一样的肺
　　拥抱清风，
在这被黑暗笼罩的夜幕里
　　我攀越过一座座朦胧的波峰；

我能感受到受难船只的一切痛苦
　　它们在我的内心深处颤动！
狂风、暴雨和不止的动荡

在浩瀚的深渊中
　　摇荡着我。——有时，又风平浪静
仿佛是映照我绝望的无边的明镜！

注　释

[1] 原诗直接发表于1857年初版的《恶之花》，位居第76首；收入1861年再版本时，位居第69首；1868年第3版时，位居第71首。

延伸阅读

※原诗再版时，诗人作了很大的删改，此译文是删改后的译文。

※原诗是一首独特优美、极具节奏感的十四行诗，长短句交替，单行12个音节，双行6个音节；第1、2段押交叉韵，即abab abab格式，第3、4段先押交叉韵，后押连续韵，即aba abb格式。

※诗人以小船自喻，把大海比做音乐。大海、风暴，动荡、摇撼，抓住人心的一切空间和动力都是音乐之源。

※诗人要在这旋律之中航行，厌恶风平浪静。平静，就意味着绝望，没有生机。诗人渴望搏击长空，击浪大海，在浩瀚无边的大海中尽显生命的力量。

※这就是音乐，真正的音乐。

《我的命运》水彩水粉画 维克多·雨果 17cm×26cm 1857年 巴黎 维克多·雨果博物馆

75 墓 地[1]

假如有位善良的基督徒
发起慈悲，趁着沉闷的夜色，
在某个古老废园的后面
把你令人夸耀的遗体埋葬，

那时，贞洁的群星
闭上沉沉欲眠的双眼，
蜘蛛将要结网，
蝰蛇[2]正欲产卵；

在你被黄土封住的头顶
你将会终年听见群狼
与饥肠辘辘的女巫

悲哀地凄惨哀号，
听见老色鬼的嬉戏
听见龌龊骗子们的密谋。

注 释

[1] 原诗发表于1857年初版的《恶之花》，位居第74首；1861年再版时，位居第70首；1868年第3版时，标题被阿塞利诺和邦维尔更改为“一位恶魔诗人的墓地”，位居第72首。

[2] 毒蛇的一种，多生活在森林或草地里，吃小鸟、蜥蜴、青蛙等。

延伸阅读

※这是一首每行为8个音节的十四行诗，第1、2段押交叉韵，即abab abab格式，第3、4段先押连续韵，后押环抱韵，即aab ccd格式。

※诗人在诗中“发出哀怜悔恨的凄光”（维尔哈伦语）。

※已死的女戏子，不许葬入公墓，被一个基督徒偶发慈悲，勉强葬入废弃的园子后面。

※她生前美貌动人，死后却只能与结网的蜘蛛、产卵的蝰蛇、哀号的群狼、饥饿的女巫、放荡的色鬼为伍，此中悲凉，岂止是“墓地”。

※第3版的标题，被改为“一位恶魔诗人的墓地”，似与诗不相关联，甚至有失诗人的本意，但深思之后，它何尝不是切中题旨，意味深长？

《酷刑花园》黑色粉笔铅笔画
杨·托罗普 54.9cm×65.7cm 约
1893年 阿姆斯特丹 国立美术馆

76 一幅幻想的版画[1]

这奇异的幽灵，唯一的装束，
就是这顶扣在他那骷髅上的王冠，
令人想起狂欢节上滑稽可笑的木偶。
不用马刺、长鞭，他使马喘息不止，
可怕的马，像他一样，鬼灵精怪，
喷着鼻涕，活像个癫痫病患者。
他们双双闯过缥缈的空间，
马蹄声大胆地践踏入无限。
骑士挥舞着闪闪发亮的马刀
踩在坐骑压伤的芸芸众生之上，
仿佛巡视自己宫殿的君王，
踏遍广漠、凄凉、茫无边际的坟场，
那儿有古今多少豪杰，
在黯淡苍白的微光下长眠。

注　释

[1] 原诗最初发表于1857年11月15日的《现代》(le Présent)杂志，标题原为《莫提玛的一幅版画》(*Une grarure de Mortimer*)。收入1861年再版的《恶之花》时，更名为*Une grarure fantastique*，位居第71首;1868年第3版时，位居第73首。莫提玛(Johu Hamilton Mortimer，1741-1779)，英国画家、版画家，常采用历史和传说的题材入画，偏爱恐怖的主题。原诗标题是指由埃耶(Joseph Hayens，1760-1829)根据他的画《一匹灰白马之死》(*Death an a pale Horse*)所作的铜版蚀刻画。另有考据者指出这幅版画并非莫提玛所作，而是他的学生埃耶根据他的素描画而作。据考证，此诗是雨果诗篇《马衔》(*Mors*)的扩充，参见雨果诗集《默思集》第4卷。

延伸阅读

※原诗共14行，每行12个音节，押连续韵，即aabbccddeeffgg格式。

※诗人借这幅版画，表达自己欲践踏无限，傲视古今人物的心志。

《死亡:赛马 苍白的马 苍白之马的复死》铅笔油墨画 约翰·汉密尔顿·莫蒂默 62.5cm×46.4cm 约1775年 康涅狄格 纽黑文 耶鲁英国艺术中心 保罗·梅隆收藏

77 快乐的死者[1]

在爬满蜗牛的烂泥中
我要挖出一个深深的坟墓，
让我像浪里藏身的鲨鱼一样
从容地舒展我这早该遗弃的尸骨。

我厌恶遗嘱，痛恨坟墓；
与其乞求世人的眼泪而苟且偷生，
不如请乌鸦把我这污秽不堪的尸首
啄食得干干净净。

蛆虫啊！没有耳目的黑色伴侣，
看吧！一个自由快乐的死者向你走来；
享乐的哲士，腐败的后裔，

来吧！穿过我这座废墟，这实在毫不足惜，
请告诉我，这具老朽枯败
早已失去灵魂的躯壳还有没有痛苦！

注 释

[1] 原诗最初发表于1851年4月9日的《议会通讯》，为总题《冥府》小诗篇11首之一，原标题为《忧郁》。收入1857年初版《恶之花》时，位居第73首;1861年再版时，位居第72首;1868年第3版时，位居第74首。

延伸阅读

※原诗是一首十四行诗，每行12个音节，第1、2段押交叉韵，即abab abab格式，第3、4段先押连续韵后押环抱韵，即aab ccb格式。

※这是一首向死神宣战的诗，既表明了诗人内心无法言说的痛苦，也表达了自己毫无畏惧的乐观主义心态。

※先自寻坟墓，表明自己“与其乞求世人”，不如让“乌鸦……把我……啄食得干干净净”。

※这是一种沉郁、无法排遣的痛苦，在一个“金钱世界”，在一个“贪欲无度”，毫无“廉耻”的国度，诗人顽强地保持自己人格的完整，绝不乞于“世俗”，谁能如此呢?

※诗人的心声，仿佛化为自己的墓志铭。

《死亡花园》水彩水粉画　雨果·辛贝格　16cm×17cm　1896年　赫尔辛基　阿黛浓美术馆

78 憎恨之桶[1]

仇恨就是脸色苍白的达娜依得斯[2]的酒桶；
疯狂的“复仇”用通红结实的手臂
把一桶桶死者的鲜血和眼泪
徒劳无功地倾入黑暗的空桶，

哪怕“复仇”能使那些牺牲者复活，
复活他们的肉体，再把鲜血榨干[3]，
恶魔却偷偷地把桶底戳穿，
使千年的辛劳和汗水瞬间化为泡影。

仇恨是躲藏在酒店里的醉鬼，
他总感到越喝越渴
犹如勒耳那的蛇头[4]，长长不绝。

——这幸运的酒徒还可认识自己的对手；
而仇恨，却注定了可悲的命运
甚至永远也不会滑到桌子下面酣然沉睡。

注　释

[1] 原诗作于1850年之前，最初发表于1851年4月9日的《议会通讯》，为总题《冥府》小诗篇11首之一。1855年6月1日又发表于《两世界评论》，为组诗《恶之花》18首之一。收入1857年初版《恶之花》时，位居第71首;1861年再版时，位居第73首;1868年第3版时，位居第75首。

[2] 达娜依得斯（DanaÏdes），典出自古希腊神话，意为达娜俄斯的女儿。埃及王后达娜俄斯共生50个女儿，除许珀耳涅斯之外，其余49位女儿均奉父王之命，在新婚之夜杀死新郎。许珀耳涅斯的丈夫林叩斯将她们杀光，为死去的弟兄复仇，49位姐妹在地狱里被罚用无底桶汲水，桶无法灌满，她们永远得不到宽恕。

[3] 以上两行引自钱春绮先生的译文。

[4] 勒耳那的蛇头，古希腊神话传说中的怪物，原文为Hydre，它有九个头，另有传说为七个头，头被砍掉后可再生，为赫拉克勒斯所杀。西方文学中常借此典形容难以根除的大祸患。

延伸阅读

※原诗为十四行诗，每行12个音节，第1、2段押交叉韵，即abab abab格式，

《撒旦的珍宝》画布油画 让·德尔维尔 258cm×268cm 1895年 布鲁塞尔 现代艺术博物馆

第3、4段先押交叉韵，后押连续韵，即aba bcc格式。

※诗人借古希腊神话传说起兴，把仇恨这个无底桶展现，无论仇恨如何将复仇的血水倾入，最终不及醉鬼。

※深远的意蕴，展示在丰富的联想之中。

79 破裂的钟[1]

又苦又甜的是在冬天的夜里，
闪烁着烟火的炉火旁，
随着浓雾中齐鸣的钟声
聆听遥远的回忆。

那声音洪亮的大钟真是幸运
虽已老迈，依然敏捷健康，
忠实地把它虔诚的呼声高扬，
犹如营帐下守夜的老兵！

而我，灵魂已裂
虽想让我的歌声冲破寒夜的冰冷，
然而它的嗓门却已衰无声息

犹如被遗弃的伤兵
倒在血泊里，
在苟延残喘中死去！

注　释

[1] 原诗最初发表于1851年4月9日的《议会通讯》，为总题《冥府》小诗篇11首之一，诗题为《忧郁》(*spleen*)。1855年6月1日又发表于《两世界评论》，诗题为《钟》(*la Cloche*)；1857年5月17日再次发表于《阿隆松日报》；收入1857年初版《恶之花》时，始改为《破裂的钟》(*La Claohe fêlée*)，位居第58首；1861年再版时，位居第74首；1868年第3版时，位居第76首。

延伸阅读

※ 写此诗时，波德莱尔已30岁，刚步入而立之年，但他在忧愁的重压下，却已进入寒冬般的晚境，感到自己的嗓音已像破钟一样嘶哑，微弱得发不出动听的声音了。

※ 原诗是十四行诗，每行12个音节，第1、2段押交叉韵，即abab abab格式，第3、4段押3个连续韵，即aab bcc格式。

※ 诗人在此韵律里，把理想破灭后的忧郁倾吐而出。

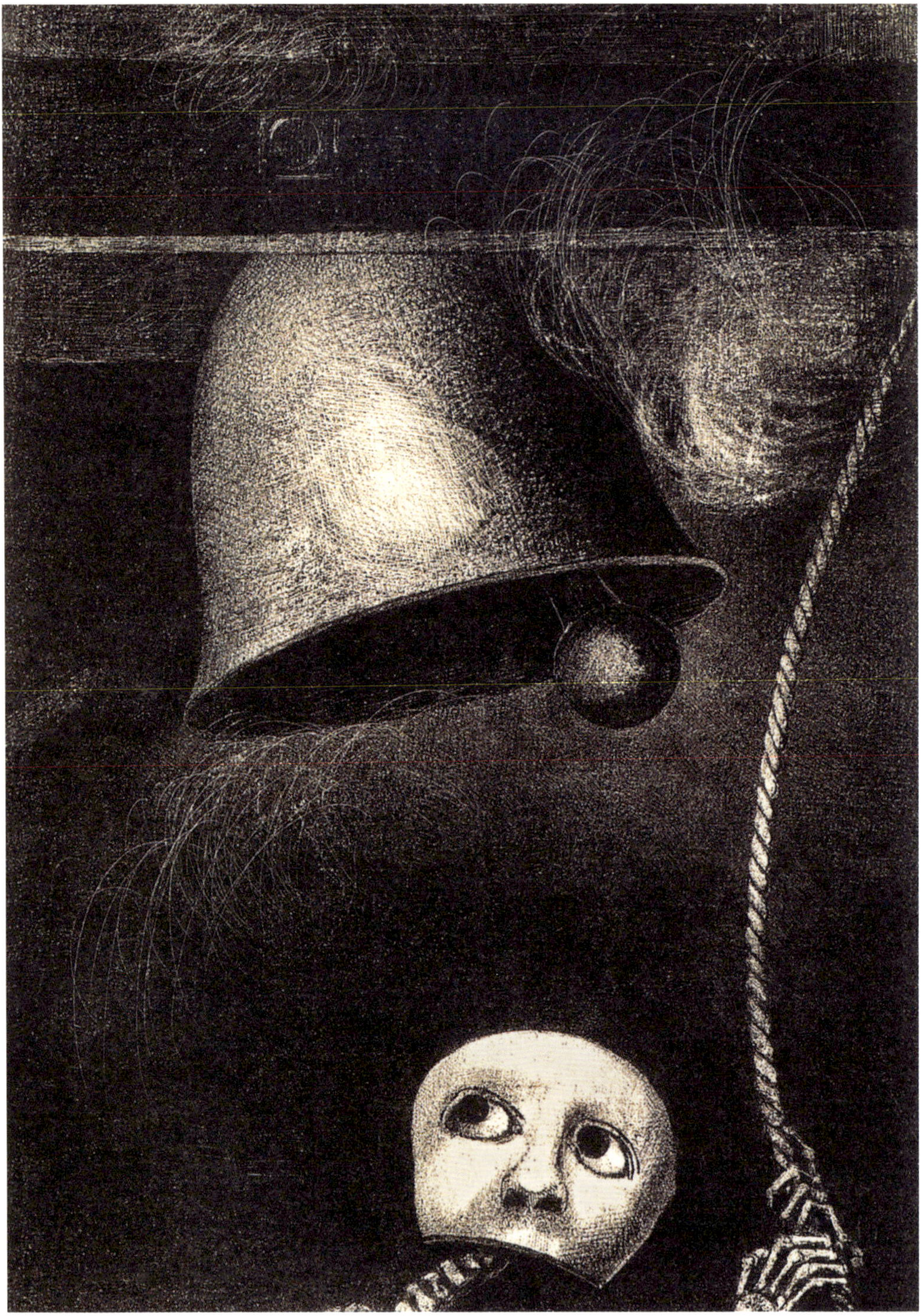

《击鸣丧钟的面具》石版画　奥迪隆·贺东　26cm×19cm　1882年
巴黎　法国国家图书馆

80 忧郁（之一）[1]

雨月[2]，对着使他气恼的城市，
它从瓮中把连绵不断的阴郁的寒冷
倾向近邻墓地里苍白的亡灵
把死气洒遍多雾的市郊。

我的猫在方砖地上寻找着褥草
不停地抖动着它那患疥疮的瘦弱病体；
老诗人的灵魂徘徊在落水管里
发出畏寒般的瑟瑟苦语。

巨钟在悲鸣，冒烟的柴薪
用假声为伤风的钟摆伴奏，
此时，一位因患水肿谢世的老妇，

在死后遗留下的发臭的纸牌中，
红心侍从 J 与黑桃皇后 Q
正诡谲地交谈他们已逝的爱情。

注　释

[1] 原诗最早发表于 1851 年 4 月 9 日的《议会通讯》，为总题《冥府》小诗篇 11 首之一，标题为《忧郁》。收入 1857 年首版《恶之花》时，位居第 59 首；1861 年再版时，位居第 75 首；1868 年第 3 版时，位居第 77 首。

[2] 雨月，法文为 PluviÔse，是 1793 年法国制定的法兰西共和历的第五月，即公历的 1 月 20、22 日到 2 月 19、20 日。此时，巴黎及法国大部分地区都阴雨连绵，笼罩在雨、雾、寒、冷的阴郁之中。

延伸阅读

※原诗是十四行诗，每行 12 个音节，第 1、2 段押相同的交叉韵，即 abab abab 格式，第 3、4 段先押连续韵，后押环抱韵，即 aab ccb 格式。

※忧郁，法语为 Spleen，源于英文，18 世纪引入法语中，意为无端的烦闷、消沉、烦厌、厌倦等情绪。

※诗人在阴雨笼罩的“雨月”，产生了此种情绪，似乎感到整个社会都得了忧郁症，这种无法治愈的“世纪病”，成为诗人无法摆脱的悲哀。

※诗人展开奇特的想象，将此种情绪形象地表达出来，奇谲、阴冷。

《街道》画布油画　朱丽叶·阿德勒　117cm×90cm　1893 年　卡斯特尔　戈雅博物馆

81 忧郁（之二）[1]

我有比千年还要漫长的回忆。

这纷至沓来的愁绪，
拥挤在我的脑海，
比挤满在橱柜里的债表、诗稿、
情书、诉状、曲谱还要多。
这真是一座金字塔，巨大的墓穴，
它收容了比万人冢还要多的尸骨。
——我是一家连月亮也厌恶的墓地，
犹如悔恨，蛆虫咬牙切齿
不停地吞噬我最亲爱的死友。
我是充满枯玫瑰的女客厅[2]，
到处散乱着过时的流行品，
唯有布歇[3]苍白的水粉画，
独自散发着哀伤的清香。

当厌倦在阴郁冷漠中产生，
在大雪纷飞的岁月里
显现出像永恒一样的无穷无尽，
还有什么比这蹒跚而行的白昼更为漫长。
此后，活生生的东西！
你不过是一块沉睡在多雾的撒哈拉深处，
被茫茫的恐怖所包围的顽石！
古老的斯芬克斯[4]，已被冷漠的人世抛弃，
被地图遗忘，那一颗愤世的心
只能空对着夕阳的余晖悲歌！

注　释

[1] 原诗直接发表于 1857 年初版《恶之花》时，位居第 60 首；1861 年再版时，位居第 76 首；1868 年第 3 版时，位居第 78 首。

[2] 女客厅，原文是 boudoir，原指小客厅，特指装潢雅致的贵妇人的客厅。

[3] 布歇（FranÇois Boucher，1703—1770），18 世纪法国画家，洛可可风格的代表之一。出生于巴黎，其作品以柔弱的笔触描绘田园风光和神话见长。

[4] 在希腊神话中，斯芬克斯是坐在忒拜城附近的悬崖上，用谜语难倒路人，然后把他们吃掉的雌性怪物。著名的斯芬克斯之谜即出自此，谜底为“人”。

延伸阅读

※原诗是一首 24 行 3 段的 12 音节诗，押连续韵，即 aabbccdd 格式。

※首段只有一行，统领全诗，以比千年经历还要漫长的回忆，自喻忧郁之深。

※第 2 段，以充塞满脑子的账单、诗稿、诉状、情书、曲谱还要多的愁绪，无时不在加深他的忧郁。

※第 3 段，面对着荒漠、夕阳，烦恼就像是斯芬克斯、金字塔，怒不可书，只能无可奈何地唱起千古悲歌。在周围世界与遥远时空无可奈何地感应。

诗人内心的惶恐不安，烦厌，就像千年的回忆在夕阳中孤独。

※ 一颗愤世的心，在荒漠的忧郁之中。

《痛苦》画布油画　卡洛斯·施瓦贝　155cm×104cm　1893年　日内瓦　艺术历史博物馆

82 忧郁（之三）[1]

我像是多雨之国的王者，
富有却无能，身虽年轻心却已老迈，
那些卑躬屈膝的教师，
他的狗，这一切都令他讨厌。
无论阳台对面正在死去的臣民，
还是猎物或鹰隼，都不能使他开心。
得宠小丑的滑稽谣曲
也无法赶走他病躯里的愁云；
他那饰有百合花纹[2]的床竟成为坟墓，
那些素来讨君欢心的侍女。
也想不出任何猥亵的打扮
来博取这年轻的走尸粲然一笑。
炼金的术士纵有天大的本领
也无法清除他腐败的毒素，
那些显贵们时常念叨的，
从罗马遗留下来的血浴秘方，
也不能唤醒他迟钝的尸骨
他流动的不是血液，而是“忘川”[3]的绿水。

注 释

[1] 原诗直接发表于1857年初版的《恶之花》时，位居第61首;1861年再版时，位居第77首;1868年第3版时，位居第79首。

[2] 百合花纹，是法国王室的纹章，百合花，法国国花。

[3] 忘川，Léthé，即列特河，地狱之河，饮其水即可忘却过去。

延伸阅读

※原诗18行，每行12个音节，押连续韵，即aabbccdd格式。

※内结构可分为3段，第1-4行为第1段，忧郁如未老先衰的国王；第5-12行为第2段，任何情形，都无法抹去忧郁；第13-18行为第3段，忧郁之不可解。

※借未老先衰的国王的冷漠、无能、绝望，刻画诗人无法驱散的忧郁。

83 忧郁（之四）[1]

当天空像盖子一样低沉而下垂
倾压在久已厌倦而呻吟的心上，
当它把整个地平线包围
洒下比黑夜还要凄惨的阴光；

当世界沦为一座潮湿的牢房，
希望，挣扎成一只蝙蝠，
胆怯的翅膀拍打着四壁
一头撞进天花板里的腐朽；

当雨水洒下无尽的愁丝
仿佛人间安上整座地狱完备的铁条，
当成群污秽的蜘蛛
潜入我们脑海的深处结网，

此刻，钟声骤然狂响
向长空发出阵阵可怕的呼啸，
仿佛无家可归的孤魂
无休止地哀号。

——长长的送葬队伍，在无声中，
从我的灵魂深处缓缓前进；狂躁、
专横的焦虑，希望在失败中哭泣，
把它的黑旗深深地插在我低垂的头上。

注　释

[1] 原诗直接发表于1857年初版《恶之花》，位居第63首；1861年再版时，位居第78首；1868年第3版时，位居第80首。

延伸阅读

※ 原诗是一首四行诗，共5段，每行12个音节，押交叉韵，即abab格式。

※ 前3段，叙述诗人已陷入忧郁之中，置身牢房一般。

※ 第4、5段，描述诗人沉入死亡与殡葬的幻觉之中，仿佛痛苦、忧郁、孤寂已爆炸。

※ 作者精心营造的意象新颖准确：天空像盖子低沉下垂，大地如牢房，灵魂深处一列长长的灵车缓缓前行。

《缠绕》画布油画　魏斯·沃伊切
100cm×185cm　1899　1900
年　华沙　国家博物馆

84 驱不散的烦闷[1]

森林，你像大教堂一样令我惊恐；
你像风琴一样呼啸；从我们的歹心里，
这颤动着嘶哑的喘气声的灵堂中，
应和着你“来自深渊”的回音。

大海，我恨你！我的灵魂深处，
感受到你的汹涌与奔腾；我从
你的翻腾中，听见了失败者，
那备受凌辱的苦笑。

长夜！假如没有这繁星满天的光
你让我多么的喜欢！
因为我在寻求赤裸、空虚和黑暗！

黑暗本身就是一幅图画
我眼前涌现的无数面孔，
活现在其中露出亲切的目光！

注　释

[1] 原诗最初发表于 1860 年 5 月 15 日的《现代评论》。收入 1861 年再版《恶之花》时，位居第 79 首；1868 年第 3 版时，位居第 81 首。

延伸阅读

※ 原诗是一首十四行诗，每行 12 个音节，第 1、2 段押交叉韵，即 abab abab 格式，后两段先押环抱韵后押连续韵，即 abb acc 格式。

※ 原诗标题，原意可译为魔鬼附体，引申为目前的标题。

※ 诗以大森林、大教堂为喻开篇，以黑暗作结，将挥之不去、驱之不散的苦闷刻摹得“入纸”三分。

《大森林》粉笔铅笔纸板画 阿瑟·格罗特盖 58cm×44cm 1864年 克拉科夫 国家博物馆

85 虚无的滋味[1]

沮丧的精神，昔日却是搏击迷，
希望曾以马刺般的热情激励你。
而今再也不想你！别难为情，
索性躺下吧，步步摔跤的老马。

死心吧，我的心；傻乎乎地睡吧。

精疲力竭的灵魂！对于你，老贼，
爱情已不再有滋味，只是争吵而已；
别了，铜号的哀鸣、长笛的叹息！
欢爱，别再将这阴郁的灰心引诱！

可爱的春天已失去了芳馨！

时间正一刻不停地吞噬我，
犹如大雪吞没一具冻僵的尸体；
我从天上俯视这圆形的地球
何必再从中寻求栖身之所！

雪崩啊，你可否愿意带我一同堕落？

注　释

[1] 原诗最初发表于1859年1月20日的《法国评论》。1861年《恶之花》再版时收入，位居第80首；1868年第3版时，位居第82首。

延伸阅读

※原诗是4行带副歌诗体，每行12个音节，押环抱韵，即abba格式，副歌与1、4行同韵。

※诗人在虚无之感中感到自己日趋衰弱。这种无法排遣的精神空虚，已成为法国无法驱逐的世纪流行病，诗人在抗争后败北。

※青春一去不返的惆怅，身心疲惫，老之将至的心态，交织成死亡的阴影，笼罩着诗人的心。

※诗人在奇特的想象中，化用象征主义的手法，将抽象的希望化为可感可触的战马，以老马失蹄暗含希望遭受挫折，以战马对诗人的丢弃比喻希望的破灭，使陈旧的主题显露出新意。

《骑士之死》水粉胶画　阿尔弗雷德·顾彬　28.7cm×47.2cm　约 1907 年　维也纳　利奥波德博物馆

86 痛苦的炼金术[1]

大自然！有人热情地点亮你，
也有人把悲哀深埋在你的心里！
对此人你是坟墓！
对他人却意味着生命与光辉！

你帮助我却又令我感到惊恐
你这陌生的赫耳墨斯[2]，
使我陷入与最可悲的炼金师，
米达斯[3]同样的下场；

由于你，我竟把黄金化为铁
把天堂变成地狱；
拉开云的殓衣，我发现

一个可爱的尸体埋在其中，
在苍天的岸边
我建造了一座巨大的石棺。

注　释

[1] 原诗最初发表于1860年10月15日的《艺术家》杂志。1861年《恶之花》再版时收入，位居第81首；1868年第3版时，位居第83首。

[2] 赫耳墨斯（Hermês），希腊神话中宙斯之子，炼金术的鼻祖，众神使者，司商业、盗贼、口才等。

[3] 米达斯（Midas），希腊神话中弗里吉亚（Phrygie）的国王，从酒神处学到点金术后，一切东西碰到他的手皆变成黄金，最后竟把女儿也点成了黄金，甚至连食物也变成了黄金，导致无法进食而产生困扰。

延伸阅读

※原诗是十四行诗，每行8个音节，前两段押环抱韵，即abba abba格式，后两段押混合韵，即abb aba格式。

※诗人借点石成金，即炼金术之说，阐述自己的艺术理念。

※反讽、反典，构成了此诗的一大特点。

※诗人以点金成铁，把天堂点成地狱，苍天变成棺材，以此论及人间天堂和人间地狱皆为一体。

《金钱》画布油画　弗朗库·普卡
91cm×91cm　1899年　布拉格
国家博物馆

87 感应的恐怖[1]

惨淡而古怪的天空，
像你的命运一样焦虑，
浪子啊，请问怎样的思绪
降临在你空虚的心中？

——我虽然如饥似渴地追求
那变幻不定的事物，
但我绝不会像奥维德[2]
为拉丁乐园的失去而哀歌。

像沙滩一样碎裂的天空，
我的骄傲映入其中；
你这茫无边际的黑色彩云

宛如灵车一般载着我的梦，
你的闪光就是我的心
乐于前往的地狱返照！

注　释

[1] 原诗最初发表于1860年10月15日的《艺术家》杂志。1861年《恶之花》再版时收入，位居第82首；1868年第3版时，位居第84首。

[2] 奥维德（公元前43－约17），古罗马诗人。公元8年因触犯皇帝屋大维，被流放到黑海之滨。在流放期间，著《哀怨集》和《岁时记》（亦译为《黑海书简》），备述被放逐之苦，哀求释放。终致客死异乡。

延伸阅读

※原诗是十四行诗，每行8个音节，前两段押交叉韵，即abab abab格式，后两段先押环抱韵，后押连续韵，即abb acc格式。

※诗人在怀古中，借当年奥维德苦求皇帝屋大维宽恕他的罪过之典，反化为相反的意念，把古人的哀怨化为自己的梦，把愁云变成骄傲的容颜，死也要死得光明。化地狱为天空，在乐于前往地狱中闪烁诗人碎裂的心。

《堕落天使》木炭画　奥迪隆·贺东　28cm×22cm　1871年　荷兰　奥特洛　库勒穆勒博物馆

88 和平烟斗[1]

——拟朗费罗[2]

I

生命之主[3]，这位全能者，
从上天至绿野，
来到山峦起伏的辽阔草原；
在红烟斗石场[4]的岩石上面，
他挺胸直立，显示着威仪，
沐浴着阳光，统治着宇宙。

他召集那些如野草和沙子般，
无数的子民。
他用那恐怖的手，将这岩石击碎
做成烟斗，然后，到河边，
从芦苇丛中选出一根长长的苇竿，
为烟斗配上烟管。

他剥下柳树皮，装满烟袋；
这位全能、全权的创世者，
挺立着，像神圣的信号灯一般，
点燃和平烟斗。他挺立在岩石之上
沐浴着阳光，高傲地吸着烟斗。
这真是人间一个伟大的信号。

神圣的烟翻腾在温暖的晨风之中
袅袅升起，散发着芳香。
开始，如阴暗的丝涤；
随后，烟气在蓝色中渐渐深浓、发白，
上升，不断地上升，
终于在坚硬的天顶上凝结，然后碎裂、消亡。

注　释

[1] 原诗最初发表于1861年2月28日的《现代评论》杂志。收入1868年第3版《恶之花》时，位居第85首。

[2] 朗费罗，即亨利·瓦兹华斯·朗费罗（Henry Wadsworth Longfellow，1807–1882），美国19世纪抒情诗人。他的诗，音韵优美，语言自然平易，感情真切，具有浪漫的气息和民谣的节奏，带有温和的民主主义和人道主义的思想倾向。著有《夜吟》《民谣及其他的诗》《路边客栈的故事》等。其中《海华沙之歌》被认为是第一部印第安人的史诗。

[3] 生命之主，原文是Gitche Manito，直译为吉奇·玛尼托，在印第安语中意为生命之主。

[4] 红烟斗石场，原法文是la Rouge Carrière，朗费罗英文原诗中是Red Pipe-stone Quarry。印第安人在原住地上，即今苏必利尔湖南岸，用一种淡红色质岩石，即红黏土制造烟斗。亦可译为红管石矿地或红土石矿场。

[5] 落基山脉，是北美洲的大山脉，从阿拉斯加西部一直绵延至墨西哥。

[6] 大湖，指美国与加拿大交界处的五大湖。

[7] 塔瓦森沙山谷，在今美国纽约州的阿尔巴尼。

《火灾》锡板油画　弗朗西斯科·德·戈雅　50cm×32cm　1793–1794年　马德里　何塞·瓦雷兹的收藏

从落基山脉[5]最遥远的山顶处，
从那波浪汹涌的大湖[6]里，
从独一无二的塔瓦森沙山谷[7]，
直到塔斯卡卢萨[8]芳香的森林，
都可以看到这信号如那漫漫的烟云
升向那红色的朝霞之中。

预言家们说道：“你们是否看清
这如号令者之手的蒸气，
乌黑地飘荡着，摇向太阳？
这就是生命之主，
从辽阔的草原向你们传令：
‘我要召集你们开会，所有的战士！’”

从水中、陆地，
从风里的四面八方
个个角落的每一个战士，
都对这个信号了如指掌，
他们朝着红烟斗石场赶来
生命之主在此约见。

战士们集聚在绿色的草原上面，
全副武装，经受战火的脸，
涂抹得花花绿绿，如秋叶一般；
一切残杀的仇恨，
祖传的仇恨
尽在他们的眼里闪光。

他们的眼里仍充满祖传的仇恨。
但是生命之主，这大地的主宰，
凝望着他们，恻隐之心频动，
如敌视无序的慈父，
凝望着这些互相扭打的子民。
生命之主如此对待他们。

[8] 塔斯卡卢萨，在今美国南部。
[9] 先知，是指海华沙，印第安人传说中的民族领袖。
[10] 杀戮的颜色，印第安人出战时脸上涂满油彩。

延伸阅读

※原诗分为3部分，共17段，每段5行，构成一部小交响诗。
※美国音乐家罗伯特·斯托佩尔（Robert Stoepel）谱写了一部受朗费罗启悟的交响曲，邀请波德莱尔为之作词，拟在幕间休息时朗诵，故诗人作此诗，标拟朗费罗。但后来并未实现。
※诗人在诗中描述了他的无可实现的心中之梦。
※因为此起彼伏的枪炮声，依然在四处回荡，正如伊拉克的上空，正响彻云霄的烟云。
※诗人并未打算将其收入《恶之花》，由诗人的朋友阿塞利诺和诗人邦维尔在1868年编订第3版《恶之花》时收入。

他伸出强大的右手盖住他们
控制住他们狭小的心胸，
让他们在他的手掌里消去狂热；
随后，他用庄重的声音发话，
像喷涌的泉水直泻而下
发出威严的声响：

Ⅱ

“哦，我的孩子们，可爱又可怜的亲人！
我的心肝！来倾听神的道理。
对你们谈心的，是吉奇·玛尼托，
他是生命之主！是他，在这辽阔的国土上
赐予你们狗熊、花鹿、野牛、海狸。

“我教会你们打猎捕鱼；
为什么你们还要杀人？
我让各种鸟在大地上繁衍；
你们为什么不满足，孩子？
为什么要把他们赶走？

“这种恐怖的虐杀，真让我厌恶。
就连你们的祈祷和祝愿都是罪行！
这都是因为仇恨祸害了你们的心，
团结就是力量，你们应该亲如兄弟
你们应该懂得和平的珍贵。

“我要派遣一位先知[9]
来教导你们，与你们同甘共苦。
如果你们蔑视他；
该死的可怜虫，
你们就走上了绝路！

“到河水中洗去你们杀戮的颜色[10]。

《巨像》模仿水彩画　弗朗西斯科·德·戈雅　20.8cm×28.7cm　1810—1818年　巴黎　法国·国家图书馆

芦苇遍地，岩石也非常鲜艳；
人人都可以做个烟斗。阻止凶杀，
停止流血！应该团结，
如兄弟般相处，共吸和平烟斗！”

Ⅲ

人们把凶器扔掉，
在河水里洗去他们涂抹在脸上的
那些残忍发光的色彩。
个个叼好烟斗
采取芦苇，制成烟管。
大地对他们莞尔微笑！

人们怀着喜悦之情散去，
吉奇·玛尼托，这位生命之主，
重新归回天庭。
——他穿越壮丽的云海
在满意中，高高升空，
显现出高大、芬芳、庄重的辉煌！

弗里斯设计　1885年　特隆赫姆　国立博物馆藏

89 异教徒的祈祷[1]

啊，别让你的热情熄灭；
欢乐，请温暖我麻木的心，
那备受凌辱的灵魂！
女神啊！请倾听我的心声[2]！

飘然而至的女神，
你是我心底的火焰！
请满足我渴求的灵魂，
他向你敬献英雄之歌。

欢乐，我永远的女王！
请戴上你那魔女面具[3]
尽显万千魅力，

或者把你深浓的睡意
注入这无形的神秘之酒，
欢乐，请深入幻变之中！

注　释

[1] 原诗最早发表于1861年9月15日的《欧洲评论》杂志；1868年录入第3版《恶之花》，位居第86首。

[2] 原文为拉丁文：Diva！supplicem exaudi！

[3] 魔女（sirène），半人半鱼或半人半鸟的女妖，常用来比喻迷人的妖女。

延伸阅读

※原诗是一首每行8个音节的十四行诗，前两段押交叉韵，即abab abab格式，后两段押连续韵，即aab bcc格式。

※这是一首爱情诗，诗人自比异教徒，在爱神无处不在，若隐似现，如离犹即，缥缈不定中，尽显万种风情，变幻万千，给诗人以无限欢乐。

※异教徒，是指古代不信基督教的泛神论者，他们认为神无处不在。

《放荡》画布油画　古斯塔夫·莫罗　195cm×105cm　19世纪　巴黎 古斯塔夫·莫罗博物馆

90 盖　子[1]

无论他走向哪里，陆地还是大海，
炎热的赤日之下，还是极地的白日之中，
无论是耶稣的信徒，还是基西拉[2]的臣仆，
无论是乞丐，还是开颜的富豪，

无论城里城外，流浪还是定居，
他们小小的脑袋，是迟钝还是灵活，
人无时不忍受无处不在的神秘恐怖，
仰望天空，无时不感到惊恐。

深远高阔的天空，这令人窒息的墓墙，
为上演这出滑稽歌剧而闪亮的穹顶
映照着每个丑角踩踏着的血污地面；

啊，这放荡之徒的恐怖，痴狂之想的隐士；
天啊！你就是大黑锅的盖子
把芸芸众生在不知不觉中蒸煮。

注　释

[1] 原诗最初发表于1862年1月12日的《林荫大道》及1866年的《现代高蹈派诗坛》。后收入1868年第3版《恶之花》，位居第87首。

[2] 基西拉，原文是Cythère，是希腊南部的海岛，希腊古名是Kythera（库忒拉）。维纳斯由海中出生后，先在此岛上岸，故此地为维纳斯圣地。维纳斯亦称库忒瑞亚（Kytherea）。此处借指维纳斯。

延伸阅读

※ 原诗是一首每行12个音节的十四行诗，前两段押交叉韵，即abab abab格式，后两段先押连续韵，后押环抱韵，即aab ccb格式。

※ 诗人对社会腐败的不满，抒发到极致。

※ 人类如蒸煮在锅中的活物，愚蠢地上演着一幕一幕滑稽可笑的血腥闹剧，而全然不自知。

※ 此种情状，怎不是恶之花？

《月光》画布油画　乔治·亨德里克·布雷特奈　101cm×71cm　大约1887-1889年　巴黎　奥赛博物馆

91 意 外[1]

——献给巴尔贝·德·多尔维利[2]

阿尔巴贡[3]，守护着临终的老父，
眼看老人渐白的双唇，沉思自语：
"我感觉，顶楼上的旧木板，
　　应该够用？"

瑟丽曼娜[4]喃喃低语："我心地善良，
当然，上帝把我造得非常美丽。"
她的心啊！坚硬如铁，早已被地狱之火烧透，
　　熏得像火腿一样焦黑！

一位以火炬自居的蹩脚记者，
对在黑暗中沉沦的可怜虫说道：
"你所颂扬的美丽创造者，那位侠义骑士
　　你在何处见到过他？"

其实，我比任何人都更了解这位色鬼[5]
他哈欠连天，自大又无能，
却偏偏哭哭啼啼地宣称："是的，我将
　　在一小时内成为正人君子！"

接下来，时针也低声说道："他竟然烂醉如泥，
该死的东西！我白白地提醒这个臭皮囊。
这个又瞎又聋不堪一击的家伙，简直就是
　　一堵蚁虫蛀空的墙！"

而后，有位人人见之摇头的角色，
傲慢地讥讽道："我想，你们已经从我的
圣体中，一个不漏地领到了圣体，
　　蒙欢乐的黑弥撒[6]的圣恩？

注 释

[1] 原诗最早发表于1863年2月25日的《林荫大道》，收入1868年《恶之花》第3版时，位居第88首。

[2] 巴尔贝·德·多尔维利（Barbey d'Aurevilly，1808–1889），法国作家。他对《恶之花》有如此评价："但丁进入地狱，波德莱尔却走出地狱。"因之，有此献词。

[3] 阿尔巴贡，是法国古典主义戏剧家莫里哀（1622–1673）的喜剧《吝啬鬼》中的主人公，此人以吝啬、守财的形象深入人心，现已成为吝啬鬼、守财奴的代名词。

[4] 瑟丽曼娜，是莫里哀喜剧《恨世者》中的主人公阿尔赛斯特的情人，是个好诽谤别人且淫荡的女人。据玛拉西斯称，此处是讽刺当时著名的女演员布洛昂（Augustine Brohan，1824–1893），她以扮演莫里哀喜剧中的人物闻名。

[5] 色鬼，指诗人自己。

[6] 黑弥撒（Messe noire），原指天主教中为死者举行追思弥撒，神父着黑色祭披。此处指崇拜恶魔时举行的弥撒仪式。

“各位都在心中为我建造了神殿；
你们都曾偷偷地吻过我的屁眼！
请从笑声中认出撒旦，
　　这像尘世一样丑陋的庞然大物！

“受惊的伪君子，难道你们真的相信，
嘲弄主宰，糊弄他，
还能理所当然地进入天堂，
　　做个富人？

“应当把猎物归回猎手
他在潜伏处守候了很久。
我要带领他们穿过迷雾，
　　我悲喜交加的朋友，

“我要穿越大地和岩石，
穿过你们荒芜的坟墓，
走进像我一样高大的宫殿，
　　整块石头坚硬不软；

“因为它是人类罪孽的集合，
其中也包含有我的骄傲、痛苦和荣耀！
此刻，在宇宙的深处，
　　安居的天使吹响了胜利的号角

“它传达了每个人的心声：我衷心地赞颂，
你的鞭子！啊，上帝，让我歌颂痛苦！
我的灵魂在你的手中并非无用，
　　你的法术无穷无尽。”

这号角之声优美动听，
在天国葡萄收获的隆重黄昏，
这声音像狂喜一样渗入每个人的灵魂
　　进入大唱赞歌的心里。

延伸阅读

※原诗是四行体诗，共13段，每段前3行是12个音节，第4行是8个音节，押交叉韵，即abab格式。

※1866年2月，诗人将此诗收入在阿姆斯特丹由普列·马拉希出版的《拾零集》(*Les Epaves*)中，并附上自注：“在这里，《恶之花》的作者步入天国，转向永生。这应理所当然。请注意，他像所有的皈依者一样，表现得极为认真严肃，极其虔信。”

※在洋洋洒洒的不祥的“13”段中(西方人认为13不吉利)，尽力挥洒了此种情怀。

《钟楼怪人》铅笔木炭画　詹姆斯·恩索尔　24.4cm×17.1cm　1886–1889 年　汉堡　孔斯特艺术馆　黑格维施收藏

92 午夜反省[1]

钟声打破午夜的沉寂，
含讽带讥地提醒我们
要好好地想一想
逝去的岁月，我们收获了什么：
——今天是个不祥的日子，
既是星期五[2]，又逢十三号[3]，
尽管我们对此知晓，
却依然以异端的方式度日。

我们亵渎了耶稣，
最无可争辩的神祇！
就像混饭吃的食客
傍着古怪的巨富作威作福，
为了讨好这个畜生，
为了向魔鬼的奴才献媚，
竟侮辱我们喜欢的人
奉承我们所厌恶的鬼；

我们竟使无辜的弱者伤心，
甘愿沦为奴颜媚骨的刽子手；
我们竟向笨牛般的蠢物叩首，
又向极度的愚昧致敬；
我们竟然亲吻那些呆若木鸡的蠢妇
对她们俯首帖耳，
我们竟为腐败道贺
为苍白的死光祝福。

最后，为了把眩晕
淹没在狂热之中，

注　释

[1] 原诗最初发表于 1863 年 2 月 1 日的《林荫大道》。收入 1868 年第 3 版《恶之花》时，位居第 89 首。

[2] 星期五，耶稣于此日被钉在十字架上，故此日为受难日。

[3] 十三号，耶稣跟十三个门徒共进最后的晚餐，故“十三”被视为不祥之数。

延伸阅读

※ 原诗是一首 4 段八行诗，每行 8 个音节，押环抱韵，即 abba 格式。

※ 在诗中，诗人倾诉了对现实的极度失望、不满和无可奈何的失意之情。

※ 他感叹命运的不公，那些甘愿为虎作伥，口是心非，诅咒所爱，奉承所恶之举，与其在白日恶行，不如躲进黑暗之中解脱！

※ 午夜反省，反省多少感慨？

我们竟为这位以诗才自傲，
专司没落事物
并从中寻求陶醉为荣的祭司，
未渴而饮，不饥而食……
——快把灯吹灭，别再迟疑
让我们躲进黑暗之中！

小鸟与花 沃塞 1907年 木刻印刷
76cm×53cm

《冷血恶灵》平板画　费里西安·罗普斯　173cm×140cm　大约1860年　布鲁塞尔　比利时皇家图书馆

93 哀伤的情诗[1]

I

我不在乎你的聪愚？
只要你美丽！尽管你忧郁！泪水
更增添你的妩媚，
如美景中添加的一湾清水；
花在雨后更显香艳。

我爱你欢情之后的忧郁
那愁眉不展的阴云；
当恐怖淹没你的心；
当那昔日的乌云
又在你“此刻”的心中弥漫。

我爱你滚滚热泪的大眼睛
那热血盈眶如潮的秋波；
发出无度的痛苦的呻吟，
如临终者仇恨难消的喘叫
尽管我伸手抚慰你入眠。

我畅然地吸入！
你胸中一切呜咽的哀愁！
那美妙深沉的祝福，
我深信在你的心上
也闪烁着你滴下的泪珠。

Ⅱ

我知道，你的心里依然洋溢着
早已根断的昔日深情，

注　释

[1] 原诗最初发表于1861年5月15日的《幻想派评论》，后于1866年重刊于《现代高蹈派诗坛》。1868年收入《恶之花》第3版时，位居第90首。

延伸阅读

※ 据说此诗为让娜·迪瓦尔而作。
※ 原诗分为两部分，各为4段五行诗，为自由韵。
※ 第一部分，抒写我爱你，因你的美丽，你的愁容，你的眼泪，欲为你解忧。
※ 第二部分，描绘我爱你，虽然你的心依然在旧时情焰中闪烁，闪现出毒药、锋刃、火药和利剑，然而这一切在你心中却没有丝毫感应。
※ 全诗在紧凑的情绪中一气呵成，复杂的情绪交织其中。

《荒芜的前景》中国水墨水彩画 莱昂·施皮利亚特 49cm×30.9cm 大约1900年 布鲁塞尔 比利时皇家图书馆

你的心依然如燃烧的炉火，
被诅咒者的一点点高傲
依然潜藏在你的胸中；

但是，亲爱的，只要你的梦
依然没有映照出地狱之火，
而在不断的噩梦里，
依然闪现出毒药、刀刃，
依然迷恋着火药和利剑，

遇到任何人都诚惶诚恐，
厄运无处不在，
钟声一响即胆战心惊，
而你却感觉不到
甚至丝毫没有感应，

你，你这奴隶之王
你爱我却深怀惊恐，
你就不能感受这不祥之夜的阴森
让你的灵魂向我发出叫喊：
“我们是同类，彼此彼此，哦，我主！”

94 警报器[1]

凡配称为人的心里
都有一条黄色的蛇，
像盘踞在宝座上的君王，
人若说："我要！"蛇就答："不行！"

你如果跟那些林妖[2]
或水怪[3]眉目传情，
蛇牙[4]就说："请您三思！"

你若植树或生儿育女，
雕刻大理石或吟诗，
蛇牙就说："今宵如何欢度？"

人类无论有何种打算，
对这条讨厌的毒蛇
若不听从它的警告
一刻也无法生存。

注　释

[1] 原诗最初发表于1861年9月15日的《欧洲评论》。收入1868年《恶之花》第3版时，位居第91首。

[2] 林妖，原文为Satyresses，意为女羊人，神话传说中上半身为人形，下半身为羊的女妖，性好淫。亦称为森林女神。

[3] 水怪，原文是Nixes，意为女水精，德国神话传说中的水栖妖女。

[4] 蛇牙，原文是la Dent，意为牙齿，此处意为悔恨之毒牙，或时间的毒牙。

延伸阅读

※原诗是一首8个音节的十四行诗，以4、3、3、4的布局分为4段，第1、4段，押环抱韵，即abba abba格式，第2、3段先押连续韵，后押环抱韵，即aab ccb格式。

※此诗将人类所受之训诫娓娓道来；谁不在其中？这就是我们的现状。

《赤目》纸板油画　阿诺德·勋伯格　32cm×25cm　1910年　慕尼黑 伦巴赫美术馆

95 致一位马拉巴尔的少女[1]

你的脚细腻得像你的手一样灵巧
你丰满的身体令最美的白种女人也羡慕；
沉思的画家被你优雅的体态陶醉；
你美丽的大眼睛比你的肌肤还要黑。
上帝让你诞生在这个热浪碧波的南国，
你的使命就是给你的主人点燃烟斗，
就是不断地往瓶子里灌满香水和清茶，
就是驱赶转来飞去的蚊虫远离床榻，
就是在梧桐林开始鸣唱的清晨，
赶往集市去购买香蕉和菠萝。
整天，你赤着脚，想去哪儿就去哪儿，
轻声哼唱着不为人知的古老歌谣；
当黄昏降下它那鲜红色的霞幔，
你就躺在粗制凉席上悄然入眠，
你那飘游不定的美梦里充满了蜜蜂的花香，
和你一样，春光明媚，优美动人。
好姑娘，幸运的人，你为何偏要一睹法兰西，
那个人口众多之地，苦难深重之国，
为什么要把你的生命托付给水手，
而把可爱的罗望之果永远抛弃在故乡？
你呀，在法国，轻薄衣衫不牢靠，
你将赤裸在风雪和冰雹里，
假若你不裹胸束腰
出卖你这奇异令人心醉的幽香
你很难在那卑贱之地果腹
透过我们那污浊的迷雾，睁开你沉思的眼睛，
你再也追寻不到椰子树纷乱的身影，
你就会痛惜你此刻的悠然光阴！

注　释

[1] 原诗最初发表于1846年12月13日的《艺术家》，之后重刊于1855年10月14日的《小评论》，1857年11月15日的《现代》，1866年的《现代高蹈派诗坛》。1868年收入《恶之花》第3版时，位居第92首。马拉巴尔，旧印度西海岸的总称。

延伸阅读

※原诗是一首28行的12个音节的诗，押连续韵，即aabbccdd格式。

※1841年波德莱尔首次出游至毛里求斯岛期间，在布拉加尔夫人家认识了印度女孩儿多罗泰，她是夫人的奶姐妹，在那儿当侍女。她天生丽质，生活无忧无虑，工作轻松自由，但却想入非非，想去法国闯荡。诗人写此诗，赠予这位马拉巴尔少女，寄予安慰。

※诗句真诚，肺腑之声，尽现笔端。既是对法兰西的批判，也是对马拉巴尔的憧憬和赞美。

96 声 音[1]

我的摇篮背靠着书橱，
在这阴暗的通天塔里，寓言、小说、科学，
古罗马的尘埃，希腊的灰烬，混杂其中，
我的身影只有对开书页的高度。
我听到两个声音。一个狡诈坚定，
它对我说道："世界是一块香甜可口的饼；
（我能使你的胃口同它一样大！）
那时你的快乐就会无穷无尽。"
另一个声音说："噢！来吧！跟我梦游，
越过一切可能，超越所有已知！"
前者的声音像沙滩上的风一样鸣叫，
仿佛啼哭的幽灵，不知来自何方，
听起来悦耳，却令人心惊。
于是我回答后者："好吧！甜蜜的声音！"
唉！从此，厄运就开始跟从我
在无边无际的人生舞台的背后
从最黑暗的深渊的底部，
我终于看清了奇怪的人生，
同时，我也成为了这洞察谜底的牺牲品，
从此，我步履蹒跚，因为毒蛇噬咬着我的鞋。
此后，犹如预言，
我一往情深地爱上沙漠和大海；
哀伤时大笑，欢乐时流泪，
在最苦涩的酒中我品出了甘甜；
我往往把事实当成谎言，
举目望日而跌入深渊。
但声音却安慰我说："请留住你的梦：
聪明人的梦哪里有疯子的梦美丽！"

注 释

[1] 原诗最初发表于1861年2月20日的《现代评论》。收入1868年《恶之花》第3版时，位居第93首。

延伸阅读

※原诗是一首28行的12个音节的诗，押交叉韵，即abab格式。
※诗人以童年的回忆为起兴点，在摇篮挨着书架的"通天之塔"的切入中，展示了两种声音导致的两种命运。
※从此，造就了诗人和《恶之花》。

《死亡与灵魂》雕版（彩色）油画（画布打蜡） 费利克斯·雅布尔辛斯奇 20.5cm×13cm 1908 年 华沙 国家艺术馆

97 颂　歌[1]

向最亲爱的，最美的天使
她给我的心里注满光明，
向我永远崇拜的偶像，
敬献上我永存的祝福！

她仿佛是一支韵味无穷的歌曲
弥漫在我的生命之中，
又往我如饥似渴的心里
倾入无限的憧憬。

这个使我可爱的小屋生香的香囊
散发着永远新鲜的芳香，
这被人遗忘的香炉
透过黑夜升起绵绵的香雾，

不朽的爱啊，
我怎样才能如实地吐露？
在我的心灵深处，
潜藏着挥之不去的你的芬芳！

向我最为至爱的女郎，
向这位带来健康与欢乐的美人，
向我永远崇拜的偶像，
敬献上我永存的祝福！

注　释

[1] 原诗最早发表于1857年11月15日的《现代》。收入1868年第3版《恶之花》时，位居第94首。

延伸阅读

※ 原诗是一首每行8个音节的四行诗，共5段，押交叉韵，即abab格式。

※ 这是一首爱情诗。

※1854年5月8日，波德莱尔将此诗附在一封匿名信中寄给萨马蒂埃夫人。

※ 此诗描述了波氏对萨氏的疯狂之爱。

《巴黎的神秘人》画布油画　阿尔弗雷德·斯蒂芬　72cmcm×53cm　1867 年　皇家美术博物馆

98 反抗者[1]

狂怒的天使像老鹰一样从天而降，
一把揪住异教徒的头发，
他摇撼着他，吼道："你必须明白教规！
我要你遵循！（我是你的保护神，懂吗？）

"要去爱人，不许噘嘴皱眉，
爱穷人，爱恶棍，爱歹徒，爱蠢货，
这样你才能用你的慈善，
为耶稣铺就胜利的地毯。

"这就是爱！趁你的良心还没有泯灭，
重新燃起对上帝的热爱；
这才是魅力长久的真正快乐！"

天使挥起巨拳痛打背教者，
因为爱得深沉，所以惩罚才更为严厉；
可是，挨打的人却总回答的是："绝不！"

注　释

[1] 原诗约作于1843年，最初发表于1861年9月15日的《欧洲评论》，之后重刊于1862年1月12日的《林荫大道》和1866年的《现代高蹈派诗坛》。收入1868年《恶之花》第3版时，位居第95首。

延伸阅读

※原诗是一首十四行诗，每行12个音节，第1、2段押交叉韵，即abab abab格式，第3、4段先押连续韵，后押环抱韵，即aab ccb格式。

※诗人以"反抗者"的面目出现，反叛的精神跃然诗中。

※狂怒的天使要求诗人听从上帝的旨意，爱所有的人，包括恶棍、歹徒，用慈爱之心铺就垂青于己的上帝之路。狂怒的天使说："我要你遵循！"但诗人的回答是："绝不！"

《消沉和理想》水彩水粉画 卡洛斯·施瓦布 22cm×14cm 1907–1908年左右 巴黎 杰拉德·雷威的收藏

99 贝尔特的眼睛[1]

你们尽可以蔑视一切名人的媚眼，
但我孩子美丽的眼睛，却不能蔑视
那从秋波里溢出的像夜一般无法形容的善良温柔！
美丽的眼睛，请把你迷人的黑暗向我倾注！

我孩子的大眼睛，神秘又可爱，
如同神奇的魔幻岩洞
透过隐约不定的层层阴影，
闪烁着尚未人知的无尽宝藏！

漫漫长夜，我孩子的眼神辽阔、深远，
就像你一样明亮！
它们的光是爱的思想，饱含着信仰，
闪烁着欢乐与贞洁。

注　释

[1] 原诗最早发表于 1864 年 3 月 1 日的《新评论》，约作于 1864 年。收入 1868 年第 3 版《恶之花》时，位居第 96 首。

延伸阅读

※原诗是一首每行 12 个音节的四行诗，共 3 段，押环抱韵，即 abba 格式。

※1864 年，波德莱尔在布鲁塞尔收养了一个叫贝尔特的女孩。之后，波德莱尔为她画过多幅素描，其中一幅附此诗，并有题记："献给矮小可怕的傻姑娘，一个高大的男傻瓜的回忆，他收这位傻姑娘做养女，却没有研究过她的性格和收养法（布鲁塞尔，1864 年）。"

《贝尔特的肖像》油墨画　夏尔·波德莱尔　23.4cm×31.2cm　1864-1865年　巴黎　雅克杜塞特图书馆

100 喷　泉[1]

你的秀眼倦了，可怜的宝贝！
好好养神，别再睁着，
这悠然的姿态
体验分外的销魂。
院子里喷泉的喧嚣
日日夜夜毫不疲倦，
请你留住今宵
我沉浸在情爱中的喜悦。

　　喷射的水花
　　朵朵鲜艳，
　　月神欣然地
　　添上姿彩，
　　仿佛泪雨纷纷
　　飘落下来。

你的灵魂如闪电
散发出灼热的火焰
迅疾勇猛地飞翔，
升向那迷人的万里长空。
随后，渐渐飘落，
化着惆怅的忧郁，
沿着看不清的斜面
涌入我的心中。

　　喷射的水花
　　朵朵鲜艳，
　　月神欣然地
　　添上姿彩，

注　释

[1] 原诗最早发表于 1865 年 7 月 8 日的《小评论》，后于 1866 年重刊于《现代高蹈派诗坛》。收入 1868 年《恶之花》第 3 版时，位居第 97 首。

延伸阅读

※ 原诗是一首主歌带副曲的爱情诗，共 3 段，主歌 8 行，每行 8 个音节，押交叉韵，即 abab 格式；副曲 6 行，由 5、4 音节交替，亦押交叉韵，即 abab 格式。
※3 段，展示了三个情境：
首段主歌，一对情侣在花园中的喷水池边散步；
第 2 段主歌，情侣动情之际；
第 3 段主歌，陶醉在爱情中的情侣，被明月、绿荫、潺潺的流水笼罩在温暖的夜色之中。
※ 诗在喷泉的上升、散开、降落的优美节奏中委婉倾出，极具优雅情趣。
※ 原诗约作于 1853 年，曾被罗利纳谱曲，广为流传，盛唱至今。
※ 在独特优美的诗体中，诗人尽现爱情的喜悦。
※ 心境、情绪，自然、美景，交织成一首优美的爱情金曲。

仿佛泪雨纷纷
飘落下来。

夜色因你而显得如此美艳，
依偎在你怀里，静听水声，
这长叹的水滴
多么令人沉醉！
月光、水声，幸福的良宵，
四周的树木也因之战栗，
这些纯洁的忧郁
就是我爱情的明镜。

喷射的水花
朵朵鲜艳，
月神欣然地
添上姿彩，
仿佛泪雨纷纷
飘落下来。

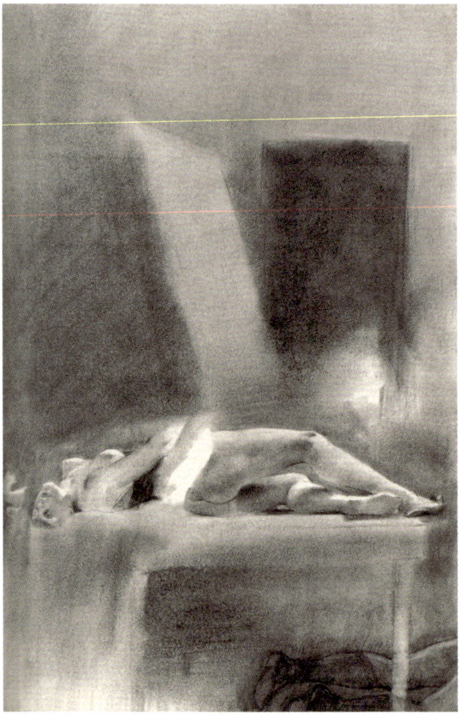

《无神的晚餐》铅笔画　费利西安·罗普斯　24.6cm×17cm　1884年　巴黎　费利西安·罗普斯省博物馆

101 赎　金[1]

人有两块沃土，
用于支付赎金
他必须用理智之犁
把它开垦耕耘；

为了摘取玫瑰，
——为了收获谷穗，
必须用灰脸上的咸泪
不停地给它们浇灌。

一块是艺术，一块是爱情。
当无情的审判之日，
那可怕的时刻来临
为了获取审判者的慈悯之心，

必须向他展示
这满仓的谷物
这艳丽芬芳的美丽
以博得天使们的赞赏。

（为了使赎金
自由完整，
天使们将加大
公众自由的权力。）

注　释

[1] 原诗最早发表于1857年11月15日的《现代》杂志。收入1868年《恶之花》第3版时，位居第98首。

延伸阅读

※原诗是一首每行8个音节的十四行诗，共4段加一个副歌，押环抱韵，即abba格式。

※诗人认为，艺术家有两大领地：一块是艺术，另一块是爱情。只有经过理性之犁的开垦耕耘，付以辛酸之泪，才能获得丰收，才能博得“天使们”的认同。

※副歌的调子，讥讽之意潜藏于平淡之中。

《理智的消沉》彩色雕版画　弗朗西斯科·德·戈雅　德·戈雅的随笔画　约1810年　巴黎　法国国家图书馆

102 遥远的地方[1]

这是间神奇的草屋
有位花枝盛艳的姑娘，
她温柔而美丽，

她用手扇动着胸房，
胳膊枕在靠垫上，
倾听泉水呜咽的清响：

这是多罗泰的闺房。
——清风与流水交相歌唱
如诉的声音
把她摇入梦乡。

她柔美的肌肤。
全身上下
涂满香精。
——芳香令鲜花羞惭。

注　释

[1] 原诗最早发表于1864年3月1日的《新评论》，标题为《多罗泰》。重刊于1866年的《现代高蹈派诗坛》。收入1868年第3版《恶之花》时，位居第99首。

延伸阅读

※原诗是一首每行8个音节的十四行诗，押交叉韵，即abab格式。
※1841年，波德莱尔远游至毛里求斯岛时，认识了马拉巴尔姑娘多罗泰。
※诗人对当时法国乌烟瘴气的时代风气深恶痛绝，在马拉巴尔自然的天地里，多罗泰的纯朴，洞开了诗人清新之心境，因而产生了这首清新、欢快之诗，表达了诗人对自然美的向往和热爱。

《东方》水彩画　路易斯·布朗热
26.8cm×22cm　1835年　巴黎　维克多雨果博物馆

103 浪漫派的落日[1]

初升的太阳清新辉煌，
如一声爆竹，给我们送来问候！
那些人真是幸福，他们能够
满怀着热爱，礼送它壮美地归去！

我想起！……鲜花、清泉、田野，
它们在日光下陶醉，痴迷……
——让我们奔向天际，天色已晚，快跑，
无论如何也要抓住一抹晚霞！

可是我却无法追上隐退的上帝；
不可阻挡的黑夜笼罩了四方，
黑暗、潮湿、阴郁，令人不寒而栗；

黑暗洋溢着坟墓的恶臭，
我战战兢兢的脚，踏在沼泽地上，
踩伤了受惊的蛤蟆和冰冷的蜗牛。

注 释

[1] 原诗最早发表于1862年1月12日的《林荫大道》，1866年出版诗集《拾零集》时，波德莱尔将此诗收入其中，放在首位。收入1868年《恶之花》第3版时，位居第100首。

延伸阅读

※原诗是一首每行12个音节的十四行诗，前两段押环抱韵，即abba abba格式，后两段先押连续韵，后押环抱韵，即aab ccb格式。

※原诗是为阿塞利诺选编的《浪漫派小丛书杂集》一书的跋文，该书刊有邦维尔的序诗《浪漫派的日出》。

※波德莱尔在此诗中既赞颂浪漫主义艳丽的辉煌，也指出了它近黄昏的必然与无奈，但他不是消极地应对这个局面，而是要抓住余晖，推陈出新，力图新的辉煌。但他也指出创新未成定局，如不小心，即滑向异途。

※在1866年出版的《拾零集》中，此诗的编者按中有以下注文：“……显然，‘不可阻挡的黑暗’是波德莱尔用以说明我们文学的现状，‘受惊的蛤蟆’和‘冰冷的蜗牛’是指跟他不同派别的作家……”

《夜晚（灵感来自波德莱尔的诗集）》石版画 杜朗德 19世纪中期出版 巴黎 卡纳瓦莱博物馆

104 题欧仁·德拉克洛瓦的[2]《狱中的塔索[3]》[1]

铁窗下的诗人，衣衫褴褛，形容枯槁，
诗稿被他的脚疯狂地踩踏，
他的目光燃烧着熊熊的恐怖
把丧魂落魄眩晕的楼梯度量。

醉人的狂笑充斥牢房
引诱他变得怪异荒谬；
他怀疑一切，各种可憎可笑的，
恐怖，纠缠着他挥之不去。

这位被囚禁在肮脏陋室里的天才，
这些怪相，这些幽灵，这些尖叫
一窝蜂地在他的耳际盘旋，

这位被恐惧惊醒的梦想家，
他就是你的象征，
是在四壁噩梦之中窒息的灵魂！

注 释

[1] 原诗最早发表于 1864 年 3 月 1 日的《新评论》，标题为《题疯人院中的塔索》（*Sur le Thsse à l'hopiral des fous*），约作于 1844 年。波德莱尔曾将此诗寄给《艺术爱好者通报》（*Bulletin de l'ami des Arts*）的编辑，但未及发表，该杂志即停刊。收入 1868 年第 3 版《恶之花》时，位居第 101 首。

[2] 欧仁·德拉克洛瓦（F.V.E. Delacroix，1798–1863），法国浪漫派画家，波德莱尔的朋友。其画色彩绚丽，重视人物情感和动势的描绘。代表作有《自由领导人民》《但丁和维吉尔在地狱里》《阿尔及尔妇女》等。

[3] 塔索（1544–1595），意大利诗人，因过度忧郁而精神失常，被费拉拉公爵囚禁于疯人院中。

延伸阅读

※ 原诗是每行 12 个音节的十四行诗，押连续韵，即 aabb ccdd 格式。

※ 原诗在诗中展示画意，又从画意中抒吐诗情，堪称画中有诗、诗中有画、话中有诗、诗中有话，画、诗、话融为一体的精彩绝伦的题画诗。

※ 此画是德拉克洛瓦所作同名画之一，作于 1839 年，曾遭沙龙拒展，1844 年

在博纳·努韦尔市场（bazar Bonnee-Nouvelle）的美术馆展出。

《疯人屋中的杯子》画布油画欧也尼·德拉克洛瓦　60cm×50cm　1840年　瑞士　温特图尔　奥斯卡·莱茵哈特收藏

105 深　渊[1]

帕斯卡[2]竟然有他形影不离的深渊。
——唉！到处都有深渊——行动、欲望，
梦幻、语言！我从受恐怖之风袭扰的
根根竖起的汗光上感知。

上上下下，到处都是可怕而又有诱惑力的空间，
沙漠、沉寂、深渊……
在我黑夜的深处
上帝用妙手画出从不间断的万千噩梦。

我怕沉睡，犹如人们惧怕黑洞，
这不知道往何处的幽深之地为惶恐；
我看见无限展现在每扇窗子的外面，

我的灵魂，总有挥之不去的眩晕，
它总是羡慕冷漠的虚无。
——唉！永远也无法摆脱的存在与命运！

注　释

[1] 原诗最早发表于 1862 年 3 月 1 日的《艺术家》杂志。收入 1868 年《恶之花》第 3 版时，位居第 102 首。

[2] 帕斯卡（Blaise Pascal，1623–1662），法国数学家、物理学家和哲学家，以数学上的帕斯卡定理和物理学上的帕斯卡定律而名垂青史。据说他在经历了一次车祸之后，经常看到有一个深渊在他的左边张着大口。从此，他陷入不可知的黑洞之中，认为感性和理性皆不可靠，只有信仰高于一切。

延伸阅读

※ 原诗是一首每行 8 个音节的十四行诗，前两段押环抱韵，即 abba abba 格式，后两段先押连续韵，后押环抱韵，即 aab ccb 格式。

※ 诗人曾在《私人日记》(*Journaux intimes*)中表述过此种情绪："无论是精神还是肉体，我都常有面临深渊的感觉，不仅在睡眠中感知，行动、梦中、回忆、欲望、惋惜、悔恨……都能感到。"这是此诗最好的注脚。

《深渊》裱纸色粉画　阿尔丰
斯·穆夏　129cm×100cm　大约
1898-1899年　巴黎　奥赛博物馆

106 伊卡洛斯的悲叹[1]

那些风尘女子的情人
都很幸福，心满意足；
而我，却因拥抱白云
折断了双臂。

多亏那些在天空深处，
闪烁的无与伦比的繁星，
使我这灼伤的眼睛
还能留下太阳的回忆。

我白白地去找寻
宇宙的中心和终极；
碰上不可名状的火眼
我感到了翅膀的碎裂；

因为爱美而备受煎熬，
那葬身大海
以此命名的殊荣
我恐怕得不到如此的荣耀。

注　释

[1] 原诗最初发表于1862年12月28日的《林荫大道》，之后重刊于1866年的《现代高蹈派诗坛》。收入1868年第3版《恶之花》时，位居第103首。伊卡洛斯，古希腊神话传说中建筑家、雕刻家、艺术家达罗斯之子。达罗斯曾为克里特王建造了一座迷宫，招致横祸，父子被国王囚禁在克里特岛。为了逃脱冤狱，父亲精心设计了一对蜡翅膀装在自己和儿子身上，准备逃离孤岛。父亲告诫儿子，既不能飞得太低，也不可太高，太低易蘸水，太高易被太阳熔化。可惜，儿子因为飞行顺利而得意忘形，越飞越高，结果被强烈的日光熔化翅膀，跌入爱琴海而亡。后人把伊卡洛斯葬身的海域命名为伊卡洛斯海。

延伸阅读

※ 原诗是每行8个音节的四行诗，押环抱韵，即abba格式。

※ 在此诗中，诗人悲叹自己死后不可能有伊卡洛斯死后的殊荣，以此自喻。

※ 实际上，诗人死后声名远远超出了此等荣耀。

《悲叹》画布油画　希尔伯特·詹姆斯·德拉珀　182.9cm×155.6cm　1898 年　伦敦　泰特美术馆

107 沉　思[1]

别动，我的痛苦，你要安静。
你盼黄昏；瞧，它已来临：
灰暗笼罩了全球，
有人安享太平，有人平添烦闷。

当芸芸众生成群结队地领受，
欢乐，这个无情杀手的鞭打，
在奴颜婢膝的盛会上搜集悔恨，
我的痛苦啊，请伸出手来，拉我一把，

远离这庸俗之地。请看岁月折腰，
在天国的阳台上，身着古装；
从水底涌现出微笑般的惆怅；

夕阳在拱桥下进入梦乡，
一条长长的裹尸布拖向东方，
亲爱的，听，良宵正缓步走来！

注　释

[1] 原诗最早发表于1861年11月1日的《欧洲评论》。收入1868年《恶之花》第3版时，位居第104首。

延伸阅读

※ 原诗是一首每行12个音节的十四行诗，前两段押交叉韵，即abab abab格式，后两段先押连续韵，后押环抱韵，即aab ccb格式。

※ 诗中描述了诗人陷入极度的孤独之中，随着黄昏的来临，静候黑夜的到来，所有的快乐、痛苦、眷念、岁月，如幻影般消失在茫茫黑夜之中。此时诗人正步入中年，极度的身心疲惫使他感到大限将至。

※ 诗意在梦幻般的语感中，在不可言说的情感流动中涌现出来。

※ 此诗经维利埃·德·利尔－亚当、亨利·迪帕克、德彪西等著名作曲家谱曲，传唱至今。

※ 瓦莱里曾如此评价此诗："在《沉思》这首十四行诗里（本集中最可爱的诗篇之一），我常感到惊异，细细品来，第5、6句的确有点弱，但开头和结尾却是那么有魅力，竟然使那中间的句子不觉其拙劣，并且让人感到它似乎并不存在。只有极伟大的诗人才能创造出如

此的奇迹。”这是对此诗的最好说明。

《沉思》画布油画　皮埃尔·皮维·德·夏凡纳　271cm×104cm　1860-1866年　巴黎　奥赛博物馆

108 自我折磨者[1]

——赠 J.G.F[2]

我要打你，尽管无冤无仇
如屠夫一般，
像摩西击打磐石[3]！
我要让痛苦的泪水，

从你的眼里涌出，
用来灌溉我的撒哈拉沙漠。
我那充满希望的情欲
将浮泳在你苦涩的泪河之中

仿佛出海的船帆，
你耐人寻味的哭泣
涌入我的心坎
犹如战鼓那样回荡！

多亏贪婪的冷嘲热讽
将我折磨、震撼，
在这神奇的交响乐中
没有沦落为杂音？

这尖刻的讥讽就在我的声音里！
我血液里全是这些毒液！
我就是泼妇
所照的不祥之镜！

我是伤口，又是刀锋，
我是耳光，又是脸面！
我是四肢，又是刑车，
我是死囚，又是屠夫！

注　释

[1] 原诗最初发表于 1857 年 5 月 10 日的《艺术家》杂志。1857 年初版《恶之花》时，位居第 50 首；1861 年再版时，位居第 83 首；1868 年第 3 版时，位居第 105 首。

[2] J.G.F. 可能是 A Jeanne Gentille Femme（直译：赠柔顺的女子让娜），或 A Juillette Gex-Fagon（直译：朱丽叶·热克斯－法贡）。说法不一。

[3] 典出自《圣经·旧约·出埃及记》第 17 章，“耶和华命摩西击磐出水”，耶和华对摩西说：“你要击打磐石，从磐石里必有水流出来，使百姓可以喝。”

延伸阅读

※原诗是每行 8 个音节的四行诗，共 7 段，押环抱韵，即 abba 格式。

※此诗写于 1855 年，波德莱尔原计划将此诗作为 1855 年 6 月《两世界评论》发表的《恶之花》组诗 18 首的“跋”。同年 4 月 7 日，他写信给该杂志编辑部秘书马尔斯（Vitor de Mars）谈及此事：“跋（献给一位女子）大意如下：让我在爱情中休息——可是，不行——爱情是不会让我休息的——天真和善良是令人恶心的——如果你要使我快乐，恢复我的情欲，就该残忍、欺骗、放荡、

我是吸我血的吸血鬼，
——一个无人问津的要犯
被判处终身微笑，
却永远张不开笑嘴！

荒淫、偷窃；——如果你不愿如此，我就毫不发怒地痛打你。因为我是冷酷的真正代表，我的病是无法医治的。——可观的怪异烟火，名副其实的跋，与序言原诗相称的，真正的结论。”

※ 诗题原文是：L'héauton timorouménos，原是古希腊喜剧诗人米南德（Térence，约前 194–前 159）的剧名。德国作家梅斯特尔（Joseph de Maistre，1753–1821）在其著作《圣彼得堡夜话》中，有“一切恶人都是自我折磨者”的句子。波德莱尔在其《怪谈》一书前言中说：“天性的堕落者，一直是凶手和自杀者，杀人犯和刽子手。”

※ 诗人以自我折磨者自居，展开奇特的想象，在夸张的语言中抒吐情怀。

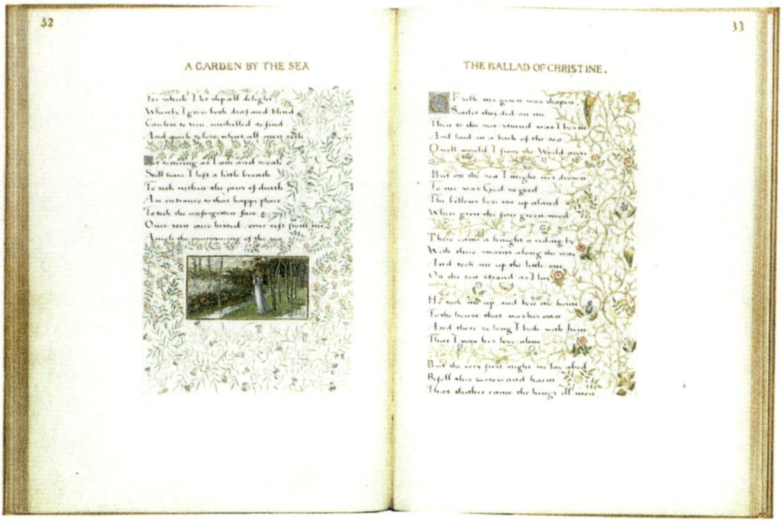

华德　1870 年　维多利亚，亚伯特博物馆藏

《屠杀日》水彩油墨画 羽笔水彩油墨画 阿尔弗雷德·顾彬 23cm×22.7cm 约1900年 维也纳 阿尔贝蒂娜博物馆

109 无可救药者[1]

I

一种观念，一种形态
一种存在，始自蓝天
落入冥河，泥泞如铅
上天之眼，亦难分辨；

一位天使，鲁莽行者
受到诱惑，落入深渊，
淹没其中，水深火热
深陷噩梦，勇敢泅渡，

面对巨人般的漩涡！
阴郁焦灼
如狂人一般高歌
在黑暗中回环；

一个不幸者
居然不懈地摸索，
寻找钥匙，开启光明，
为了逃出蛇窝；

一个亡灵步入地狱，
沿着没有栏杆的长梯
在无灯的阴影里，
直接通向潮湿的深渊，

黏糊糊的怪物警觉着
一双闪闪的巨眼
除了此物

注　释

[1] 原诗最初发表于1857年5月1日的《艺术家》杂志。收入1857年初版《恶之花》时，位居第64首；1861再版时，位居第84首；1868年第3版时，位居第106首。

[2] 初版时，原为一体，再版时，分成两个部分。

[3] 德谟克利特说：真理藏在井底。

延伸阅读

※原诗是每行8个音节的四行诗，押环抱韵，即abba格式，共10段，分两个章节，其实只有两句话：一、恶存在于一切形态之中；二、恶之花，就是对恶的世界的觉悟。

※此诗在初版时，位居第64首，是对忧郁的注解，起结论的作用。

※诗人以诗论恶，内容丰富，意象深奥，语言晦涩。

※第一章节，描绘恶魔工作的完美情景，语法结构独特。在8段4行诗共32行里，构成一个完整的长句；前7段是5个同位语，即“一种存在”“一位天使”“一个不幸者”“一个亡灵”“一艘航船”，然后再由第8段加以概括，诗人处于无可救药的状态。

※第二章节，诗人对灵魂中的恶魔进行

更显出黑夜漆暗；

一艘航船困入极地，
仿佛陷入水晶陷阱。
哪条海峡命中注定
让它陷入如此境地；

——构图完美，象征分明
这不可救药的命运，
真让人感慨万千
魔鬼之技，精妙绝伦！

Ⅱ[2]
光明与黑暗观照
心成为自己的明镜！
真理之井[3]，明暗交织，
苍白的星辰在其中颤抖，

地狱中的灯塔在讥讽，
魔鬼恩宠的火把，
只剩下唯一的光荣和慰藉，
——这就是恶之中的知觉！

分析，在恶中感悟恶，并自我审视，如真理之井闪烁的苍白之星，在地狱之中发现一座讽刺的灯塔，从而带来唯一的荣光和慰藉，借此抒发噩梦之唤醒。

《索多玛天使》画布油画　古斯塔夫·莫罗　93cm×62cm　1885年　巴黎　古斯塔夫·莫罗博物馆

《命运之神和死亡天使》画布油画　古斯塔夫·莫罗　110cm×67cm
约1890年　巴黎　古斯塔夫·莫罗博物馆

110 时　钟[1]

时钟！冷漠无情的凶神，
它的指针威胁我们：“请记住！
摆颤的痛苦即将射入
你那充满恐惧的灵魂；

“如烟的快乐转眼将在天边消散
犹如风神[2]退隐在幕后深处；
它每个时刻都在吞食
属于你的欢乐。

“一小时三千六百次，每一秒都在向你
悄声低语：记住！——光阴转瞬即逝
飞虫正在对你说：‘我是过去，
我用污秽之吻吸食你的生命！’

“请记住[3]！别遗忘！记住吧！浪荡子！
（我的金嗓子[4]会说任何一种语言。）
醉生梦死的人，每分钟都是矿源[5]
没有提出黄金，千万不可丢弃！

“想想吧，时间可是个贪婪的赌徒
每赌必赢，从不作弊！
日渐短促，夜正悠长；请记住！
深渊总是焦渴；漏壶正在空虚。

“丧钟就要响起，到那时，
机缘巧合，仁义道德，新婚处女，
甚至悔恨（哦！这最后的归宿！）
都要劝你：死吧，老东西，时间已经结束[6]！”

注　释

[1] 原诗最初发表于1860年10月15日《艺术家》杂志。收入1861年《恶之花》再版时，位居第85首；收入1868年第3版时，位居第107首。

[2] 风神，原文是Sylphide，意为空气中的女精灵或空气中的女妖，轻盈飘忽的美女。

[3] 原文中的“请记住”，分别是英文：Remember，法文：Souvienstoi，拉丁文：Esto memor。

[4] 金嗓子，指钟摆的鸣声。

[5] 矿源，原文是gangues，意为母岩或脉石，凡矿物或矿藏所由以产出之岩石，皆称之，它们附在矿石间，有的含有贵金属和稀有元素。亦泛指原生矿。

[6] 最后一段，分别指出生、结婚、年迈、死亡四个阶段的钟鸣之声。

延伸阅读

※ 原诗是每行12个音节的四行诗，共6段，押环抱韵，即abba格式。

※ 时钟象征时间，无论你是何种人，说何种语，时针就是命令，分分秒秒，无情飞逝。

※ 这首象征意味浓厚的哲理诗提醒你，是做时间的主人，还是奴隶？但它深刻的主题，还非如此。

※ 细细品味吧，钟声已经响起！

《时钟》画布油画　欧仁·拉尔曼
斯　80cm×58cm　1891年　私人收藏

欣然地摆脱弥漫在人生的茫茫迷雾

抛弃重压在生命之途上的种种烦闷与忧伤

以展翅翱翔的身形

奔向明亮如昼的幸福的宁静

巴黎即景

111 风景～130 晨曦

111 风 景[1]

为了纯洁作我的牧歌，
我想躺在天边，像占星家那样，
以钟楼为邻，在梦中聆听
微风送来的庄严颂歌。
双手托着下巴，从顶楼的顶上，
遥看那引吭高歌，口若悬河的工场；
纵览这都市的桅杆：烟囱、钟塔，
仰望那令人想象永恒的广袤天空。

透过层层雾霭观望，蓝天生出星斗
无数窗口亮起灯火，
成群结队的煤烟涌向苍穹
月亮把银辉一泻千里，真令人心醉。
我观看春夏秋冬的更替；
当冬天带着飘飞的白雪来临，
我将关闭门窗
在黑暗中建造我的琼楼仙境。

那时，我会梦见花园，
那白石池中泪如雨下的喷泉，
亲吻，我会梦见清晨、黄昏都竞展歌喉的鸟群，
以及牧歌中所有无与伦比的纯真。
骚动[2]徒然地在我的窗边怒吼，
休想让我从书桌上抬头；
因为我将陶醉在这快乐之中
凭我的意志召回春天，
从我的心房里拉出一轮红日
用思想之火温暖世界。

注 释

[1] 原诗最早发表于1857年11月15日的《现代》杂志（*le pr é sent*），原标题为《巴黎写真》（*Paysage parisien*），收入1857年再版《恶之花》时，改标题为Paysage，即直译为《风景》，放在第二卷，巴黎即景中，位居第86首。1868年第3版时，位居第108首。

[2] 骚动（é meute），指1848年的二月革命，反抗七月王朝（1830–1848）。第二共和国时期，同样骚乱不断，此时诗人已不再梦想。

延伸阅读

※原诗是一首12个音节的诗，共26行，3段，押连续韵，即aabbccdd格式。

※诗人曾历经1848年的革命，并拿起武器走上街头，这次革命寄寓了诗人很多想象，在心灵上已塑造成了一个民主主义者。很遗憾，此次革命，诗人的理想之梦，也随之破灭。

※此诗约作于1852年，从中可看出诗人的心境。

※诗人渴望远离骚乱，静静地观看风景，感受自然的美好，四季的更替，在寒冬的夜里，构筑自己梦幻的精神家园，这里没有污秽、喧嚣，没有女人的凶悍或温柔，只有纯真，这纯洁的牧歌

回响。

※ 很遗憾，这只能是诗人的理想之梦！

《绿色缪斯》画布油画 阿尔伯特·麦尼昂 177.5cm×114.5cm 1895年 亚眠 皮卡美术馆

112 太　阳[1]

沿着破旧的城郊古镇
挂在破屋的百叶窗，遮掩着暗香春情
当毒辣的骄阳把无情的箭
不断地射向城乡、田舍
我独自把这奇异的剑术锻炼
从各个角落寻觅韵的偶然
绊在字眼上，如绊在石头上，
有时碰上了诗句，梦想了很久。

这位养育之父，萎黄病[2]的仇敌，
它在田间唤醒诗情，仿佛唤醒玫瑰；
它把忧愁化为烟雾，升上太空。
用蜜充满蜂笼，又充满头脑。
它使持杖者返老还童
恢复少女般的青春光艳，
在永远想开花的不朽的心里
万物的生长都聆听它的召唤！

当它如诗人一般降临都市，
它使微贱者的命运顿时高贵，
它就像国王，悄悄地不带随从，
走进所有的病院和王宫。

注　释

[1] 原诗直接发表于1857年初版的《恶之花》，位居第2首；1861年再版时，移居在第87首处；1868年第3版时，位居第109首。

[2] 病名，指皮肤色黄，枯槁不泽。

延伸阅读

※ 原诗是一首12个音节的诗，共3段，押连续韵，即aabbccdd格式。

※ 诗人认为诗的使命如太阳，它应该唤醒灵魂，驱散灵魂中的阴霾，洗去忧愁和烦恼，使人返老还童，甚至使卑微者高贵。这里，诗人认为诗不仅如太阳那样是生命、理想、希望的象征，更应体现出艺术之美。写诗如练剑，需要不断锻打，达至熟练，炉火纯青，方可偶有所得。

※ 此诗把诗的使命与太阳的功德等量齐观，足见其寓意深厚。在格调明媚高昂的情绪里，尽显诗人的才气。

《服用大麻后的夏尔·波德莱尔自画像》水彩画　夏尔·波德莱尔
21.5cm×17cm　约 1845 年　私人收藏

113 瓦伦西亚的罗拉[1]

——题爱德华·马奈的同题油画[2]

世上的美女随处可见，
朋友，我理解人们朝三暮四；
可是，瓦伦西亚的罗拉
却闪烁着黑珍珠般[3]的魅力。

注 释

[1] 原诗最早发表于1866年2月在阿姆斯特丹出版的《拾零集》(*Les Épaves* 亦译为《残骸集》)，收入1868年第3版《恶之花》时，位居第110首。

[2] 马奈(Edouard Manet.1832–1883)，法国印象主义画派的大师。

[3] 原文直译为：蔷薇色和黑色的珠宝。

延伸阅读

※ 瓦伦西亚是西班牙的城市，罗拉是西班牙的芭蕾舞演员。1862年，她应邀到巴黎访问演出，马奈为她画了一幅肖像，立刻遭到非议。诗人保持一贯支持他的态度，为其画题此诗。立刻又有人从"蔷薇色和黑色的珠宝"中找出猥亵之意，其实不过是一首轻松的小题画诗而已。

※ 原诗是一首每行12个音节的4行诗，押环抱韵，即abba格式。

《巴伦西亚的洛拉》画布油画　爱德华·马内　123cm×92cm　1862年　巴黎　奥赛博物馆

114 被冒犯的月亮[1]

月亮，我们的祖先暗恋崇拜你，
你这琼楼玉宇的碧空之王，
群星亦跟随你，充当扈从，
哦，古老的珊蒂娅[2]，我们尘世的明灯。

你可曾看见成双结队的情侣正安睡，
在洋溢着温情的床上，露出洁白的牙齿？
你可曾看见诗人正为你寻觅诗句？
你可曾看见蝰蛇[3]正在干草丛中交尾？

披起你的黄袍，你悄然潜行，
难道你依然要像从前那样，从黄昏到拂晓，
去亲吻恩底弥翁[4]那枯萎凋残的容颜？

“——你这个没落子，我看见你妈妈，
正俯下她那笨重的老身，对着明镜，
熟练地给那哺育过你的乳房施粉！”

注　释

[1] 原诗最初发表于1862年3月1日的《艺术家》杂志。收入1868年第3版《恶之花》时，位居第111首。

[2] 珊蒂娅（Cynthia），古希腊神话传说中的月之女神阿耳忒弥斯的别称。据说她出生于得罗斯岛珊托斯山麓，故称之。

[3] 毒蛇的一种，多生活在森林或草地里，吃小鸟、蜥蜴、青蛙等。

[4] 恩底弥翁，据古希腊神话传说，恩底弥翁是一位俊美的牧童。

延伸阅读

※原诗是一首每行12个音节的十四行诗，前两段押环抱韵，即abba cddc格式，后两段先押连续韵，后押交叉韵，即aab cbc格式。

※月光下，诗人想起古希腊神话传说中月神珊蒂娅的爱情故事。月神被恩底弥翁的俊美所打动，爱上了他。她偷偷地把他藏在山洞里，并使他长眠不醒，以永葆青春的美丽，便于自己每天都能亲吻他。但他毕竟是个凡人，经历了这么多的世纪，他早该衰老了。诗人嘲笑月神现在亲吻的不过是一个早已衰老的病人，月神反唇相讥，说诗人之母耐不住寂寞，思春再嫁。一问一答，诗人

《狄安娜和风信子》画布油画　乔治·弗雷德里克·瓦茨　作者的个人画　1873–1878 年　悉尼　约翰和朱莉谢弗的收藏

的怨恨之情跃然笔端。

※ 在诗情画意中，将自己压抑在心底的不满情绪，表现在时空纷繁，情绪委婉的精美诗句里，真不愧为大家手笔。

无题

115 给一位红发女乞丐[1]

白皙的红发女郎，
你褴褛的衣装
掩不住你的贫贱
和美艳。

你那满布雀斑的，
青春病体，
依我看来，
值得怜爱。

你穿着沉重的木屐
胜过传说中的女王
她穿着天鹅绒靴
也没你优雅。

你不应衣衫褴褛
本该身着宫廷华服
让闪闪的长裙
窸窣脚跟；

再换掉你的破袜，
为了防备色鬼的贼眼
在腿上佩一把金剑
亮光闪闪；

作为对我们的惩处
松开你的衣扣
明眸般露出迷人的
你的双乳；

注　释

[1] 原诗收入 1857 年初版《恶之花》时，位居第 65 首；1861 年再版时，移至第 88 首；1868 年第 3 版时，位居第 112 首。

[2] 贝罗（Belleau.1528–1577），法国七星诗社重要诗人之一，这里泛指牧歌诗人。

[3] 龙萨（Rosard.1524–1585），七星诗社盟主，被誉为“诗王”。这里泛指牧歌诗人。

[4] 瓦洛（Valois），古代法国地区名，是 14 至 16 世纪统治法国的卡佩家族的支系，这里泛指王公贵族。

延伸阅读

※ 原诗是一首音节交叉的四行诗，前 3 行 7 个音节，第 4 行 4 个音节，押连续韵，即 aabb ccdd eeff 格式。是七星诗社的诗体，波德莱尔在诗中巧妙地镶入这个诗社主要诗人的名字。

※ 此诗约作于 1842 年。当时在巴黎拉丁区，有一位身材娇美的小女孩，大眼、红唇、珠色肌肤、黄褐色垂肩发，在明媚阳光下弹吉他卖唱。诗人观此，写下此诗，既有赞美、讽刺，更多的是怜惜和无尽的感慨。

※ 随后，诗人邦维尔、杜邦、艾思洛斯、提史丹，都以此题材入诗。

※ 画家德罗瓦也以此画了一幅《弹吉他的小姑娘》。

※ 波氏之诗似乎略胜他们一筹。

你伸开双手请求
不要解你的衣袖
你把非礼的手指
坚决推拒，

本该有碧水珠玉
贝罗[2]大师的诗章
由臣服你的情郎
不断呈献，

附庸风雅的奴才
为你献上他的媚词
注视着你的鞋
痴迷发呆，

多少好色的侍从
多少龙萨[3]、王公
为了寻欢作乐
坠入情网！

你的床上有无数个吻
比百合花的芬芳还要多
拜倒在你足下的瓦洛王[4]
何止一个！

——然而·你却在十字街头
酒家门口
为吃饱肚皮，乞求
残渣剩滓；

你低头贪婪地盯住
仅值几毛钱的首饰
唉！抱歉我身无分文！

《梳头女》画布油画　朗迪斯拉夫·斯莱文斯基　86.4cm×91cm　约1897年　克拉科夫　国家博物馆

不能买来送你。

走吧，你只有裸露的瘦躯，
你无需香水、珍珠和钻石，
不需要这些装饰，
我的美人！

无题

116 天 鹅[1]

——献给维克多·雨果[2]

I

安德洛玛克[3]，我想你！——这条小溪，
宛如无奈的明镜
映照你无限艰辛的孀居之苦，
你的泪水加宽了遐想的西摩依斯河[4]，

猛然让我过多的回忆愈益沉重，
当我穿过新的卡鲁塞尔广场[5]。
——旧时的巴黎已不复存在了
（唉！都市的面容，比人心变得还要快）；

我只能在想象中重现它的原貌，
那成堆的粗木、柱石，
那些野草，水沟边上的青苔，
那映照在窗玻璃上的杂乱货物。

那儿，曾横卧过一个动物园；
某个清早，在明亮而寒冷的天空下
当劳动开始苏醒的时候，成片的垃圾
向宁静的空中扬起一阵阵昏黑的狂风[6]，

我看见一只逃出樊笼的天鹅，
蹼掌不断地摩擦着干燥的街石，
不平的路上拖着雪白的羽毛。
它把嘴伸向一条没有水的小溪

它在尘埃中焦虑地梳理翅膀，
心中想念着故乡美丽的湖水，说：
“水啊，你何时流？雷啊，你何时响？”

注 释

[1] 原诗最初发表于1859年的《现代评论》杂志，重刊于1860年1月20日的《自由谈》杂志，并附上古罗马维吉尔（公元前70－公元前19）史诗《埃涅阿斯记》第3卷的题词“在伪造的西摩依河畔”，影射安德洛玛克（Andromaque）的典故。收入1861年再版《恶之花》时，位居第89首；收入1868年第3版时，位居第113首。

[2] 维克多·雨果（Victor Hugo.1802－1885），是法国19世纪最重要的作家、诗人之一，是法国浪漫主义运动的领袖。著有长篇小说《悲惨世界》（1862）、《巴黎圣母院》（1831）、《海上劳工》（1866）、《九三年》（1872）、《笑面人》（1869）等；剧本《欧那尼》（1830）、《国王取乐》（1832）、《玛丽·都铎》（1833）等；诗集《心声集》（1837）、《惩罚集》（1853）、《凶年集》（1872）等。1851年12月2日，路易·拿破仑政变成功，称拿破仑三世，雨果遭到迫害，被迫流亡海外，先后在比利时、英属泽西岛（Guernesey）等地度过了19年的流亡生活，直到1870年帝制结束后才返回法国。波德莱尔在1859年12月7日将此诗献给雨果，并在信中附言：“这首诗是想到您而为您创作的。请别用太严肃，而用爱的眼光判断

我看见这只可怜的天鹅，

有时对着苍天，宛若奥维德[7]笔下的人物，
抬起渴望的头，
凝视着它蓝色的冷酷，
仿佛对上帝发出责备！

Ⅱ

巴黎变了！我的悒郁却丝毫没变
脚手架，大石块，新王宫，旧城郊，
这一切都似乎成为寓意，
我的回忆比岩石还要沉重。

卢浮宫的影像压迫着我：
我想起这只天鹅，它超凡脱俗的举止，
仿佛流亡者，卑微而又崇高，
受尽渴望的折磨！我想起了你，

安德洛玛克，如卑贱的牲口，
你从伟丈夫的怀里落入傲慢的皮洛斯[8]手中，
失魂落魄地屈守着一座空墓；
赫克托耳的寡妇，唉！赫勒诺斯[9]的新妇！

我想起那位憔悴的黑女人[10]，
睁着惶恐的眼睛，挣扎在泥泞中，
透过浓雾笼罩的巨大高墙
探寻那只有壮美的非洲才有的椰树林；

我想起那些一去难归的人们
想起那些泡在泪水里
以慈狼的乳汁[11]活命的痛苦的人们！
我想起那些孤儿如花一般枯萎！

在我精神漂泊的森林里[12]

它。……请接纳我的小小象征.当作是我们对您才华的仰慕与感情的微弱证据。"

[3] 安德洛玛克（Andromaque），古希腊神话中底比斯王厄厄提翁的女儿，特洛伊城勇将赫克托耳之妻。特洛伊城沦陷后，为敌将俘虏，其亲人皆被杀。

[4] 西摩依斯河（Le Simoïs），原为特洛伊战场上的河名。安德洛玛克被俘后，要求赫勒诺斯在京城开凿一条与之相同的河，并筑了一座空墓，悼祭亡夫之灵。诗人看到一只逃至干涸小溪边的天鹅，于是产生此联想。

[5] 卡鲁塞尔（Carrcousel）广场，是位于巴黎卢浮宫与杜伊勒里公园之间的场地，曾经是一片破旧的老房子，街名叫rue du Doyenné。1835-1836年间，诗人邦维尔、戈蒂耶和诗友曾在此附近筹组诗社活动。拿破仑三世时期，即1852-1870年第二帝国时期，全部拆除，改为目前广场，工程至1852年完成。

[6] 暗指养路工人和清洁工掀起的灰尘。

[7] 指奥维德《变形记》中第一歌第84-85行："人类具有可以仰望的高贵的面孔，可以让他的眼睛仰向星空。"

[8] 皮洛斯（Pyrrhus），又名涅俄普托勒摩斯（N é optol è mo），是古希腊大将阿喀琉斯之子。特洛伊城沦陷后，俘获安德洛玛克，把她带往厄庇洛斯为妻，跟她生了3个孩子，并建立艾比尔国。

[9] 赫勒诺斯（Helenos）为赫克托耳之弟，他被希腊人俘获，曾对他们预言，只有借助皮洛斯和菲罗克忒忒斯才能攻陷特洛伊。后来他与皮洛斯同去厄庇洛斯，皮洛斯在得耳福被人暗杀，临终时，将王位和安德洛玛克都送给了他。此事广为作家们采用为文学题材，维吉尔、欧里庇德斯、拉辛等都曾撰写过同题的《安德洛玛克》。

[10] 指让娜·迪瓦尔，她是黑白混血儿，是由非洲流落到巴黎的不幸女人，身患肺病及慢性酒精中毒。邦维尔形容她具有野性的魅力，是"神性"和"兽性"的结合体。

[11] 慈狼的乳汁，传说罗马城的建立者Romulus（洛摩斯）和Remus（瑞摩斯）

又有一桩古老的回忆如号角般响起！
我想起被遗忘在孤岛上的水手，
想起那囚徒，战败者！……想起许多人！

生后被遗弃，一只母狼把他们衔到山洞里哺乳养育长大。故罗马人把母狼当成恩兽，并塑其像纪念。

[12] 此句似与但丁《神曲·地狱篇》开头："在人生的中途，我迷失在一个黑暗的森林之中"之句暗合。

延伸阅读

※ 原诗是一首每行12个音节的四行诗，全诗分两章，共13段，押交叉韵，即abab格式。

※ 诗人经过卡鲁塞尔广场，想起流放中的雨果，这只"天鹅"，浮想联翩：想到这个广场过去的样子，已今非昔比，想到面貌已逝的巴黎，想到那漫漫历史长河中的那些美丽传说，因而引发出一系列的幻影、人生的感慨。

※ 在巴黎、天鹅、安德洛玛克、流亡者的重叠中，交织成一幅壮阔的精神画卷。

※ 此诗采用浪漫主义手法与现实主义表现相结合的方式，在炉火纯青的用典中，随处可见的暗示里，赋予平凡的事物以深广的象征意义，在佳句迭出，不断涌现的诗句中，给读者以无限的想象空间和精神启悟。

※ 此诗不愧为波德莱尔经典名篇。

《视线》画布油画　爱德华·蒙克
72cm×45cm　1892 年　奥斯陆
蒙克博物馆

117 七位老人[1]

——献给维克多·雨果

人潮汹涌的闹市，充满梦幻的都城，
幽灵居然在日光下拉扯行人的衣袖！
到处都有树液般的神秘流淌
涌入这壮汉似的狭小血管[2]。

一天清晨，在一条凄凉的街上
房屋因浸泡在浓雾里而显得高大，
犹如河水涨潮的两岸，
弥漫着污浊的烟雾，

变成一幅恰与演员的灵魂相合的布景，
我像主角一样，绷紧了神经
沿着载满沙石的车道彷徨，
跟我疲惫的灵魂争论。

突然，我发现一个衣衫褴褛的老人
颜色就像这阴沉的下雨天，
若不是他两眼闪现出凶光，
真会引来雨点般的施舍。

他的眼球仿佛浸透过怨恨[3]
他的眼神发射出寒冰般的冷酷，
硬得像剑一样的长须，
根根突出，就像犹大[4]的胡子。

他的背不驼，腰却像断了一样
他的脊梁和腿，构成了完整的直角。
因此他的那根手杖，
使他的举止和步态

注 释

[1] 原诗同《小老太婆》最初发表于1859年9月15日的《现代评论》，标题合并为《巴黎的幽灵》(*Fantomes parisiens*)。收入1861年再版《恶之花》时.位居第90首；1868年第3版时，位居第114首。

[2] 暗指巴黎的沟渠、河流。

[3] 法语惯用语，形容不怀好意的目光。

[4] 指加略人犹大，是耶稣12个使徒之一，出卖耶稣，后自缢而死。

[5] 指老年犹太人。典故出自古希腊神话的斯芬克斯的故事。狮身女妖为世人出了一道怪谜让过往行人猜，说世上只有唯一的一种动物，早晨用四只脚走路，中午用两只脚走路，晚上用三只脚走路，问这是何种动物，猜不出的必死。俄狄浦斯最后破解了这个千古之谜，谜底就是“人”，只有“人”幼年爬着走，长大后直立行走，晚年则需拄杖行走。西方文学作品中常用“三只脚”比喻老年。波德莱尔曾以此画过一幅讽刺画。

[6]“七”在西方人的观念中为最高之数，具神秘性。此处亦暗含有天主教所称的七大罪，即七罪宗。

[7] 古埃及神话传说中，生活在阿拉伯沙漠里的长生鸟，又译为火凤凰。相传此鸟每五百年自焚一次，然后从尘灰中再生。此处象征永远也无法消除的

《老人》画布油画　欧仁·卡里埃
279cm×227cm　1903 年　巴黎
小皇宫博物馆

罪孽。

像残废的走兽或三条腿的犹太人[5]。
他跋涉在雪地和泥泞中，
好像拖着破鞋践踏尸体，
他对这个世界不仅是冷淡，更像是仇视。

他的同类紧跟着，胡子、眼睛、脊背、手杖、破衣，
全都跟从，仿佛来自同一个地狱，
一对百龄孪生，两个古怪幽灵
以同样的步伐走向未知的领域。

我被卷进何种卑鄙的阴谋之中，
是什么样恶毒的命运如此将我羞辱？
我从一竟然数到了七[6]，一刻也没停，
这不吉祥的老人竟然越来越多！

有人嘲笑我的焦虑不安，
并没有人对此感到发抖，
请想想，这七怪虽然早已老朽
但是他们却有不灭的神气！

如果不死，我或许还可以看到第八位，
他同样的无情，带来必然的不幸和嘲弄，
讨厌的父子同命的不死鸟[7]？
——但我不再理睬这地狱中的队伍。

我怒火喷涌，像个眼花的醉汉，
回到家里，关上门，惊恐万分，
一病不起，精神僵冷而纷乱，
神秘和荒谬已把我深深地击中！

我的理智想控制方向；
暴风肆虐，使它的努力误入歧途，
我的灵魂，如没有桅杆的破船
在茫茫无际的苦海里飘摇！

延伸阅读

※原诗是一首每行12个音节的四行诗，共13段，押交叉韵，即abab格式。

※繁华的都市，有它光艳耀目的一面，也有它令人心酸的无法克服的罪恶一面。目睹这光怪陆离的尘世，诗人无法抑制对它的厌恶。罪恶瞬间在这个繁华的都市繁衍成七个，暗寓这个世界已罪恶满盈，诗人陷入此中，导致无限的失望、愤怒。

※1859年9月23日，诗人将1859年9月15日刊有此诗的《现代评论》寄给远在海外流亡的雨果，雨果10月6日在回信中写道："你把这些诗献给我，不胜感激！你做了什么？你在前进。你在进步。你给艺术的天空带来了不为人知的阴森可怕的光芒。你创造了新的战栗。"这是对此诗最精辟的分析和评价。

《回忆往昔》水彩色粉画　费利西安·霍普斯　21.1cm×14.6cm　1878年　布鲁塞尔　私人收藏

118 小老太婆[1]

——献给维克多·雨果

I

在那些故都的曲折街巷里，
一切事物，甚至恐怖，丑恶，都变得很诱人，
随着听天由命的情绪，
我窥伺着这几位老弱迷人的怪家伙。

这些丑八怪，都曾是美人，
埃波宁[2]，拉伊斯[3]！——虽老态龙钟
爱她们吧！因为她们也是人。
尽管她们衣单残破

冒着北风无情的鞭打，匍匐而行，
马车的轰隆声令她们惊慌发抖，
不由得夹紧腋下的绣花小包，
仿佛揣着圣物一般；

她们行色匆匆，全然如傀儡；
像受伤的野兽，拖着沉重的脚步，
又像无情的恶魔悬挂着的可怜的铃铛
身不由己地摇晃着！

她们虽然老迈，眼睛却依然如钻一般锋利，
明亮似月下积水的闪光；
他们的眼睛闪着小姑娘一样的圣洁
看见发光的东西就露出惊奇的喜悦。

——你是否留意：老妇的许多灵柩
几乎与夭折孩童的童棺一样小？
聪明的死神在这些棺木里

注 释

[1] 原诗最初发表于1859年9月15日的《现代评论》杂志，是《巴黎的幽灵》之一。收入1861年再版《恶之花》时，位居第91首；1868年第3版时，位居第115首。

[2] 埃波宁（Eponine），古代高卢人萨比努斯（Sabinus）之妻。她丈夫反抗罗马的暴政而被捕入狱。她伴随着丈夫在狱中度过了9年，吃尽苦头，终因痛骂罗马皇帝而被处死刑。为忠义的烈女的典型。

[3] 拉伊斯（LaÏs），公元4世纪古希腊的绝色美人，名妓。

[4] 此段于1859年9月15日首次发表在《现代评论》杂志上时没有，此后收入《恶之花》时才加上。

[5] 坩埚为一陶瓷深底的碗状容器。

[6] 弗拉斯卡蒂（Frascati），18、19世纪巴黎著名的顽乐和游艺的赌场，1837年被关闭，后被拆毁。

[7] 贞女（Vestale），原指古罗马神话中供奉女灶神的女子，这里泛指女性。

[8] 塔丽（Thalie），古希腊神话中司戏剧和牧歌的女神。她的女祭司此处代指女演员。

[9] 蒂沃利（Tivoli），原为古罗马著名的卫城。此处指巴黎一家大众娱乐场，位于克利希大街。

放入了一种奇特吸引力的神秘象征。

当我瞥见一具孱弱的幽灵
飘过巴黎喧嚣熙攘的画面，
我感到，这不堪一击的生命
正悄悄地走向新的摇篮[4]；

只要看见这些人不协调的肢体，
我就不禁陷入几何学的沉思之中，
棺木要经过多少次的修改
才能把这些躯体安放。

——这些眼睛是不尽的泪水之井，
是金属冷却后闪亮的坩埚[5]
对由“厄运之奶”哺育的人，
这些眼睛含有无比的魅力！

Ⅱ
昔日弗拉斯卡蒂[6]热恋的贞女[7]；
塔丽[8]的女祭司啊，只有地下的
提词员才知你的芳名
唉，你这出入于蒂沃利[9]的交际名花，

她们令我陶醉！这些脆弱的女人
把痛苦酿成芳蜜，
对赋予她们羽翼的牺牲精神说：
“健伟的天马，请把我送上天吧！”

其中一位，为祖国历尽艰辛，
另一位，为丈夫饱尝痛苦，
还有一位，为儿女成了伤心的圣母[10]。
每一位流过的泪水都可以汇聚成江河！

[10] 圣母玛利亚看到自己的儿子耶稣被钉在十字架上，如利剑穿胸。此处泛指母性之心。
[11] 夏娃（Eves），圣经《创世纪》中宣称神创造人类的第一个女人。此处泛指所有的女人。

延伸阅读

※ 原诗是一首每行 12 个音节的四行诗，共 21 段，分 4 个章节，押交叉韵，即 abab 格式。
※ 波德莱尔在 1859 年 9 月 27 日致雨果的信中，特别写道：“第 2 首（指《小老太婆》）是为了模仿你而作的（请嘲笑我的自夸，我自己也有此感），我把你的诗集又读了几遍，其中，一种宏大的仁慈与如此感人的亲切交相辉映。”这是诗人的自谦。
※ 此诗与《七位老人》不同，后者引发诗人的精神幻觉，给诗人带来的是战栗，毫无怜悯可言，而此诗隐含了诗人无限的爱和同情，尽管它混合着讽刺和嘲笑。她们衰老的身躯，都曾年轻、美丽过。她们中的有些人，或为烈女贞妇，或为名妓，即使是平凡之女，也都曾风流过。但岁月无情，在她们的身上刻下了无情的印痕，而今只落得风烛残年，苟延残喘，不仅要受到孤苦、贫困的折磨，而且还要经受顽童的戏弄和无赖的侮辱！诗人对她们饱尝悲欢离合、酸甜苦辣的命运寄予了无限的同情和深切的怜悯。
※ 诗人以高超的技巧，将细致入微的心理体验，在象征的时空转变中，以无比丰富的联想，展示出生命的深刻体悟。

Ⅲ

我曾深情地跟在这些小老太婆的后面！
其中一位，在落日染红天空
张开它那鲜血淋漓的伤口时，
独自坐在长凳上，陷入沉思。

聆听涌入公园里来的军乐，
铜管声声，鼓乐阵阵，
那振奋人心的英雄旋律，
注入听众的心中。

她还能挺直腰，骄傲、端庄，
充满渴望地欣赏这雄壮、激昂的战歌；
她的眼睛时而张开，如苍鹰之目，
她那大理石般的额头充满荣耀！

Ⅳ

你们就这样走着，坦然无怨，
穿过人声鼎沸车水马龙的喧嚣，
曾是风尘女子或圣女，心中满是创伤的母亲，
从前人人都赞美你的芳名。

你们曾是优雅、光荣的化身，
而今谁也不认识你们！一个
粗鲁醉汉路过时；
竟用淫词秽语侮辱你们。

你们痛感自己还活着，枯瘦的身影，
提心吊胆地沿着墙根蹒跚；
这不可理解的命运，没有人向你们致敬！
只能等死，你们这些人间的残骸！

而我，从远处深情地遥望着你们，
在不安的凝视中目送你们蹒跚而去，

简直不可思议，我感到自己像你们的父亲！
我竟瞒着你们，独自体味此中的乐趣：

我目视你们的初恋盛开成花朵；
我经历你们深悟的悲喜人生；
我的心承负你们的罪孽！
我的灵魂因你们的美德而闪耀！

老朽者！我的同胞！殊途同归的智囊！
我每天晚上都向你们告别！
八十岁的夏娃们[11]，上帝那可怕的魔爪．
若抓住你们，明天你将会在哪里？

画布油画　弗朗西斯科·德·戈雅　181cm×125cm　1808-1812年
里尔美术博物馆

119 盲　人[1]

凝视他们吧，我的灵魂；他们真惨！
像木偶一般；动作有点滑稽；
行动像个梦游患者，可怕又怪异；
他们神秘的眼珠不知道在看什么。

他们的眼睛，失去了神圣的光芒，
仰面朝天，仿佛凝视着远方
从没有见过他们低头梦想
沉甸甸的眼皮总也不顾路面。

他们就这样穿越无边的黑暗，
这永恒的寂静的兄弟。城市啊！
你在我们的周围醉生梦死。

唱啊，笑啊，叫啊，令人难以忍受，
看吧！我也是步履维艰，比他们更糟，
我问：你们这些盲人向天空寻求什么？

注　释

[1] 原诗最初发表于 1860 年 10 月 15 日的《艺术家》杂志。1861 年《恶之花》再版时收入集中，位居第 92 首；收入 1868 年第 3 版时，位居第 116 首。

延伸阅读

※ 原诗是一首每行 12 个音节的十四行诗. 前两段押环抱韵，即 abba 格式，后两段先押连续韵后押环抱韵，即 aab ccb 格式。

※ 诗人对盲人作了深刻独到的描摹，用自己的"灵魂"端详这些"特殊"的人，对他们寄予无限的同情。同时，在深悟这个特殊的群体的同时，对自己的境遇作了灵魂上的观照。

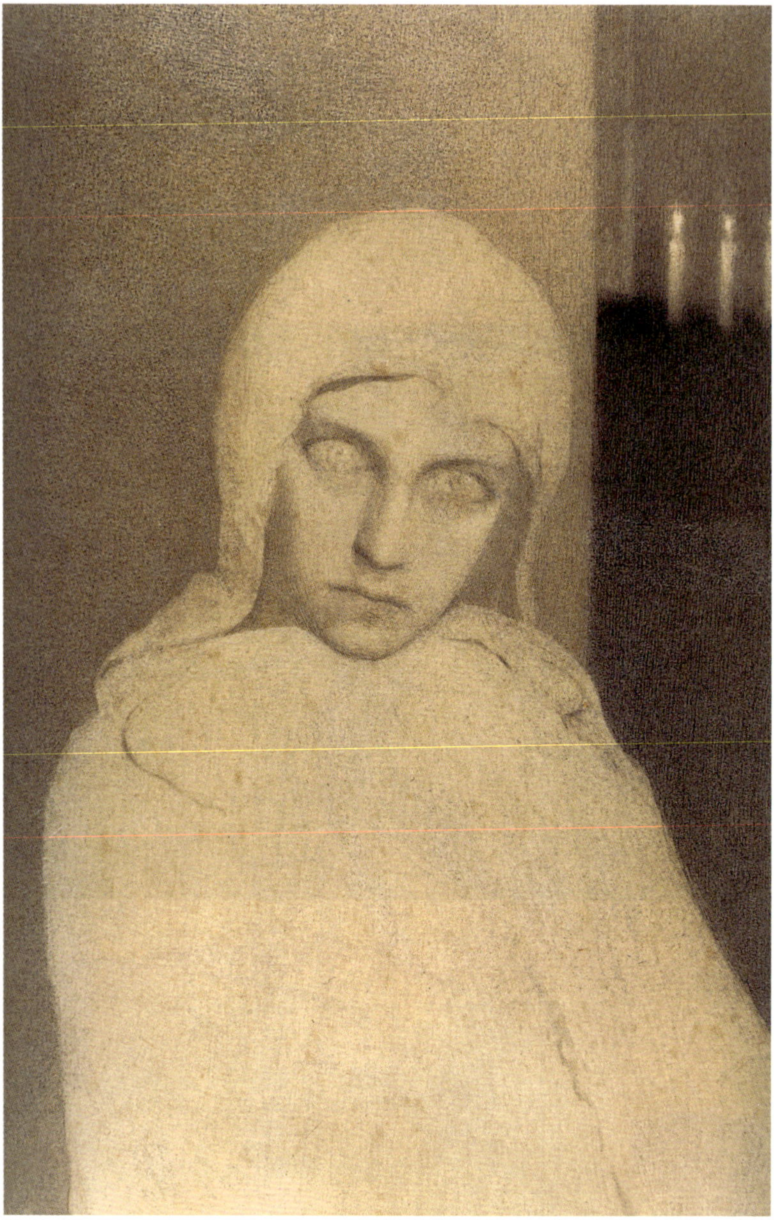

《预感》相纸中国水墨画　米奇斯瓦·扬奇莫威茨　24.5cm×21.5cm　1907年　克拉科夫　国家博物馆

120 给一位过路女子[1]

大街在我的耳边喧嚣不止。
一位女人忽然走过，那修长苗条的身姿，
在哀思的丧服里闪耀
美丽的手撩起迷人的长裙在风中轻摇；

露出轻灵而高贵的玉腿。
我似触电般地颤抖不已，
从她那孕育风雨的苍天般的秋波里，
痛饮这令人销魂的温柔和妩媚。

电光一闪，随后就是黑暗！——你的目光一瞥
竟然使我在刹那间如获新生，
转瞬即逝的美人，难道我们只能重逢于来世？

去了，远了！太迟了！也许无缘！
我不知道你走向哪里，你也不知道我归向何方。
唉，我竟然爱上了你，即使你明白我的心又该怎样！

注　释

[1] 原诗最早发表于 1860 年 10 月 15 日的《艺术家》杂志。收入 1861 年《恶之花》的再版本时，位居第 93 首；收入 1868 年第 3 版时，位居第 117 首。

延伸阅读

※ 原诗是一首每行 12 个音节的十四行诗，前两段押环抱韵，即 abba 格式，后两段先押交叉韵，后押连续韵，即 aba bcc 格式。

※ 一首普通的关于“一见钟情”的诗，在波德莱尔的笔下却表现得回肠荡气，使这个平庸的主题焕发出了新的魅力。诗中的寡妇，素妆高贵，在瞬间灵动的秋波里，电击了诗人的心胸。正如他曾说过的那样：“对男子而言，女人是最强烈的，甚至，是最持久的快乐的源泉对艺术家来说，即是神明、星辰，是支配男子头脑的一切观念……女人大概是一片光明，一道日光，一张幸福的请柬。”这就是此诗的最好注解。

※ 波德莱尔与其他的诗人最本质的区别是：他能从看似丑恶的生活的真实现状里，发现常人无法体味的神圣“美”。

《蛾子》画布油画　利奥·考夫曼
85cm×166.5cm　1898–1899 年
波兰　马卓维亚博物馆

121 骸骨农夫[1]

Ⅰ

尸堆般的书
躺在多灰的塞纳河畔，
如同熟睡的木乃伊
展现出一幅幅人体的解剖图。

尽管画风阴郁
但老画家的睿智，
却使这可悲的主题，
焕发出美。

那像农夫翻耕的土地一样的
剥皮尸骨，
使那神秘的恐怖，
更加深刻。

Ⅱ

悲苦顺从的农人，
用你们费尽筋骨的辛苦，
磨去皮肉的煎熬，
从你们深耕的土中。

你们究竟要收获怎样奇异的粮食，
从坟堆里逃逸的苦役，
你们究竟要装满
哪个地主的粮仓？

难道你们想证明
即使在墓中

注　释

[1] 原诗最初发表于1860年1月22日的《自由谈》杂志，重刊于1861年的《巴黎年鉴》。作于1859年。收入1861年再版的《恶之花》时，位居第94首；1868年第3版时，位居第118首。

延伸阅读

※原诗是一首每行8个音节的四行诗，共8段，分两章，押环抱韵，即abba格式。

※诗人从灰尘弥漫的塞纳河畔的旧书摊上看到人体解剖图，联想到农民的悲惨命运。耕地竟同于酷刑，死后也得不到安宁，依然要为地主卖命。

※在联想无限的奇特空间里，诗人将对人的怜悯，上升到人体解剖的高度，不失为熔现实主义的写真实录与浪漫主义的奇特联想为一炉的象征主义杰作。

也不允许安眠；
（这苦命的象征！）

虚无已把我们出卖；
甚至死亡也在说谎，
唉！也许我们可能，
永远被迫

在这个陌生之地
用我们流血的身体
推着沉重的铁犁
为这粗糙的大地剥去苦涩的皮？

《瞠目头颅》铅笔木炭画　朱利安·阿道尔夫·杜沃赛尔　36cm×25cm　约1904年　巴黎　卢浮宫

122 暮　霭[1]

迷人的黄昏啊，你这罪恶的亲朋；
帮凶一般的悄然而至；
天空犹如洞房之门慢慢闭合，
迫不及待的人瞬间变成猛兽。

啊，黄昏，那些终于能放下双臂
问心无愧地说：今天我们没有虚度
光阴！——这是他们所盼望的可爱的黄昏
黄昏，你安慰受尽折磨的灵魂，
安慰竟日刻苦钻研的学者，
也减轻累得再也直不起腰来的工人的苦痛。
但是那些险恶的魔鬼
像商人赶夜市，睡眼惺忪地，
到处撞击叩打屋檐、门窗。
透过晚风摇动的潜影微光
卖淫的浊气飘满大街小巷；
像蚂蚁一样成群结队地四处冲击；
它像试图偷袭敌人的队伍，
到处开辟突袭的暗道；
仿佛钻入人体偷食的蛀虫
在闹市的污泥浊水中招摇卖弄。
到处都在喧嚣，厨房里的呼喊，
戏馆里的尖叫，乐队的鼾鸣；
在以赌为乐的饭桌周围，
聚满明娼、暗骗、小偷，
他们随时准备投入他们的勾当，
或者撬门扭锁，
为自己的贪吃和情妇的衣饰
而冷酷、无情，贪无止境。

注　释

[1] 原诗最早与《晨曦》(*Le Cr é puseule du Matin*）一同发表于 1852 年 2 月 1 日的《戏剧周刊》(*la Semaine th é âtrale*)，重刊于 1855 年 6 月的诗文集刊《枫丹白露（引徐志摩译语）》(*Fontainebleu*)。收入 1857 年初版《恶之花》时，位居第 67 首；1861 年再版时，位居第 95 首；1868 年第 3 版时，位居第 119 首。

延伸阅读

※ 原诗是一首每行 12 个音节的诗，共 38 行，分 3 段，押连续韵，即 aabbccdd 格式。

※ 原诗约作于 1843 年底，收入初版《恶之花》时，与《晨曦》分别列居第 67、68 首。

※ 暮霭沉沉，这正是辛劳了一天的人们所希求休息的时刻，然而魔鬼伸出他那双无所不至的恶手，也趁此为非作歹，病魔也趁机加入折磨人的队伍。表面灯红酒绿的喧腾闹市，此时已病入膏肓，正起步迈向坟墓。

※ 诗人无限感慨地叹道：有几个人能知晓“人生的真谛”？

《播稗子种的撒旦》画板油画　费利西安·霍普斯　74.3cm×59cm　1867年　那慕尔　费利西安·霍普斯省级博物馆

这令人沉重的时刻，沉思吧，我的灵魂，
捂住耳朵，别再听这恶毒的喧嚣。
这正是患者的病情在恶化！
昏暗的黑夜已掐住他们的咽喉；他们
病入膏肓，正要共赴黄泉；
医院里充满了他们的哀号。——今晚
有几人能再回到亲人的身旁，
到炉边细细地品味香气扑鼻的羹汤。
况且，他们大多数从来都没领略过
什么是家庭温暖，什么是人生的真谛！

123 赌 博[1]

老妓女们坐在褪色的安乐椅上，
描着面色苍白的眉，抛着令人晦气的媚眼，
卖弄风骚的姿态，从瘦薄的耳朵上
发出一阵阵宝石与金饰碰撞的叮当之声；

一张张无唇的脸，一双双无色的唇，
一对对无牙的颌，围在赌台周围，
用狂热而痉挛的手指不断地，
搜寻空空如也的口袋或突突狂跳的胸；

污秽的顶棚，吊着一排苍白的灯
坎凯油灯[2]也不甘寂寞地把余光
投射到那几个正在把自己的血汗钱
输光的名诗人的黑色阴暗的额头上；

这就是那幅阴暗的画
它再现在我梦中的慧眼里。
我在这沉寂无声的巢穴里
支着头，在冷却沉思中涌起渴望，

我真惊讶这些人竟然对此迷恋得如此沉醉，
这些老妓女竟然追求如此可悲的快乐，
居然当着我的面不知羞耻地进行交易，
一方支付自己的荣华，另一方献出自己的姿色！

我的心不禁因惊讶而感到恐怖
这些狂热地奔向深渊的家伙，
竟然沉迷于畅饮自己的鲜血
宁愿痛苦而不愿死亡，宁入地狱不要虚无！

注 释

[1] 原诗直接发表于1857年初版的《恶之花》，位居第66首；1861年再版时，波德莱尔对原诗作了大量修改，位居第96首；1868年第3版时，位居第120首。

[2] 坎凯（Quinquet）油灯，瑞士物理学家阿尔冈（Argand.1755–1803）发明一种附有油罐的油灯，坎凯加以改良推广，因而得名。

延伸阅读

※原诗是一首每行12个音节的四行诗，共6段，押交叉韵，即abab格式。

※1857年，波德莱尔在撰写《法国讽刺画家》提到卡尔·韦尔内（Carle Vernet.1758–1836）表现赌场的巨幅版画时说："在一张大餐桌周围，聚集了一人群性格各异、年龄不等的赌徒。当然，少不了妓女，她们贪婪地窥伺着好运气，随时准备宠幸走运的赌徒。那里充满了极度的欢快、强烈的绝望；那里有走败运的暴躁青年赌徒，有狂风吹来依稀可见稀疏白发的老人。……"这是对此诗最好的注解。

※此诗创作的原动力，始于此画，但表现的又远远不止于此。在赌之恶的表征之下，是恶之源——空虚，这是恶之花之源、之根，是导致狂饮自己热

血，宁愿痛苦，宁愿下地狱，也不愿死的原因。

※ 人何尝不是自己心灵的敌人！

124 骷髅舞[1]

——献给埃尔内斯特·克里斯托夫[2]

她像活人一样地炫耀自己的高贵，
戴着手套，系着手帕，捧着鲜花
像个神情怪异、瘦长、懒散
潇洒的风骚女子。

有谁在舞会上见过如此纤细的腰？
这夸张的、极度宽大的长袍，
瀑布般地遮掩着她枯瘦的脚
舞鞋上的绒球，宛若鲜花一般美丽。

蜂窝状的绉领在她的锁骨边嬉戏，
犹如贪玩的小溪击打着岩壁，
羞答答地护卫着她那阴森的酥胸
掩盖她那令人惆怅的魅力。

她那深陷的眼睛充满了虚幻的黑暗，
而她的头上却巧妙地戴着花冠，
在她脆弱的脊柱上懒懒地摆动。
——这虚无的魅力，装扮得如此荒谬！

有人说你不过是一幅漫画，
他们这些人只知道贪恋肉欲，
不能领会骨骼难言的优美。
啊，这高大的骷髅，你正合我的品味！

你装神弄鬼，来破坏人生的欢乐？
还是郁结的情欲，
刺激你死灰复燃，
驱使你轻信那所谓“狂欢”的巫魔夜宴[3]？

注　释

[1] 原诗最早发表于1860年3月15日的《现代评论》杂志。收入1861年再版《恶之花》时，位居第97首；1868年第3版时，位居第121首。

[2] 埃尔内斯特·克里斯托夫（Ernest Christophe.1830–1892），法国雕刻家。

[3] 巫魔夜宴（sabbat），指中世纪的迷信传说，巫师、巫婆、妖魔们在星期六夜半拜会魔王，举行夜宴。

[4] 眼镜蛇（aspic），欧洲中古时代，常以此指代好淫。

[5] 安提诺斯（Antinoüs.生于110年–115年间.卒于130年），古希腊的美少年，被古罗马皇帝阿德里安所宠爱。陪皇帝畅游尼罗河时溺水身亡，阿德里安为其在古埃及建安提诺城以示纪念。后泛指美男子。

[6] 洛夫莱斯（Lovelace），英国小说家理查逊的作品《克莱丽莎·哈洛》中的人物，他诱奸了克莱丽莎·哈洛。

[7] 古代的火枪口呈喇叭形。

延伸阅读

※ 原诗是每行12个音节的四行诗，共12段，押交叉韵，即abab韵式。

※ 诗人对克里斯托夫的雕像情有独钟，曾在多首诗中加以演绎，并在其论著

你想凭借小提琴的颤音、烛火的光焰，
驱散嘲弄潜入你心底的你的噩梦，
凭借这盛宴的酒浪
扑灭你心中燃烧的地狱之火？

这永远汲之不尽的、愚蠢的谬误之井！
苦海里永远蒸不完的蒸馏之水！
透过你肋骨弯曲的倒影
我分明看见贪婪的眼镜蛇[4]依然在横行。

说句实在话，你这么卖弄风骚
真是白费心机，一切都归于徒劳；
那些凡夫俗子，谁能经得起这种玩笑？
恐怖的魅力只能使强者陶醉！

你这可怕的眼睛，充满恐怖意念的深渊，
真让人感到眩晕，那些谨慎的舞客
看到你笑个不停的三十二颗牙
无不感到恶心。

然而，有谁不曾把这骨架搂抱，
谁不曾从坟地的枯骨中汲取过营养？
香水、服饰、装扮，这有什么了不起？
精心修饰的家伙总以为自己拥有美貌。

没有鼻子的舞伎，不可抗拒的女人，
请告诉那些厌恶你的舞客：
“傲慢的宠儿，无论怎样涂脂抹粉，
你们都散发出死气！矫揉造作的尸骨，

“憔悴的安提诺斯[5]，无须的恶少，
油光发亮的行尸走肉，鬓发苍白的洛夫莱斯[6]，
这遍布世界的骷髅舞

《舞动的死神》粉笔蜡笔画（粉笔基底） 费利西安·霍普斯
那慕尔 费利西安·霍普斯省级博物馆

正把你们带往不可预知的险境!

“从寒冷的塞纳河到热浪滚滚的恒河,
人们似痴如醉地狂跳
却没有发现天使的喇叭
正像黑色的火枪[7],阴森森地打开。

“可笑的人类,阳光所至.春、夏、秋、冬
死神无不惊叹你的姿态,
如同你一样,涂抹上浓香没药,
让死亡的狞笑与你的癫狂互为应照!”

《一八五九年的沙龙》第八节中以《雕刻》为题加以专论,并以本诗的前5节说明其论点。

※ 诗人观察细致,将现实主义的精确与浪漫主义的浮想联翩有机地结合起来,赋予“雕像”以深刻的人生体悟。

《歌剧院的舞会》水彩油墨画 康斯坦丁·居依 28cm×19.8cm 19世纪后半叶 私人收藏

125 虚幻之爱[1]

唉，我亲爱的懒虫，当我见你走过，
随着消散在天花板上的乐声
停下你舒缓摇曳生姿的步履，
你深沉的眼神中流露出倦怠；

当我凝视着煤气灯，
映照你苍白的脸而泛起病态的风韵，
宛如夕阳的火炬燃起明媚晨光，
你如画般的迷人眼睛。

我不禁感叹："她真美！艳丽得令人惊奇！
纷至沓来的如烟回忆，仿佛壮丽沉重的塔楼，
向她压去，她那如蜜桃般受伤的心，
跟她的肉体一样，对爱情了如指掌。"

难道你是美味无比的秋果？
难道你是盛接泪水的瓦罐[2]，
难道你是绿洲上飘散的芳香，
难道你是温柔的睡枕、芬芳的花篮？

唉，苍天啊！我知道有比你更空虚，
更深沉、更忧郁的眼睛；
犹如无珠之盒、无像之框，
并不藏有丝毫珍秘！

然而，你光艳其表，难道还不足以，
使我逃避现实的心获至欢欣？
你的愚蠢、冷漠，这又有什么关系？
面具或伪饰，都行！我爱你的美丽。

注　释

[1] 原诗最初发表于 1860 年 5 月 15 日的《现代评论》杂志。收入 1861 年重版《恶之花》时，位居第 98 首；1868 年第 3 版时，位居第 122 首。

[2] 瓦罐（vase），亦可译为器皿、瓶、盆，此处借指为《圣经》用语，实指人。

延伸阅读

※ 原诗是每行 12 个音节的 4 行诗，共 6 段，押交叉韵，即 abab 韵式。

※ 此诗为歌咏玛丽・迪布朗所作。是诗人历经不幸爱情之后的沉痛写真。

※ 在精妙巧致的用语中，将奇特的想象和情思相互映照，在看似直白的深沉含蓄里，将疑问在换位的提出中，将隽永深沉的思考抒吐而出，天然地创造出诸多令人反复品评的佳句。

《水手的酒吧》水彩色粉画　费利西安·霍普斯　60.5cm×46.5cm　1875 年　那慕尔　费利西安·罗普斯省立博物馆

126 我不会忘记……[1]

我不会忘记，离城不远，
我们的白房子，虽小却很安宁；
波摩娜[2]的石膏像与古老的维纳斯
在疏林枝叶间裸露，
流光溢彩的夕阳
在薄暮的玻璃窗上闪烁，
仿佛好奇的上苍睁开双眼，
长久地注视着我们无语的甜蜜晚餐，
在粗台布和细窗帘间
把美丽的光尽情地抛洒。

注　释

[1] 原诗最初发表于 1857 年初版《恶之花》，位居第 70 首；1861 年再版时，位居第 99 首；1868 年第 3 版时，位居第 123 首。

[2] 波摩娜，古罗马神话中的果树女神，西方古典庭园中常用此塑像装饰园林。

延伸阅读

※ 原诗是每行 12 个音节的十行诗，押连续韵，即 aabbccddee 格式。

※ 本诗约作于 1843 年以前，诗人回忆童年时跟母亲在一起生活时的情景，言词中充满着对旧时的怀念。诗人对母亲改嫁一直耿耿于怀，心存怨恨，在他看来，他的母亲拥有他这样的儿子，是无须再嫁的。

※ 母亲的改嫁，造成了对诗人情感世界的巨大创痛，由此可更加感知此诗的分量。

《风景》画布油画　欧仁·卡里埃尔　39cm×32cm　19 世纪后半期
圣克鲁市立博物馆

127 你曾猜忌过的……[1]

你[2]曾猜忌过的那位善良的女仆[3]，
她已在卑微的草地下长眠，
我们应该给她献上几朵鲜花。
死者，可怜的死者，历经多少痛苦。
十月的风，你这个枯枝老树的修剪工，
唯有你围绕在她的墓碑周围忧郁，
他们一定感到生者忘恩负义，
竟然依旧安睡在温暖的被窝里，
而他们却被噩梦缠绕，
既无共枕的伴侣，也无倾心相诉的亲朋，
只有冻僵的尸骨任凭蛆虫折磨，
感到冬雪融冰的滴落刺入骨髓
岁月循环，仍不见友朋亲眷扫墓
更换挂在墓栏上的残破花环。

假若在夜里，炉薪噼啪作响，
我发现她安详地坐在安乐椅上。
十二月的寒气逼人，
她蜷缩在卧室的一角，
从她那令人难忘的床上
对孩子抚以慈母般的目光，
止不住的泪水滚滚而下，
我该怎样回应这虔诚的灵魂？

注　释

[1] 原诗收入 1857 年初版《恶之花》时，位居第 69 首；1861 年再版时，位居第 100 首；1868 年第 3 版时，位居第 124 首。
[2] 指诗人的母亲。
[3] 指老女仆玛丽埃特。

延伸阅读

※ 原诗每行 12 个音节，分两段，共 22 行，第 1 段 14 行，第 2 段 8 行，押连续韵，即 aabbccddeeffgghhiijjkkll 格式。
※ 诗人回忆自己童年时的情景，对自己保姆玛丽埃特的感情真挚恳切，溢于言表。

《亵神者之墓》羽笔水彩画　约瑟夫·德雷普　57.8cm×47.1cm　19世纪前半期　列日美术陈列馆

128 雾和雨[1]

哦，晚秋，寒冬，泥泞遍地的初春，
多眠的季节！我喜欢你们，赞美你
用烟云的尸布和迷茫的坟墓
把我的头和我的心埋葬。

在这狂风游荡的原野上，
风信鸡[2]彻夜嘶哑啼鸣的长夜，
我的灵魂格外欢畅
它舒展开乌鸦般的翅膀。

哦，暗淡的岁月，呼风唤雨的女王，
我这受霜打的心，
在充满哀怨的愁云里企盼，

最为温柔的是你苍白的愁容，
——除非在无月之夜，我们
双双安眠在忘却的风雨床上。

注 释

[1] 原诗直接收入1857年初版《恶之花》，位居第63首，1861年再版时，位居第101首，1868年第3版时，位居第125首。

[2] 风信鸡，即风向标，因状如公鸡，风吹有声，故得此名。

延伸阅读

※原诗是一首每行12个音节的十四行诗，前两段押相同的连续韵，即aabb aabb格式，后两段先押环抱韵，后押连续韵，即abb acc格式。

※在跳跃的意象中，诗人尽显自己的所思、所想，在启悟、感召、暗示中，将多雾多雨的季节，在多眠多梦的时令里，把诗人的所思、所想埋葬。尸布如烟似云，坟墓如迷似幻，灵魂依然企盼大地春回，但命运却是雪上加霜，紧紧禁锢着诗人的心，不如在忘却的风雨床上长眠。

《无题》水粉画　夏尔·朱爱思
20.7cm×17.7cm　约1896年　布鲁塞尔　私人收藏

129 巴黎之梦[1]

——献给康斯坦丁·吉斯[2]

I

这令人恐惧的风暴，
从来没有人见过，
迷蒙缥缈遥远的朦胧，
至今依然使我心驰神往。

睡梦中奇迹无穷无尽！
忽发奇想，
我把参差不齐的植物
全部赶出梦境。

仿佛恃才自傲的画师，
我在梦中品味
那由金属、大理石
和水构成的醉人单调。

由无数楼梯拱廊筑成的通天塔[3]，
真是一座无边无际的宫镜，
满目的瀑布、池水飞流直下
纷纷落入忽明忽暗的金谷；

不可阻挡的瀑布，
犹如水晶帘，
悬挂在金灿灿的绝壁上，
耀眼夺目。

不是树木，是根根廊柱
把沉静的池塘环绕，
高大的水神[4]，

注　释

[1] 原诗最早发表于1860年5月15日的《现代评论》杂志，收入1861年再版《恶之花》时加上了题献词，位居第102首；1868年第3版时，位居第126首。

[2] 康斯坦丁·吉斯（Constantin Guys. 1802–1892），出生于荷兰的法国画家，擅长水彩、插图，多以巴黎的街道、市井、花园、平民、贵妇、妓女为题材，被波德莱尔誉为“现代生活的画家”。

[3] 通天塔（Babel），亦可直译为巴别塔，圣经《创世纪》第11章记载，传说中，大洪水之后，挪亚的子孙迁居各地，其中一支欲建塔与天相连，上帝乱其语，使他们之间无法交流，故无法建成。此处代指高大的建筑物。

[4] 水神（naÏades），古希腊神话传说中掌管河流的女神。

[5] 恒河（Des Ganges），古印度神话中，恒河之水由天上奔流而下的，亦传说是由昆湿奴的脚指头流出的。其造型为一个手持莲花的妙龄少女。

延伸阅读

※ 原诗是一首每行8个音节的四行诗，共两章15段，前一章13段，后一章两段，押交叉韵，即abab格式。

※ 诗人在现实世界，感受到的是“可怕

《碎片》画布油画　康拉日扎诺夫斯基　68cm×85cm　1902年　华沙国家博物馆

宛如女子，临水照影。

一道碧水，
穿过粉红翠绿的两岸，
一泻万里，
直达世界的尽头；

神奇的怪石
浪击着魔幻的水波；
无边无际的明镜，
映照着人间万象！

无忧无虑的恒河[5]，
在苍天默默逍遥，
将其中的珍宝
倾入钻石的深渊。

作为这仙境的建筑师，
我跟从奇思妙想，
让海洋听从我的命令
流入宝石隧道；

于是一切，甚至黑色，
都被擦亮，明净如虹；
液体把自己的荣光
织入结晶的光线之中。

天上没有太阳
也没有一丝星光，
这光耀的奇景，
全凭它自身的光焰！

这笼罩着变幻的奇景
（多么可怕的新颖！

的丑陋"，感到"忧虑的锋芒"时时刺入诗人的精神，所获是麻木凄凉的"阴沉密布的愁云"。
※ 而梦中，在虚幻里，他感到了"美"的永恒，那金属、大理石、水构成的"醉人单调"，真是一座"通天"之塔；一道碧水，一泻万里，在粉红和翠绿的两岸，直抵世界的尽头。
※ 这是理想与现实之巨大反差后，对"巴黎之景"沉痛的心灵写真，何尝不是对现实批判的一纸血腥的檄文。
※ 沉郁之诗，痛感之文。

只可眼观，不能耳闻！）
在永恒的寂静里。

Ⅱ

当我再次睁开冒火的双眼
又看见可怕的陋室，
我的灵魂痛感，
忧虑的锋芒再现；

挂钟敲起它阴郁的声音
粗暴地报告正午的到来，
阴沉密布的愁云
顷刻笼罩了这麻木的凄凉世界。

《沼泽》羽笔画 中国水墨画 阿尔弗雷德·顾彬 31cm×38cm 约1903年 奥地利 林茨 雷恩托斯艺术馆

130 晨曦[1]

起床号从兵营的院中吹响，
把晨风中的路灯吹拂。

正是此刻，阵阵的噩梦
使棕发少年辗转刺疼；
灯光给旭日添上点点红斑，
仿佛布满血丝眨动的红眼；
灵魂饱受笨体的沉重挤压，
犹如夜灯与黎明的生死搏杀。
一切流逝的战栗弥漫在空中，
仿佛微风擦拭泪痕斑斑的脸，
男人倦于动笔，女人倦于爱恋。

炊烟绕上目极的屋顶。
卖笑女人闭上困倦发紫的眼睑，
张着大嘴睡得昏昏沉沉；
垂着干瘪双乳的穷女人，
一边吹着余火，一面呵手取暖
在这饥寒交迫的贫病中
产妇们的痛苦更加深重；
恰似被泛起的血污所中断的抽泣
远方的鸡鸣划破了长空的迷雾；

茫茫迷雾笼罩着一座座建筑，
养老院里的病人正在垂死中喘气
一阵阵的哽咽预示着死亡的临近。
寻欢作乐的浪子精疲力竭地返回家里。

黎明哆哆嗦嗦地披上粉红翠绿的衣衫

注　释

[1] 原诗最早发表于 1852 年 2 月 1 日的《戏剧周报》，收入 1857 年初版《恶之花》时，位居第 68 首；1861 年再版时，放置在第 103 首；1868 年第 3 版时，放在第 127 首。

延伸阅读

※ 原诗是一首 12 个音节的诗，共 5 段 28 行，押连续韵，即 aabbccdd 格式。

※ 本诗与《暮霭》为姊妹篇。

※《暮霭》原题为 *le Crépusule du soir*. 直译为《黄昏时的微光》，《晨曦》原题为 *le Crépuscule du Matin*. 直译为《清晨时的微光》，在 1852 年 2 月 1 日发表于《戏剧周刊》时，被称之为“两首微弱的光”。

※ 原诗约写于 1843 年底，对巴黎的景象作了细致入微的描写，被福楼拜赞为：“如大理石一样坚硬，如英国雾一般具有渗透力。” 在表现手法上，是对现实主义的张扬及对真实生活的高度艺术提纯。在精细的描绘中，对贫困弱小者寄予了深切的同情。

在寂寞的塞纳河畔步履蹒跚，
满面愁容的巴黎似乎是辛劳的老汉，
抓着工具，又一边揉着惺忪的双眼。

《早上的四个小时》铅笔画　费利西安·罗普斯　22cm×15cm　1878年　私人收藏

像被无情的热狂病

所折磨的一对天使

透过清晨的蓝色水晶

追寻遥远的蜃楼幻影

苏醒，恶魔在枕中唱着：

"大地，我不在的舍人，我爱向你，

透过云雾般的宇宙和去往的禁址，

发出光明与友爱的歌声！

"我知道，在我蒸熟日子，

曾经过多少瓶子，去除多少光阴，

来洗掉了我的生命，我的灵魂，

我不会在存有执，无限奋义，

"因为，在人类恶者的眼底

我会感到太分的衰疲，

他温暖的胸怀是着活的慰地，

比阴会的湖将更为依恋。

"你是否听到杜拜月的欢声回荡

你可听见希望在我的胸中鸣响？

你若起神子，双肚发在杂面上，

你对我会在那头，你上乘畅，

"我将去拥抱亲昧者的双眼，

我将使你的儿子精神勃发，荣光生辉，

给爱者加油，

给壮士增职，

"我是永恒的播种者的珍贵种子，

我来自植物的胸怀，

我将流入你的体内，

如一朵荷花出坐情给你的信……"

酒

131 酒　魂[1]

某晚，酒魂在瓶中唱道：
“人啊，我不幸的亲人，我要向你，
透过这玻璃的牢狱和朱红的蜡封，
发出光明与友爱的歌声！

“我知道，在炎炎烈日下，
要经过多少艰辛、苦熬多少光阴
才孕育了我的生命，我的灵魂；
我不会心存不轨，忘恩负义，

“因为，流入劳累者的喉咙
我会感到无穷的欢欣，
他温暖的胸房是舒适的墓地
比阴冷的酒窖更为惬意。

“你是否听到礼拜日的歌声回荡
你可听见希望在我的胸中鸣响？
你卷起袖子，双肘支在桌面上，
你对我会心赞美，称心欢畅；

“我将点燃娇妻欣喜的双眼；
我将使你的儿子精神勃发、容光生辉
给弱者加油
给壮士增胆。

“我是永恒的播种者[2]的珍贵种子，
我来自植物的琼浆，
我将流入你的体内
如一朵奇葩让爱情凝结如诗！”

注　释

[1] 原诗最早发表于 1850 年 6 月的《家庭杂志》，标题为 Le Vin des honnêtes gens，直译为正派人的酒，收入《恶之花》时，改为 L'âme du vin，即现标题：《酒魂》。1857 年初版时，位居第 93 首；1861 年再版时，位居第 104 首；1868 年第 3 版时，位居第 128 首。

[2] 永恒的播种者，指基督。《圣经·马太福音》第 13 章第 37 节：“他回答说：‘那撒好种的人就是人子；田地就是世界；好种就是天国之子……’”

延伸阅读

※ 原诗是一首每行 12 个音节的四行诗，共 6 段，押交叉韵，即 abab 格式。

※ 此诗约作于 1843 年底，邦维尔在 1846 年出版的诗集《钟乳石》中有一首《酒曲》，曾引录此诗，注明此诗作于 1844 年 9 月，亦为参考。

※ 诗似乎是对酒的赞颂，实则是对艺术的赞美。酒由粮食或葡萄经长期的发酵酿制而成，此过程即艺术之过程，它经过多少煎熬、磨难，方可达至醇境界。在酿成后，却总被囚禁在瓶中，正如艺术常不被人理解，然而它一旦进入人们的口中，即被人接受，即刻产生奇异的效果，使妻子增添情色，儿

女精神体健，给弱者加油，为壮士壮胆，犹如奇葩，盛开艳丽的爱情之花，成为如诗的永恒。

※拟人化的酒寓，使酒之形象，瞬间赋予灵魂。

《合葬》黑铅笔木炭画　雷东·奥迪伦　44.7cm×37.3cm　约1870–1875年　荷兰　奥特洛　库勒穆勒博物馆

132 拾荒者的酒[1]

在路灯[2]的光焰下
风吹着红光，摇动着灯罩，
这宛如迷宫的泥泞之地
正麇集着动乱[3]之因，

拾荒者踉跄而至，
摇头晃脑地碰壁，
他丝毫不留意暗探的跟从，
大胆吐露心中的宏图。

他口述崇高的法律，立下誓言，
要打倒恶徒，要扶助贫弱，
在华盖般高悬的苍穹之下
他陶醉在自诩的荣耀之中。

是的，这些受家累之烦，
工作之苦，年迈所扰，
在巨都巴黎吐出的污秽之物里，
挤压得疲惫不堪，

他们带着酒桶的气味归来，
跟随着为生存斗争而苍老的战友，
花白的小胡子像陈旧的军旗。
无数的鲜花，在凯旋门中涌现

这令人肃然起敬的魔幻之力！
在军号、阳光、欢呼与战鼓的狂欢中
正如这灿烂的狂饮，
给如痴如醉的民众带来无上的荣光！

注　释

[1] 原诗约作于1851年9月至1852年1月之间，曾作过多次修改，目前现存的有三种手迹。1854年11月15日首次发表的是第2稿，1857年6月18日在《阿隆松日报》发表时，又做了进一步的修改，收入《恶之花》时，即采用此稿。1857年首版时，位居第94首；1861年再版时，位居第105首；1868年第3版时，位居第129首。

[2] 路灯，原文是réverbère，直译为六角的灯，是法国19世纪初用六角玻璃灯罩制成的煤气路灯，装有反射镜以集中光线。

[3] 动乱，指1848年的法国大革命。

[4] 金河，原文是Pactole，直译为帕克多河，为古代小亚细亚的古国Lydie河名。古希腊神话传说弥达斯在此河中沐浴时，河水变成金沙，从此河水流动如金，故此河有财源滚滚之喻。

[5] 法国人以葡萄酿酒，葡萄生长靠太阳，故称酒是太阳之子。

延伸阅读

※ 原诗是一首每行12个音节的四行诗，共8段32行，押连续韵，即aabb格式。

※ 诗人以拾荒者为对象，将酒之形象

如同穿越这无聊的人生
这酒，如耀人眼目的滚滚金河[4]；
借助人的喉咙赞颂酒的功勋
如真正的国王凭借自己的才能支配世人。

为了消除这些垂死老人的怨恨
安慰他们苦难的灵魂，
内疚的上帝，创造了如此的沉醉；
这酒，这令人欲眠的太阳之子[5]！

赋予其上。
※拾荒者饮酒之后，即具王者之风，可见酒能颠倒黑白。
※这是诗人在理想之梦破灭之后，借酒以托悟的沉痛之语。

《首级》画布油画　安东尼·威尔兹　56cm×43cm　1824年　布鲁塞尔现代博物馆

《苦艾酒酒鬼》画布油画　爱德华·马奈　177.5cm×133cm　1858–1859年　哥本哈根　嘉士伯古代雕塑展览馆

133 杀人犯的酒[1]

妻子去了，我终于自由了！
从此我可以喝个痛快。
从前我回家没带钱，
她就吵得我不得安宁。

现在我快活得像帝王；
看天空美丽，空气清新……
当初我爱上她时
也是这样的夏天！

可怕的焦渴将我煎熬
我需要大量的酒
多得足以把她
装进坟墓——说来这实在过火：

我把她推入井底，
甚至把井边的所有石头投入其中
没有剩下一块。
——如果可能我真愿忘掉此事！

凭借当初的山盟海誓，
永不分离的誓言，
为了重新回到过去
那美妙的热恋时分，

我约她在黄昏后，
在幽暗的小路上见面。
她竟然来了——这个笨女人！
或许我们都有点愚蠢！

注　释

[1] 原诗作于1843年底，最初发表于1848年11月的《酒商信息》(*l'Echo des marchands de vins*)，收入1857年初版《恶之花》时，位居第95首；1861年再版时，位居第106首；1868年第3版时，位居第130首。

延伸阅读

※原诗是一首每行8个音节的四行诗，共13段，押环抱韵，即abba格式。
※原诗约作于1843年底，首次发表后，检察长毕纳德(Pinard)就结尾二句提请指控，指责作者违反宗教道德。
※此诗曾由法国诗人、小说家维利埃·德·利尔-亚当(Villiers de l'IsleAdam)谱曲，传唱一时，并时常在文艺歌舞晚会上表演。
※这是对酒之疯狂的嘲讽之作，又何尝不是对现状的强烈愤懑之作呢？

她依然俏丽，尽管倦态十足，
我太爱她了！
正因为如此
我对她说：“你真该死！”

谁能理解我的心。
在这群愚蠢的醉鬼里
有谁能在这可怕的夜晚
会想到用酒来做寿衣？

这个铁石心肠的恶棍
如同一部钢铁铸就的机器
无论夏日、冬天，
都未曾领略爱之真味，

既不知爱之恶，
那无法抗拒的不安魅力，
也没有感悟过爱之泪，
这枷锁与枯骨交织的声音！

——如今，我自由了，我终于自由了！
我要喝个痛快；
我会躺在地上，
无惧无悔，

像狗一样昏昏入睡！
让那些载满碎石和烂泥的
沉重的车轮，
让这些发疯的货车

碾碎我罪恶的脑袋
或轧断我的腰，
但我毫不在乎，正如我的眼里，
从来没有圣坛、魔鬼或上帝！

《夫妇》中国水墨画　雷恩·斯皮耶特　29.1cm×37.4cm　约1902年　布鲁塞尔现代博物馆

134 孤独者的酒[1]

一位风尘女子暗送奇妙的秋波
就像摇曳的光悄然降临
那荡漾的银辉，
在潋滟的水中沐浴；

一个赌徒手里的最后一枚钱币；
憔悴的荡妇放肆的一吻；
令人颓废的靡靡之音，
仿佛悲苦人生遥相呼应的呐喊，

这一切都不如，啊，这醇香的美酒，
你这为深怀渴求之心的虔诚诗人
隐藏在你的大腹之中的浓烈之烟；

你向诗人的心中注入生命、希望和青春，
——还有高傲，这清贫者的法宝，
它使我们如神一般昂扬！

注　释

[1] 原诗直接收入1857年初版的《恶之花》，位居第96首；1861年再版时，位居第107首；1868年第3版时，位居第131首。

延伸阅读

※原诗是一首每行12个音节的十四行诗，前两段押环抱韵，即abba abba格式，后两段先押连续韵，后押环抱韵，即aab ccb格式。

※酒之于孤独者的作用，胜于美女之秋波、赌徒之赌资、荡妇之淫技、靡靡之音。

※这是诗人失望之后的沉痛之语；唯有酒才能解愁排忧，带来生命、青春和希望。

※曹操云："何以解忧，唯有杜康！"似是此情，同源之注解。

《贫民窟》画布油画　费利西安·罗普斯　95cm×70.5cm　约1868年　布鲁塞尔现代博物馆

135 相恋者的酒[1]

今天，长空如此壮丽！
不用马嚼，不用缰绳，不用马刺，
仅凭美酒，我们就像飞鸟一样
飞向仙境般的苍穹！

像被无情的热狂病
所折磨的一对天使，
透过清晨的蓝色水晶
追寻遥远的蜃楼幻影！

我们在翅翼的摇动中
感到旋风般的兴奋，
在热狂中从容，

妹妹，我们并肩飘游，
在不知疲惫的运动中
奔向我梦想的天堂！

注　释

[1] 原诗直接收入1857年的初版的《恶之花》时，位居第97首；1861年再版时，位居第108首；1868年第3版时，位居第132首。

延伸阅读

※ 原诗是一首每行8个音节的十四行诗，前两段押连续韵，即aabb aabb格式；后两段先押交义韵，后押连续韵，即aba bcc格式。

※ 情侣在对饮中飘飘欲仙，在醉意朦胧中如同陷入梦幻般的乐园，感到无比快意。

※ 这是一首动人的浪漫之曲。

《爱情》画布油画　古斯塔夫·克
里姆特　60cm×44cm　1895 年
卡尔广场维也纳展览馆

她张开被风暴迷乱的眼睛

探寻着她那已经遥远的纯真天空

仿佛旅人　猛然回首的旅人

环顾早已越过的黎明

恶之花

136 毁灭-147 爱神与颅骨

136 毁 灭[1]

恶魔在我的身边不停地蠢动；
如不可捉摸的空气，把我包围；
我把他吞下，顿感胸肺火烧，
使他充满了永不消失的邪恶之欲。

他有时化为千媚百态的娇女，
以他那伪善者似是而非的遁词，
使我的嘴唇习惯于淫欲的媚药，
因为他知道我酷爱艺术。

他就这样使我远离上帝的视野，
把疲惫不堪，气喘吁吁的我
带入这荒芜幽深的厌恶之地，

又在我充满混乱的眼睛里
投入鲜血淋漓的凶器，
赤裸的伤口和污秽不堪的衣服！

注 释

[1] 原诗最初发表于 1855 年 6 月 1 日的《两世界评论》，标题为 *la Volupté* ；收入 1857 年初版《恶之花》时，位居第 78 首；1861 年再版时，位居第 109 首；1868 年第 3 版时，位居第 134 首。

延伸阅读

※ 原诗是一首每行 12 个音节的十四行诗，第 1、2 段押交叉韵，即 abab abab 格式，第 3、4 段先押连续韵，后押交叉韵，即 aab aba 格式。

※ 此诗将邪恶与淫乐之本质，作了细致深刻的描述：受恶魔之诱惑，产生邪恶的欲念，追求淫逸之乐，从而毁灭。

※ 在这种阐释中，对空虚的忧郁之美，作了惊人的坦露，对恶之批评，跃然眼前，使人最终领悟到毁灭之恶果，从而醒悟自己的人生。

《人文讽刺》水彩石墨画　费利西安·罗普斯　22.5cm×15.5cm　1878–1881年　私人收藏

石版画　爱尔德·西莫　19.9cm×12.9cm
私人收藏

137 遇害之女[1]

——无名大师的画[2]

在挤满香水瓶、饰以金丝银线的绫罗绸缎
　　大理石雕像、油画
散发着浓香的衣裙与
　　给人快感的家具间，

在空气危机四伏
　　令人窒息的玻璃棺里
在花束渐渐枯萎的
　　散发着临终般叹息的卧房里，

一具无头尸体，正血流成河
　　仿佛解渴的枕头
贪婪地痛饮着这如同久旱的
　　牧场的甘霖。

那犹如黑暗中闪现的苍白幻影
　　吸引我们目光的
披着一团浓发的
　　珠光宝气的头，

就像毛茛[3]般的栖息在床头柜上
　　那翻白的双眼，
流露的不再是思想
　　而是白雾般的迷茫。

她那无所顾忌的裸体
　　从容放纵地
展示出自然赋予她的光辉
　　这命中注定的不幸的美丽；

注　释

[1] 原诗最初发表于1857年初版《恶之花》时，位居第79首；收入1861年再版本时，位居第110首；1868年第3版时，位居第134首。

[2] 此副题所指画师，乃作者虚拟托词。

[3] 毛茛（renoncule），多年生草本植物，茎叶有茸毛，单叶，掌状分裂，花黄色，有光泽，果穗作球状。植株有毒，可入药。

延伸阅读

※原诗是一首8个音节与12个音节交替布阵的四行诗，押交叉韵，即abab格式。

※这是一首对爱情本质进行解剖的诗，在虚拟的情杀中，诗人展示了"爱的黑暗"与山盟海誓的虚空。

《邪恶》铜版画　雷东·奥迪伦
21cm×15.5cm　1891年　巴黎　法国国家图书馆

饰以金边色如玫瑰的长袜，
　　犹如纪念物一般点缀在她的秀腿上；
吊袜带就像火辣辣的双眼，
　　投射出钻石般的闪光。

一幅巨大的肖像，展现出她那
　　挑逗人的慵态和眼神，
恰与这孤独的景象合成异境，
　　流露出忧郁的情爱，

罪恶之欢在负罪的喜悦里
　　以奇异的狂吻，
让一群游荡在窗帘的皱褶间的
　　堕落天使看得心花怒放；

然而，这优雅香艳的瘦肩
　　在曲折起伏的艳丽中，
映衬出尖臀的动人
　　如怒蛇般的宛转，

她还非常年轻！——她那亢奋的灵魂
　　她那受尽厌倦之苦已经麻木的感官
面对欲火时隐时现的色鬼
　　难道已开启自己的门？

你生前无论如何献媚，
　　都无法满足你那无边贪欲，
而今在你这失去了活力的尸身上
　　难道能满足他无度的兽欲？

说吧，淫尸！他可曾揪住你的头发
　　用他狂热的手提起你，
告诉我，可怕的头，他是否张口

在你冰冷的牙齿上留下最后一吻？

——离开这悲惨世界，远离猎奇的法官，
这污秽的人类，
安息吧，安息吧，你这奇异的女人，
请在你神秘的墓中安息吧；

你的丈夫已逃往天涯，你不朽的身形
已深刻在他的梦中；
也许他正像你一样，
至死不忘海誓山盟的忠实。

《拖曳的秀发》铅笔油墨画　阿尔弗雷德·顾彬　23.9cm×17.1cm　1900-1903年　林茨　上奥地利州国家博物馆

138 累斯博斯（遭禁）[1][2]

拉丁游戏与希腊的欢乐之母，
累斯博斯，那儿的吻，无论悲喜
都如太阳般火热，西瓜般清爽
使黑夜与白昼都同样辉煌艳丽；
拉丁游戏与希腊的欢乐之母，

累斯博斯，那儿的吻如瀑布
毫无畏惧地投入无底的深渊，
呼啸出不息的呜咽，
如奔涌的骤雨，汹涌、神秘而悠远；
累斯博斯，那儿的吻如瀑布！

累斯博斯，那儿的芙丽莉[3]相互吸引，
从没有不见回音的叹息
星星把你当成帕福斯[4]一样尊敬，
维纳斯理应召引萨福[5]的妒忌！
累斯博斯，那儿的芙丽莉相互吸引，

累斯博斯，热情与惆怅交织的幽夜之地，
你使那些眼睛脉脉含情的少女！
恋慕自己的肉体而在自恋的偷欢中，
暗自抚摸适合婚龄的成熟之果；
累斯博斯，热情与惆怅交织的幽夜之地，

你让老柏拉图[6]皱起目光犀利的眉头；
可爱的乐王，温柔乡里的女王，
你贪婪无度的吻，
你的风流，都将获得宽恕。
你让老柏拉图皱起目光犀利的眉头。

注　释

[1] 原诗最初发表于1850年出版的法国15-19世纪诗选集《爱情诗人》，即*Poètes de l'Amour*。收入1857年初版《恶之花》时，位居第80首，被法院以"亵渎宗教"之名判处删除，是被禁6首诗之一。

[2] 累斯博斯（Lesbos），爱琴海上的希腊岛屿，以女子同性恋著名。古希腊著名女诗人萨福在该岛创办女子音乐学院，在此写作而饮誉世界。该岛今名为米蒂利尼（Mitilini）。

[3] 芙丽莉（Phryné），公元前4世纪，古希腊的绝色名妓，曾为雕刻家伯拉克西特列斯的情人，并充当其著名维纳斯雕像的模特。此名已引申为希腊妓女的称谓。

[4] 帕福斯（paphos），今地中海塞浦路斯岛上的古都城，维纳斯的圣地，以维纳斯神殿闻名。

[5] 萨福（Sapho，公元前7-公元前6世纪），古希腊著名女诗人，生于列斯保岛的米蒂利尼，系出名门，但6岁丧父，并遭遇家乡政变，曾避祸于西西里岛，后归故里创办女子学校，传授诗歌、音乐、舞蹈。她最著名的诗是献给爱神维纳斯的颂歌，在诗中，她请求爱神把她从爱的不幸中拯救出来。传说她因绝望的单相思而跳海自尽。其诗

《出售或两个朋友》石墨铅笔水粉画　费利西安·罗普斯
31cm×21.5cm　19世纪后半期
那幕尔　费利西安·罗普斯省博物馆

你将获得宽恕，尽管有无限的苦痛，
不断地折磨这些野心，
但在远离天际之处
仍有光艳的微笑在向你招引！
你将获得宽恕，尽管有无限的苦痛！

累斯博斯，诸神啊，谁敢审判你
谁敢责备你因辛劳而早生的苍老白发，
假如不把你的小河注入海中的泪水
在他的黄金天平上度量一番？
累斯博斯，诸神啊，谁敢审判你？

法律是否公正，这与我何干？
心地崇高的处女们，群岛[7]的荣耀，
你们的宗教与异教同等庄重，
而爱情戏弄地狱，也嘲讽天堂！
法律是否公正，这与我何干？

因为累斯博斯从尘世中选择了我
让我歌颂这些如花处女的秘密，
我从小就熟睹了她们
无度的狂欢与忧伤交织的神秘黑色；
因为累斯博斯从尘世中选择了我。

从此我就从莱卡特[8]的崖顶上观望
如同双眼锐利的哨兵，
日夜监视着单桅、双桅、三桅船的帆影，
从遥远的天边闪现
从此我就从莱卡特的崖顶上观望

想知道大海是否宽容仁慈，
在碧波荡漾的轰鸣声中
可否趁着夜色露出宽恕之色的累斯博斯，

讴歌女同性恋，被称之为“萨福主义”（Saphisme）。

[6] 柏拉图（公元前428–前347），古希腊哲学家，是一位多才多艺的天才。他的《对话录》是有史以来最优美的希腊散文，既是艺术作品，也是哲学著作。其主要作品《理想国》是他全部哲学思想的概括，《会饮篇》是他的爱情观，在《申辩篇》《斐多篇》《克里多篇》中他对苏格拉底作了如神的描绘。他认为爱情是源于人类从形体之美中感悟到美的本质而引发的爱慕，并由此升华到美的永恒，他反对利害关系及满足情欲的爱情。后人称这种精神恋爱为柏拉图式的爱情。他称萨福为“第十位缪斯女神”。

[7] 群岛（L'archipel），爱琴海的异名，因爱琴海上多岛屿，故有此称。

[8] 莱卡特（Leucate），古希腊爱奥尼亚海中的岛名，此处有崖顶，死刑犯常在此执行。传说萨福因失恋在此处投海自杀。

延伸阅读

※ 原诗是一首独特的每行12个音节的回环五行诗，全诗共15段，每段第1行与第5行重复，押交叉韵，即abab格式。

※ 此诗是诗人的早期之作，是对女诗人萨福赞美的诗篇，也是赞美女同性恋的诗。

※ 诗人在1861年25岁时，就开始出版广告，要出版一部《女同性恋者》（*Les Lesbiennes*）的诗集，这是《恶之花》最早的书名，憾未能出版。

※ 诗是对唯美倾向的追求，似乎完美的形象，只能在女同性恋者之中获得，这是波氏思想的矛盾之果。

送回萨福已投身入海的尸骨
想知道大海是否宽容仁慈！

勇敢的萨福，多情的诗人，
她苍白忧郁的愁容竟比维纳斯的美丽更艳丽！
她阴沉的黑眼圈竟胜过了蓝眼睛
这人生痛苦的积液
勇敢的萨福，多情的诗人！

——比耸立于世的维纳斯更美
她把安详宁静的稀世之宝
她那金发上闪现的青春的光艳
倾注给了痴念爱女的海洋老人；
比耸立于世的维纳斯更美！

萨福在亵渎神明中死去
——她蔑视世俗的礼仪，
她把美丽的玉体献给了傲慢的粗人
这粗俗的惩罚，欲治她背教的罪孽
萨福在亵渎神明中死去。

从此，累斯博斯就独自哀伤，
尽管它赢得了世人的尊崇，
但悲鸣依然日夜沉湎于荒凉的海岸
一直不息地传入太空！
从此，累斯博斯就独自哀伤！

《Sapho》色粉画　费尔南德·赫诺普夫　62.5cm×29.7cm　1912年　个人收藏

139 被诅咒的女人（遭禁）[1]

——黛尔菲娜和伊波莉特

伊波莉特在无精打采的弱光里，
倚靠着弥漫香气的软垫上，
掀起她青春的帷幔[2]
梦想着强有力的爱抚。

她张开被风暴迷乱的眼睛，
探寻着她那已经遥远的纯真天空，
仿佛旅人，猛然回首的旅人
环顾早已越过的黎明。

她憔悴的眼中含着无力的泪水，
那疲惫的形态、惊愕的神情、沉郁的快感，
仿佛废弃的武器般的下垂的双臂，
一切都映衬出她的柔弱之美。

黛尔菲娜投出深情的目光凝视着她，
满怀着宁静般的喜悦躺卧在她的脚边，
如同一头猛兽先用利齿咬住，
然后再监视它。

强壮的美人跪在娇弱的美人面前，
她骄傲得高举胜利的酒杯
向她的猎物伸出双臂，
似乎表达温柔的谢意。

她从她那苍白无力的牺牲品的眼中
找寻着快感之声的天空赞歌，
找寻着如同叹息一般
发自眼底的感激。

注　释

[1] 原诗最初发表于1857年初版《恶之花》时，位居第81首，为初版本中最长的诗，是被法院查禁的6首诗之一。

[2] 帷幔，原文是rideau，直译为遮盖物或遮掩物。

[3] 玫瑰，原文是rose，隐含有欢快的意思。

[4] 古希腊神话中传说的太阳神阿波罗神庙中有铜制三脚架，供女祭司坐在上面宣读神谕。

[5] 复仇女神，原文：Euménide，是复仇三女神（Furies）的别称。

[6] 乌烟瘴气，原文：miasme，动植物死后腐烂发出的气味，暗喻不法的人间情感。

延伸阅读

※ 原诗是一首26段的四行诗，每行12个音节，押交叉韵，即abab格式。

※ 原诗与下一首诗同题，为最早欲出版的诗集*Les Lesbiennes*之一，是吟咏女同性恋的诗篇，因之遭禁。

※ 细味诗意，内容是健康的，是对“只开花不结果”的病态现实情感的批判，并预言此罪恶必将遭受地狱之风的鞭打，不如“去创造自己的命运，从自寻的烦恼中挣脱出来”！

《带黑帽子的女人》画布油画　乔治・德・费尔　59.5cm×72.5cm
1898 年　巴黎　个人收藏

“伊波莉特，我亲爱的，你感觉如何
你现在是否终于明白
不该把这对圣洁的玫瑰[3]献出
狂热的风会使它们枯萎？

“我轻柔地吻你，如同黄昏
在清澈的湖面上掠过蜉蝣，
而你情夫的吻，却重似货车
或是锐犁，压出的是道道伤痕；

“这些吻，如沉沉的马蹄
从你的身上践踏而过，毫无怜悯之情……
伊波莉特，哦，我的妹妹，转过你的脸，
来吧，我的灵魂，哦，我的心肝，我的一切，

“转过你那充满星光般的碧眼！
为了你这动人的一瞥，哦，这神奇的抚慰，
我要撩起更为隐秘的欢情帷幔
让你在无穷无尽的迷梦中安眠！”

可是伊波莉特却抬起朝气蓬勃的脸：
“我并非薄情，也决不后悔，
我的黛尔菲娜，可我总感惶恐，
就像参加过恐怖的夜宴。

“我感到阴森的恐怖向我袭来
黑压压的幽灵蜂拥而至，
他们用腥风血雨
把我挤上失足之途。

“难道我们真的犯过天怒？
你能否解释我为何惊恐：
一听到你叫：‘天使！’我就吓得全身发抖

而我的嘴唇却偏偏向你贴近。

“别这样盯着我，你是我的思念！
即使你使我走向沉沦，
即使你为我设下陷阱
我命定的姐妹，我永远爱你！”

黛尔菲娜摇动她那悲凉的长发，
就像站在三角铁架[4]上跺脚的巫女，
用不容置疑的语调回答：
——“谁竟敢在爱神的面前谈论地狱？

“真该诅咒这些空想的家伙
他们纠缠在无聊的问题中，
不耻自己的愚蠢，
竟把贞操与爱情互为混淆！

“那些总想把热烈与阴暗、白昼与黑夜
在神秘的调和中互融，
绝不可能让爱情的阳光
烘暖他冻僵的肉身！

“只要你愿意，去找个蠢夫；
把你处女的心献给他粗暴的吻；
你将在你的双乳上带回累累的伤痕，
和惊恐万分的面无春色的悔恨……

“在这个人世间你只能使一个主人满足！”
这少女突然惊叫，流露出无穷的哀怨：
——“我感到深渊在我的灵魂深处扩展；
这深渊就是我的心！

“如火山爆发，似空虚般深远！
都无法使这呻吟的怪物心满意足

《红衣女的习作》画布油画　让·雅克·亨纳尔　55cm×38cm　1890年
圣彼得斯堡　赫米蒂奇博物馆

这复仇般的女神[5]欲壑难填
她高举的火炬正把热血点燃。

“但愿这降下的帷幕使我们远离尘世，
但愿疲劳之后便是安眠！
我要深潜在你的乳沟深处
在你的双乳里感触墓石的冰凉！”

——沉沦吧，沉沦，可怜的牺牲品，
沿着永恒的地狱一直向下！
沉入深渊，一切的罪孽，
都将经受阴风的鞭打，

并且伴随着狂风暴雨翻卷的狂吼。
这发了疯的幽灵，把你们推向极乐的终点；
但这却永远也无法满足你们的欲望，
惩罚也随之而降临。

永远也不会有新鲜的阳光进入你们的洞窟；
无孔不入的乌烟瘴气[6]
犹如提灯的幽光
把它可怕的恶臭渗入你们的肌体。

你们这贪婪无益的寻欢
正加剧你们肌肤僵硬的饥渴，
色欲的风暴将狂翻你们的身体
使它犹如破旗一般在风中飘摇。

你这被诅咒的彷徨放荡的女人，
不如远离众生像狼一般逃入旷野；
去创造你们自己的命运
从自寻的烦恼中挣脱出去吧！

140 被诅咒的女人[1]

犹如躺在沙滩上沉思的牲口
她们把目光伸向遥远的海际
她们互相勾连的手脚
显示出温存的酸涩厌倦。

有些醉心于倾吐私语的女子，
躲进溪水潺潺的丛林深处，
不断地拼读初恋情人的名字
把它深刻在娇嫩的树皮上面；

另一些貌似修女的女子
穿过幽灵般的岩石
闪烁出圣安东尼[2]目睹过的
熔岩般突现绯红裸乳的诱惑；

也有人躲在古异教徒寂然无声的幽窟里，
映照着残焰欲灭的微光
以狂热的惊叫向你呼号，
哦，巴克斯[3]，你使悔恨酣然入梦！

又有人，总是把贞洁牌挂在胸前，
而在裙袍里却暗藏着皮鞭，
在阴暗的森林里，在孤寂的深夜里，
把欢乐的馋涎与痛苦的泪水互融。

哦，处女，魔鬼，怪物，殉道者，
你这蔑视现实的伟大灵魂，
探求无限的女人，虔诚的信女，色情狂者，
你们时而号叫，时而泣不成声，

注　释

[1] 原诗直接收入 1857 年初版《恶之花》，位居第 82 首；1861 年再版时，位居第 111 首；1868 年第 3 版时，位居第 136 首。

[2] 圣安东尼，原文是 Saint Antoine le Grand，约 251–356 在世，古埃及的隐修士；传说他是古代基督教隐修院的创始人，被称为“修道士之父，荒野之星”。生于古埃及，据传他 20 岁弃家出游，在尼罗河附近的得巴义旷野隐修，经受住魔鬼的一切诱惑，后死于红海西岸的山中。

[3] 巴克斯，亦译为狄俄尼索斯，古希腊神话中的酒神。

延伸阅读

※ 原诗是一首 7 段构成的四行诗，每行 12 个音节，押交叉韵，即 abab 格式。

※ 本诗与前一首同题，亦是吟咏女同性恋的作品，不同的是，这些女子系处女，她们的恋情更为原始、神秘、神奇、圣洁，亦更加罪孽深重，既难解除她们的焦渴，又无法排遣她们的忧郁！

我的灵魂追随着你们进入地狱，
可怜的姐妹，我爱你们，又可怜你们，
因为你们的心如充满爱情的瓮，
既难解除你们的焦渴，又无法排遣你们的忧郁！

《圣安东尼的诱惑》木炭色粉画
费利西安·罗普斯　73.5cm×54.4cm
1878 年　布鲁塞尔　比利时皇家图
书馆

《圣安东尼的诱惑》画布油画　亨利·方丹·拉图尔　73.5cm×92.4cm　1897年　巴黎　小皇宫博物馆

141 一对好姐妹[1]

淫荡与死亡是一对好姐妹，
她从不吝惜亲吻，身体无比康健，
而子宫永葆贞洁，衣衫永远褴褛
虽然从不生育，却始终耕作不止。

那些地狱的宠儿，清贫的朝臣，
家庭叛逆的可悲诗人，
在坟墓与妓院的千金荫庇下
安身在悔恨永不光顾的凉席上。

这充满亵渎之色的卧房与灵柩
如一对好姐妹，轻轻地流向我们
提供无数的快乐与恐怖可怕的温存。

荒淫的污手，你想在何时将我埋葬?
哦，死亡，你何时来临，何时
给恶臭的桃金娘嫁接上黑柏[2]?

注 释

[1] 原诗直接发表于1857年初版《恶之花》时，位居第83首；1861年再版时，位居第112首；1868年第3版，位居第137首。

[2] 桃金娘，亦译为爱神木，即爱神维纳斯的神花，是爱和美丽的化身，象征爱情；黑柏，形体丑陋，气味浓臭，象征死亡。

延伸阅读

※原诗是一首每行12个音节的十四行诗，前两段押交叉韵，即abab格式，后两段先押环抱韵，后押接连续韵，即abb acc格式。

※原诗约作于1842年，诗人刚21岁，陷入无序的淫荡的生活之中，感到阴郁无所不在，感到死亡即将来临，在复杂的自责与无望中痛感人世的可恨与可厌。

《好姐妹》铜版插图　亨利·沙普洪特　17.5cm×10cm　1911年　巴黎　阿尔戈图书馆收藏

142 血　泉[1]

有时我感到我的血液在奔流，
犹如涌泉在有节奏地哭泣。
我听见血在哗啦哗啦地长流，
摸来摸去，却摸不到伤口。

它流过街市，如同流入决斗场，
所到之处，街石成岛，一片汪洋，
这解除了万物的干渴，
把大自然染成一片红色。

我时常乞援使人沉醉的美酒
让折磨我的恐怖悄然安眠；
酒却使我更加清醒！

我在爱情中寻求忘忧之眠；
而爱情却成为嗜血的针床
专供这些女人吸食我的血浆！

注　释

[1] 原诗直接收入1857年初版《恶之花》时，位居第84首；1861年再版时，位居第114首；1868年第3版时，位居第138首。

延伸阅读

※ 原诗是一首每行12个音节的十四行诗，前两段押连续韵，即aabb ccdd格式，后两段先押环抱韵，后押连续韵，即abb aac格式。

※ 诗人感到自己的心在流血，却不知道伤口在哪里，整个世界似乎都在流血，大自然一片血色；诗人原本想借酒排遣忧虑，而酒并非如此，诗人欲借爱情排解恐慌，而爱情竟成为吸食人血的针床！

※ 这是诗人的绝望之语，亦是清醒之语。

《现代》铅笔粉笔画　费利西安·罗普斯　20.7cm×15.2cm　19世纪末　布鲁塞尔　杜马雷什·多米尼伯·布茨收藏

143 寓　意[1]

她是一位风姿绰约妩媚婀娜的美女，
让她的秀发与杯中的美酒任意勾兑。
情欲的魔爪，赌场的病毒，
都无法侵害她岩石般的肌肤。
她蔑视淫荡，嘲笑死亡，
这两个魔掌无处不至的怪物
虽然破坏成性，恶毒无比
却丝毫不能破损她凛然的威仪。
她眠如王妃，行如女神；
她对淫乐怀有穆斯林般的虔诚，
她张开双臂，尽显乳峰的魅力，
她眼波流转，令多少痴男心旌摇荡。
她虽是不育之女
世界的运行却少不了她，
她深信：肉体之美乃是一种崇高的天赋
任何耻辱都将得以宽恕。
地狱、炼狱，她都不予理睬，
等到进入死亡的黑暗之途，
她如新生儿一般面对死神，
既无怨恨，——也无悔悟。

注　释

[1] 原诗作于1843年，直接收入1857年初版《恶之花》时，位居第85首；1861年再版时，位居第114首；1868年第3版时，位居第139首。

延伸阅读

※ 原诗是一首每行12个音节的诗，不分段，共20行，押连续韵，即aabbccddeeffgghhiijj格式。

※ 标题为《寓意》，但是显然题与内文并不相符，普雷阿认为，诗人所吟咏的女性，可能是萨巴蒂埃夫人。

※ 长发美女，在这个藏污纳垢的世界，企图出淤泥而不染，婷立于世，固守纯真，谈何容易！即便如此，又如何？

※ 这个寡廉鲜耻，罪恶的世界，何来纯洁？

※ 诗人揭示的是罪恶，向往的却是光明、纯洁、美好，尽管这一境界，是如此的虚无缥缈。

《PORNOCRATES》水彩水粉画　费利西安·罗普斯　75cm×45cm
1878 年　那慕尔　费利西安·罗普斯省立博物馆

144 贝雅特丽丝[1]

在满目烟尘寸草不生的焦土上，
有一天，当我对大自然大发怨言，
我的思绪盲无目的地漫游，
而思想的锋芒却亮光毕现，
我看见孕育着暴风雨的乌云
在这正午时分向我的头顶盘旋而来，
带来一群疯狂的恶魔，
个个残忍如好奇的侏儒。
这些恶魔冷眼注视着我，
犹如游人欣赏疯子，
他们挤眉弄眼，打着手势，
我听到他们交头接耳的讥讽与调侃：

——“我们来看看这个滑稽的小子
瞧瞧这个眼神游移披头散发的家伙，
简直是哈姆雷特[2]的幽灵再现。
这位古怪可笑的东西，
难道没有充满无赖汉的可悲，
他以为仅凭把这个角色演活，
就能让老鹰、蟋蟀、溪流、花草
也对他的痛苦产生共鸣，
甚至对我们这些耍花招的高人，
也要朗诵他那路人皆知的台词？”

如果不是从他们那诲淫的群魔中
这居然没有撼动太阳的恶魔里
发现我心中的秋波女王，
竟同他们一起嘲笑我悒郁的痛苦，
并且不时赏给他们淫秽的爱抚，

注　释

[1] 原诗最初发表于1855年6月1日的《两世界评论》，收入1857年初版《恶之花》时，位居第86首；1861年再版时，位居第115首；1868年第3版时，位居第141首。

[2] 哈姆雷特，莎士比亚同名剧中的主人翁。

延伸阅读

※原诗是一首每行12个音节的诗，共30行，分3段，押连续韵，即aabbccddeeff格式；第1段12行，第2段10行，第3段8行。

※原诗最初发表于《两世界评论》时，同《来自深渊的求告》（见本书106页）、《吸血鬼》（见本书108页）一起刊出；《来自深渊的求告》在1851年4月9日首次发表时题名也为《贝雅特丽丝》，刊于《两世界评论》时，改为《忧郁》；《吸血鬼》题名亦为《贝雅特丽丝》，之所以同题，是因为它们都是吟咏其情妇让娜·迪瓦尔之作。

※贝雅特丽丝原是但丁心仪至死的恋人，他在其不朽之作《神曲》和《新生》中歌咏过她，因此成为爱情的一个象征。

※波德莱尔从“贝雅特丽丝”，而后

我也许早就会不屑一顾地掉转头！
（我的自尊如高山，
难道还怕什么乌云和恶魔的鬼叫！）

"忧郁"，以至"吸血鬼"，由此展示了人间的血腥情路历程，是爱之深、情之痛的罕见之作，亦是对人间所谓"爱情"的解剖之血腥写真。

《装死（死亡戏剧）》版画　鲁道夫·布雷斯丹　1854 年　巴黎　法国国家图书馆

145 吸血鬼的化身（遭禁）[1]

这女人如火炭上的蛇一样扭动着，
一边揉捏着胸衣钢丝罩上的乳房，
一边从她那草莓味的嘴巴里，
流露出充满麝香般的话语：
——“我呀，我湿润的嘴唇
精通古今所有的床笫技巧。
我无敌的乳房能吸干所有的泪水，
我能让老人发出孩子般的笑声。
面对我赤身裸体的眼睛，
我就是他的明月、朝霞、碧空、繁星！
亲爱的博士，我精通快感，
当我把男人搂在我可怕的臂弯里，
或者任凭男人吮吸咬啮，
我娇盈柔嫩而又结实的胸乳，
在我这酥麻令你发狂的娇躯上，
阳痿的天使也愿为我赴汤蹈火！”

当她把我的骨髓吸干，
当我无力地向她转过身去
用一吻回报她的爱情
只见她变成一具充满脓液的皮囊！
我不由得寒噤不止，闭紧双眼，
等我睁眼重见光明时，
我的身边，再也看不到她的身影
那犹如模型般血气充盈的肉体，
瞬间只剩下骸骨残片在抖颤，
仿佛冬夜的风标或招牌
在寒风的招邀下，
发出一阵阵沁寒入骨的哀号。

注　释

[1] 原诗最初发表于 1857 年初版《恶之花》，位居第 87 首，系 1857 年 8 月 27 日被法院判处的 6 首禁诗之一。1864 年收入《19 世纪牧神巴拿斯》选集。

延伸阅读

※ 原诗是一首每行 12 个音节的诗，共 28 行，分两段，第一段 16 行，第二段 12 行，押连续韵，即 aabbccddeeffgghh 格式。

※ 原诗约作于 1851–1852 年间，是寄给戈蒂耶 12 首组诗之一。最初的手稿标题为：*L'outre de la Volupté*，可译为快感皮囊。

※ 古尔蒙在《文学散步》一书中宣称本诗与拉辛的悲剧《阿达莉》中的梦幻相似。戈蒂耶，在 1832 年出版的诗体小说 *Albertus* 中描述巫婆 Véronique 引诱一青年一夜风流，陶醉其中，后恢复原形，青年瞬间成骷髅。不能断言，波德莱尔没受其影响，但此诗表达的主题更为独到。

※ 吸血鬼扮成美女诱人上当，吸干骨髓后，露出本来面目，这是“恶之花”鲜明特征之一。

※ 与我国蒲松龄所著《聊斋志异》中的《画皮》，在主题表达上有异曲同工之妙。

《她》镀金框油画　古斯塔夫·阿道夫·摩沙　80cm×63cm　尼斯朱尔·切雷美术馆

146 爱情岛之旅[1][2]

我的心如鸟一样快乐地飞翔
自由地盘旋在船缆周围；
轻舟在无云的天空下摇荡，
犹如陶醉于阳光里的天使。

这是什么岛，如此凄凉阴郁？——这是爱神岛，
情歌飞扬的圣地，
所有单身老汉的温柔乡[3]。
你瞧，它竟然是一片不毛之地。

——这深含隐秘的温情之岛！
维纳斯千古流芳的幽灵
仿佛沁人心脾的清香在海上飘荡，
使眷恋与郁闷充塞我们的心。

金色的桃金娘[4]开遍你的每一个角落，
你获得了世人不朽的敬仰，
你使爱慕者的心中充满渴望
犹如玫瑰园里的芬芳浮动

又如失群的野鸽不停地悲啼！
——然而这爱情之岛不过是一座荒漠
遍野的乱石滩充满着凄厉的惊叫。
我从中隐约发现了一种奇景！

那不是绿树掩映下的圣殿，
并没有钟爱花草的妙龄女郎，
微风轻轻掀起她的衣裙，
撩动着她全身灼热的情焰；

注　释

[1] 原诗最初发表于1844年6月30日及8月1日《艺术家》，后发表于1855年6月1日的《两世界评论》，收入1857年初版《恶之花》时，位居第88首；1861年再版时，位居第116首；1868年第3版时，位居第141首。是1851–1852年间寄给戈蒂耶组诗12首手稿之一。

[2] 爱情岛，原文Cythère，可译为基西拉岛，或西岱岛、希垤；爱琴海上的希腊小岛，古希腊名为Kythera，可译为库忒拉岛，今名为Cérigo岛，因维纳斯由海中出生后在此岛上岸，故此岛又称爱神岛，即维纳斯岛，译者故译为爱情岛。

[3] 温柔乡，原文是Eldorado，直译应为黄金乡，传说南美洲北部有黄金乡，处处皆黄金。文中此处暗喻此岛为理想的欢境，故译者引申译为温柔乡。

[4] 桃金娘，亦可译为香桃木，维纳斯的神花，象征爱情与新婚，亦称之为爱情小灌木。

[5] 翠柏，原文是Cyprès，直译为苍柏、柏树、龙柏等，西方传说中喻此树为死亡之树，同桃金娘正好成对比。

[6] 啄去缢死者尸体上的生殖器。

[7] 指被绞死的犯人。

而是一座三脚绞架
当我们的白帆贴近海岸，
惊动的群鸟忽然闪现，
那黑影如翠柏[5]一样呈现在碧空里。

一群猛禽栖息在它们的猎物上
狂啄着这些腐烂的受刑者，
把它们尖刀般的污嘴
刺入血腥斑斑的每个角落；

眼睛啄成两个空洞，五脏破肚而出
肠子沉重地流到大腿上面，
它们把这丑恶的乐趣细细品尝，
一口一口地陶醉在阉割的快感中[6]。

悬尸脚下，一群垂涎欲滴的走兽，
仰起馋嘴，贪婪地狂转欲图一欢；
其中一只巨兽更是焦躁难熬
俨然被侍奉着的刽子手。

爱情岛的子民，美丽的天空之子[7]，
为了替你可耻的信仰赎罪
为了这死无葬身之地的罪孽
你默默地承受着这种种凌辱。

可笑的悬尸，你的痛苦即是我的！
从你摆动的肢体，我就感到，
往日的忧伤汇成辛酸的长河
如作呕似的从我的心头往上升涌；

可怜的死鬼，你怀有珍贵的回忆，
面对你我感到全身焦灼难忍
凶残的黑豹，阴毒的乌鸦

延伸阅读

※ 原诗是一首每行 12 个音节的四行诗，共 15 段，押环抱韵，即 abba 格式。

※ 原诗大约作于 1844 年，并在 1852 年的手稿上注明，诗是受吉哈·德·奈瓦尔（Gérard de Nerval，1808–1855，法国婉约派诗人）*Un voyage à cythére* 一文的启发而作。该文中，奈瓦尔描述了他在日出时分，站在甲板上，幻想着遥远的古希腊、维纳斯和眼前的爱情岛，但他隐约看到的是岸边的三脚绞刑架。波德莱尔看过此文，引发灵感，完成此诗，并题赠《献给吉哈·德·奈瓦尔》。

※ 波德莱尔没有去过此岛，但他的精神与视野无不闪现此岛的身影，那即是他的精神理想之国，一座欢乐之岛，鸟语花香，爱与美，情与乐，在那里欢聚，但他的视野所及却是无边的血腥，绞刑架上，一排排腐烂的尸体，在猛禽的啄食下，肚烂肠流，猛兽张着贪婪大口，随时攻击。

※ 诗人追求爱与美，受到的却是冷酷的现实给予的无情惩罚。

※ 此诗是对黑暗现实的无情解剖。

弗里斯　壁纸设计　1884 年

正嚼动着利齿蠢蠢欲动。

——天空如此美丽，大海波平如镜；
从此，这一切对我都变得血腥黑暗，
唉！我的心仿佛裹上厚厚的尸体，
深埋在这沉沉的寓意之中。

爱神啊！我在你的岛上，只看见
象征性的绞架耸立吊挂着我的心……
——啊！上帝！请赐给我勇气和力量
让我欣然地审视自己的身心！

《死亡之岛》画布油画（右） 阿诺
德·勃克林 66cm×82cm 1880
年 巴塞尔艺术博物馆

147 爱神与颅骨[1]

——旧尾花[2]

在人类的颅骨上面
坐着小爱神，
这个亵神的小东西，
厚脸笑盈盈，

扬扬得意地吹奏着
上天的泡泡，
仿佛它将要在天上
与众星相聚。

闪亮的气泡很脆弱
迅猛地飞腾，
砰的一声娇魂飞散
仿佛黄金梦。

我听到颅骨对气泡
祈求又悲叹：
“这残酷可笑的游戏，
何时才是头？”

“因为你的嘴太无情
凶残又冷酷！
吹飞的是我的脑髓
我的血和肉！”

注 释

[1] 原诗最初发表于1855年6月1日的《两世界评论》，是早期组诗《恶之花》18首之一。收入1857年初版《恶之花》时，位居第89首；1861年再版时，位居第117首；1868年第3版时，位居第142首。

[2] 尾花，报刊、书籍诗文后空白处的装饰性图案。

延伸阅读

※ 原诗是一首长短音节交替的四行诗，单行8个音节，双行5个音节，押交叉韵，即abab格式。

※ 原诗是诗人受尼德兰画家亨德利克·戈尔齐莫斯（Hendrik Goltzius，1558–1617）的两幅版画启发而作。画上描绘了小爱神吹泡泡，其中一幅描绘小爱神坐在人的颅骨上面。诗从中展开，生发出情之隐痛，这吹飞的不仅是我的脑髓，更有我的血和肉！

※ 由此结束了精神之旅的“恶之花”。

《头骨面前的男孩》木炭水彩画　马格努斯·恩克尔　70cm×100cm
1893 年　赫尔辛基·阿黛浓美术馆

你呀　博学俊美的天使

却背运横遭世人的辱骂

啊　撒旦　怜悯我这不尽的苦难

你呀，世之俊美的天使，

却遭命运横遭世人的侮蔑，

啊，撒旦，怜悯我这不尽的苦难！

你这流亡之君，尽管遭遇冤屈，

但失败更增添了取胜的力量，

啊，撒旦，怜悯我这不尽的苦难！

你无所不知，地狱的主宰，

医治人类痛苦的神医，

啊，撒旦，怜悯我这不尽的苦难！

就是麻风病人、该死的贱民，

你也能通过爱让他们领略到天堂的滋味，

啊，撒旦，怜悯我这不尽的苦难！

你让死亡，这个强壮的老情妇，

生出希望，——这个迷人的疯狂女，

啊，撒旦，怜悯我这不尽的苦难！

你赐给流亡者高傲冷静的目光，

使围观断头台的人七嘴评议，

啊，撒旦，怜悯我这不尽的苦难！

你知道善妒的上帝把宝石

深藏在大地的何处，

啊，撒旦，怜悯我这不尽的苦难！

你明亮的眼睛能洞察到

深埋在地底深处的财物，

啊，撒旦，怜悯我这不尽的苦难！

你的大手使梦游者

在高楼的边缘避免坠落，

啊，撒旦，怜悯我这不尽的苦难！

你的神奇能使醉汉的老骨

在马蹄下安然无恙，

啊，撒旦，怜悯我这不尽的苦难！

为了抚慰苦痛者，

你教会他们制造火药，

啊，撒旦，怜悯我这不尽的苦难！

你把你的印记巧妙地

打在为富不仁者的脸上，

啊，撒旦，怜悯我这不尽的苦难！

你给少女的心中

植入崇拜伤痕的热……

啊，撒旦，怜悯我这不尽的苦难！

你是流亡者的支柱、发明家的明灯，

绞刑犯和叛徒的心腹，

啊，撒旦，怜悯我这不尽的苦难！

那些被上帝逐出乐园的孤儿，

你是他们慈爱的养父，

啊，撒旦，怜悯我这不尽的苦难！

祷告

无论在你统治的天堂，

还是在你沉沦的地狱，

撒旦啊，我赞美你，光荣属于你！

但愿有朝一日，我的灵魂，

依偎着你，憩息在智慧树下，

犹如它繁茂的枝叶笼罩着新的庙宇

叛逆

148 圣彼得的否认 -150 献给撒旦的连祷文

148 圣彼得的否认[1]

上帝怎样处置这些诅咒的风暴
每天都向他宠爱的天使席卷？
而他竟如酒足饭饱的暴君，
任凭我们辱骂，他却安然酣眠。

殉教者与死囚犯的痛苦
无疑是部令人陶醉的交响曲，
因为，尽管他们为寻欢付出生命，
上苍却丝毫没有感到满足！

——啊！耶稣，你是否还记得那片橄榄园[2]！
当卑鄙的刽子手拿起铁钉[3]
钉入你的肉中，上帝听到这声音
却在天上发笑，而你跪在地上向他祈祷。

当你眼看着一帮无赖厨子和卫兵
用他们的唾液吐向你的圣体[4]，
当你感到那顶荆冠的荆棘[5]
深深地刺进你盛满仁慈的头颅；

当你伤痕遍体的沉重
压下你松弛的双臂
血汗不停地从你的额头涌出，
当你像靶子一样被拖出去示众，

你可曾想起那辉煌美好的时光
你为履行永恒的诺言而来[6]，
你骑着温驯的驴子，
走在鲜花枝叶铺满的路上[7]，

注　释

[1] 原诗最初发表于1852年10月的《巴黎评论》，收入1857年初版《恶之花》时，位居第90首；1861年再版时，位居第118首；1868年第3版时，位居第143首。圣彼得，耶稣的门徒，受到耶稣的器重，但耶稣被捕后，他怕连累自己，先后三次不承认认识耶稣。之后，彼得对自己的错误，作过深刻的反省。

[2] 橄榄园，即橄榄山，位于耶路撒冷之东。

[3]《新约·马太福音》第二十七章："他们都说，把他钉上十字架。"

[4]《新约·马太福音》第二十六章："他们就吐唾沫在他脸上。"

[5]《新约·马太福音》第二十七章："用荆棘编作荆冠，戴在他头上。"

[6]《旧约·创世纪》第十七章："我要与你并你世世代代的后裔竖立我的约，作永远的约，是要作你和你的后裔的上帝。"

[7]《新约·马太福音》第二十一章："众人多半把衣服铺在地上，还有人砍下树枝来铺在路上。"

[8]《新约·马太福音》第二十一章："耶稣进了上帝的殿，赶出殿里一切做买卖的人，推倒兑换银钱之人的桌子。"

[9]《新约·约翰福音》第十九章："唯

《橄榄树园中的上帝》画布油画　古斯塔夫·莫罗　80cm×75cm　1875年　巴黎　古斯塔夫·莫罗博物馆

你的心中充满了勇气和希望，
你挥臂痛打那些可恶的商人[8]，
那时你终于成为万民的主宰？
悔恨是否比尖刀更深地刺进你的心坎[9]？

——既然行动与梦想在尘世不可能联袂
我心甘情愿地离开这个世界；
不能仗剑而生只能刺剑而死！
圣彼得不认耶稣……他做得很好！

有一个兵拿枪扎他的肋旁，随即有血和水流出来。”

延伸阅读

※原诗是一首每行12个音节的四行诗，共8段，押环抱韵，即abba格式。

※在1858年8月20日开庭审讯时，原诗曾作为反基督教的诗受到指责，但并没判删除。诗人死后，由阿塞利诺和邦维尔编订第3版时，诗人的母亲曾反对将此诗再次收入，后因阿塞利诺的坚持得以保留。

※圣彼得的否认，何尝不是世人处事的真实面目，与其说是反宗教，不如说是对人性的赤裸解剖。

《重生》色粉纸板油画　让德尔·维尔　68.5cm×51cm　1900年　瑞士　私人收藏

149 亚伯与该隐[1]

I

亚伯的子孙，你吃喝安睡；
上帝正满意地对你微笑。

该隐的后裔，你这不幸的人
只能在土里生土里死。

亚伯的子孙，你的供奉
天使一闻即喜笑颜开！

该隐的后裔，你的苦刑
难道永远无休不止？

亚伯的子孙，你的播种
你的牧场都丰收兴旺；

该隐的后裔，你备受饥寒
活像一条老狗嗷叫。

亚伯的子孙，腆着饱肚
围坐在传家的火炉边；

该隐的后裔，可怜的豺狼
只能在洞窟里哆嗦！

亚伯的子孙，恋爱生育！
连黄金也能生金蛋。

该隐的后裔，燃烧着心，

注　释

[1] 原诗直接收入 1857 年初版《恶之花》，位居第 91 首；1861 年再版时，诗人略加修改，并分成以上两段，位居第 119 首；1868 年第 3 版时，位居第 144 首。

[2] 蝽，即蝽象或椿象（chun xiang），昆虫科，种类很多，身体圆形或椭圆形，头部有单眼，有的能放出恶臭，吸植物茎和果实的汁，多数是害虫。

延伸阅读

※ 原诗是一首每行 8 个音节的双行诗，每两段为一个韵组，押交叉韵，即 abab 格式。分两个部分，第一部分，共 12 段，第二部分，共 4 段。

※ 据《旧约·创世纪》第四章记载，亚伯与该隐是亚当和夏娃之子，该隐是长子，以种地为生，亚伯为弟，以放羊为生，是个牧羊人。兄弟以各自生产的成果向上帝献祭，上帝只看中亚伯的供品，引发该隐嫉恨其弟亚伯，并把他杀死于田野。上帝惩罚该隐，使他流离失所，四处漂泊。这是互相残杀的象征。

※ 诗人将此象征暗喻文学的两大流派，一派受当权者的恩宠，另一派遭受冷落和惩罚。由此引发对两派的冷讽与暗喻。

※ 此诗的象征意义远非如此！

你要当心强烈的欲念。

亚伯的子孙，欣欣向荣
像蝽[2]一样善于生存！

该隐的后裔，拖家带口
只能走投无路四处奔波。

Ⅱ
啊！亚伯的子孙，你的腐尸
也会使冒泡的土地肥沃！

该隐的后裔，你们不断忙碌
依然无法干完你们的活；

亚伯的子孙，真是可耻：
你们的剑竟敌不过长矛！

该隐的后裔，请登上天庭，
把上帝踏在地上！

《该隐》铜版画　洛维斯·科林特
44.8cm×33.7cm　1911年　蒙特利尔艺术博物馆

150 献给撒旦的连祷文[1][2][3]

你呀，博学俊美的天使，
却背运横遭世人的辱骂，

啊，撒旦，怜悯我这不尽的苦难！

你这流亡之君，尽管遭遇迫害，
但失败更增添了取胜的力量，

啊，撒旦，怜悯我这不尽的苦难！

你无所不知，地狱的主宰
医治人类痛苦的神医，

啊，撒旦，怜悯我这不尽的苦难！

就是麻风病人，该死的贱民
你也能通过爱让他们领略到天堂的滋味，

啊，撒旦，怜悯我这不尽的苦难！

你让死亡，这个强壮的老情妇，
死出希望，——这个迷人的疯狂女；

啊，撒旦，怜悯我这不尽的苦难！

你赐给流亡者高傲冷厉的目光
使围观断头台的人心怯神慌，

啊，撒旦，怜悯我这不尽的苦难！

注　释

[1] 原诗直接收入 1857 年初版《恶之花》，位居第 92 首；1861 年再版时，位居第 120 首；1868 年第 3 版时，位居第 145 首。

[2] 指《圣经》中的堕天使，曾是上帝座前的六翼天使，负责在人间放置诱惑，后来堕落成为魔鬼，被视为与光明力量相对的邪恶、黑暗之源。

[3] 连祷，原文是 les Litanies，宗教祈祷的一种形式，以反复咏诵的方式进行。

[4] 原文是硝石和硫黄，译者取其义，意译为火药。

[5] 1857 年《恶之花》初版时，无此段，1861 年再版时加入。

[6] 智慧树，原文是 l'Arbre de science，即知善恶树。典出自《圣经·创世纪》第二章及第三章：上帝在伊甸园中植有能分辨善恶的树，如吃了此树上结的果子，便拥有智慧，知羞耻，辨善恶。亚当和夏娃受蛇的诱惑，偷吃了此果，被上帝逐出伊甸园。

延伸阅读

※原诗是双行加一感叹句的连祷文，押循环韵，共 15 段，1861 年再版时，又加了一段 6 行的祷告。

※撒旦，即魔鬼，在诗人的心目中，是

你知道善妒的上帝把宝石
深藏在大地的何处，

啊，撒旦，怜悯我这不尽的苦难！

你明亮的眼睛能洞察到
深埋在地底深处的财物，

啊，撒旦，怜悯我这不尽的苦难！

你的大手使梦游者
在高楼的边缘遇死逢生，

啊，撒旦，怜悯我这不尽的苦难！

你的神奇能使醉归的老汉
在马蹄下幸免于难，

啊，撒旦，怜悯我这不尽的苦难！

为了使弱者奋进，
你教会他们制造火药[4]，

啊，撒旦，怜悯我这不尽的苦难！

你把你的印记巧妙地，
打在为富不仁者的脸上，

啊，撒旦，怜悯我这不尽的苦难！

你给少女的心中
植入惜贫怜弱的根，

时常痛骂的对象，如在本书的《致读者》《意外》《毁灭》等，但在本诗中，他却被当成受迫害者、流亡者、失败者、叛逆者而倍加赞颂，其实这是一种叛逆行为，是对当时主流社会的一种否定，由此可知诗人精神世界的取向。

啊，撒旦，怜悯我这不尽的苦难！

你是流亡者的支柱，发明家的明灯，
绞刑犯和叛徒的心腹，

啊，撒旦，怜悯我这不尽的苦难！

那些被上帝逐出乐园的孤儿
你是他们慈爱的养父，

啊，撒旦，怜悯我这不尽的苦难！

祷告[5]

无论在你统治的天堂
还是在你沉沦的地狱
撒旦啊，我赞美你，光荣属于你！
但愿有朝一日，我的灵魂，
依偎着你，栖息在智慧树下[6]
犹如它繁茂的枝叶笼罩着的新的庙宇

《路西法》画布油画　弗朗兹·冯·斯塔克　161cm×152cm　约1890年　索菲亚·圣西里尔和迪乌斯国际基金会

但是真正的行者只为旅行而出发

他们绝不会躲避厄运

心胸宽阔如轻飞的气球

不管何时何地总是向前走

死亡

151 恋人之死[1]

我们将拥有一张充满幽香的床，
如墓穴一般深的长沙发，
架子上摆满奇花异葩，
在格外美丽的天空里绽放。

我们将耗尽最后的热情，
两颗心好比两堆烈焰
两个灵魂合成一对明镜
在互映中闪现光辉。

在碧蓝粉红交织的神秘之夜，
我们将唯一的电光互换
如一声充满哀怨的叹息；

随后，将有忠实快乐的天使，
轻轻推开心灵的门扉，
把沉寂灰暗的双镜重新唤醒。

《死亡女神》木炭水彩画 保罗·高更 23.9cm×29.3cm 1891年 巴黎 卢浮宫

注 释

[1] 原诗最初发表于1851年4月9日的《议会通迅》，为组诗《冥府》11首之一；收入1857年初版《恶之花》时，位居第98首；1861年再版时，位居第121首；1868年第3版时，位居第146首。

延伸阅读

※原诗是一首每行10个音节的十四行诗，前两段，押交叉韵，即abab格式，后两段先押连续韵，后押交叉韵，即aab cbc格式。

※原诗音韵优美，节奏轻快，色彩明丽，是一首优美动人的情诗。

※1851年首次发表后，立即成为名诗，是波德莱尔的杰作之一，被很多作曲家谱曲，传唱，如德彪西、希福利、李斯特等。甚至法国作家余斯曼（Huysmans，1848-1907）还将其抄写成书法作品。

※此诗被誉为象征主义的顶峰之作。

《魅力》彩色石版画　爱德华·蒙克洛维斯　47.2cm×35.5cm
1896 年　奥斯陆　蒙克博物馆

152 穷人之死[1]

是死亡给人安慰，唉！又使人生存；
它成为生活的唯一希望和目标
如琼浆一样使我们振奋、沉醉，
增添我们走向黄昏的勇气；

这是越过浓霜、穿过飞雪，迎着风雨，
从黑暗的地平线上升腾的光明；
这是记载在册的著名逆旅[2]，
可以在此欣然品茗，安然入眠；

正是天使，用磁力的双手[3]
把握着睡眠入梦的赠礼，
替赤裸的穷人铺就床铺；

这是圣灵的荣耀，是神秘的粮仓，
这是穷人的钱袋，是古老的家乡，
它是通往未来之国的天门！

注　释

[1] 原诗直接收入 1857 年初版《恶之花》，位居第 99 首；1861 年再版时，位居第 122 首；1868 年第 3 版时，位居第 147 首。

[2] 典出自《圣经·新约·路迦福音》第十章：耶稣回答说："有一个人从耶路撒冷下耶利哥去，落在强盗手中。他们剥去他的衣裳，把他打个半死，就丢下他走了。唯有一个撒玛利亚人行路来到那里，看见他就动了慈心，上前用油和酒倒在他的伤处，包裹好了，扶他骑上自己的牲口，带到店里去照应他。"

[3] 指德籍医生麦斯麦（1734–1815）发明的一种类似催眠术的动物磁力说的医疗方法。

延伸阅读

※ 原诗是一首每行 12 个音节的十四行诗，前两段押交叉韵，即 abab abab 格式，后两段先押连续韵，后押环抱韵，即 aab ccb 格式。

※ 原诗作于 1852 年，有手稿为证。曾被莫里斯·罗利拿（Maurice Rollinat）谱曲。

※ 诗人将死亡标榜为天使，并称：死亡给人安慰。这是至痛之语。现实之苦无法去之，只能入天国安享幸福，将人世的痛苦解脱在天国，且能饱肚。安睡入梦。沉痛之极语。

※ 沉痛之极语！

《想取暖的瘦子》画布油画　詹姆斯·恩索尔　75cm×60cm　1899年　美国　得克萨斯州　沃思堡·金伯利美术馆

153 艺术家之死[1]

阴郁的漫画[2]，我得摇动
多少次铃铛[3]，吻多少回你的额头？
为了射中你神秘本质的标的，
箭筒啊，我还需消耗你多少支箭？

我们挖空心思，费尽心机，
还要把无数沉重的骨架[4]毁弃，
才能看到那伟大的创造物
这悲苦的愿望真令人心碎！

有的人至死无缘一睹偶像[5]，
这帮受尽凌辱的苦命的雕塑家，
只能不断地捶首顿足，

阴郁奇特的殿堂[6]，唯有希望！
这高悬的死亡如旭日之光，
能使他们脑袋里的花竞相开放！

注　释

[1] 原诗最初发表于1851年4月9日的《议会通讯》，是组诗《冥府》11首之一。收入1857年初版《恶之花》时，诗人做了大量修改，位居第100首；即初版《恶之花》压卷之作；1861年再版时，位居第123首；1868年第3版时，位居第148首。

[2] 对艺术家而言，不理想的作品只能是漫画而已。

[3] 指小丑表演滑稽时的摇铃动作。

[4] 骨架，原文是armature，雕塑术语，指雕像内的骨架。

[5] 偶像，指理想中的作品。

[6] 殿堂，原文是Capitole，指古罗马卡皮托利（Capitolinus）山上的朱庇特神殿。古代凯旋者的战车可以光荣地进入此殿。此处象征艺术最高境界。

延伸阅读

※ 原诗是一首每行12个音节的十四行诗，前两段押环抱韵，即abba abba格式，后两段先押环抱韵，后押连续韵，即abb acc格式。

※ 原诗一经发表，即引起评论家们的多重争议。焦点之一，认为原诗晦涩难解。译者颇不以为然。诗的表述非常明确：艺术家一生追求自己作品的完

美，至死仍缺憾不断，唯有死亡才完成了这一无休不止的追寻。

※从另一层面理解，艺术何尝不是“艺无止境”？艺术家何尝不是探寻不止，至死方休！

《瘦子画家》画布油画　詹姆斯·恩索尔　37.5cm×45.5cm　1896年　安特卫普皇家博物馆

154　一天的结束[1]

在一片灰色的光里
无耻、喧嚣的生活
就这样无因由地闹腾着。
因此，当夜色从地平线升起

欢快的时刻随之来临，
一切都将抚平，甚至饥饿，
一切都将消弭，甚至羞耻，
“总算到头了！”诗人自嘲道，

我的灵魂，我的脊背，
都急切地祈求安眠；
我的心备受噩梦的侵扰，

“我要仰面朝天躺下
裹在你的暮色里面，
啊，多么凉爽的黑暗！”

注　释

[1] 原诗最初收入 1861 年再版《恶之花》时，位居第 124 首；1868 年第 3 版时，位居第 149 首。

延伸阅读

※ 原诗是一首每行 8 个音节的十四行诗，前两段押交叉韵，即 abab abab 格式，后两段先押交叉韵；后押环抱韵，即 aba bba 格式。

※ 诗中描述经一整天的奔波、劳碌，终于在日暮时分，将烦恼一同结束，仰面朝天进入安眠。

※ 诗极力描摹对黑暗的企盼，实则是对黑暗的现实生活的厌恶与否定。

※ 沉痛之诗!

《死亡女神》木炭水彩画　保罗·高更　33.5cm×23cm　1891年　巴黎卢浮宫

155 奇人之梦[1]

——致费利克斯·纳达尔[2]

你是否像我一样体验过快乐的痛苦，
而且让人议论："哦，真是个怪人！"
——我难过得要死。这是我多情的心，
欲望混合了因恐怖而产生的怪病；

那是焦虑与渴望交织的无助。
命运的沙漏越是清空，
我的痛苦越是强烈；
我的心也就更加远离这个世界。

我就像一个酷爱看戏的孩子，
憎恨落幕，犹如憎恨障碍……
冷酷的真相终于被揭开：

我将毫无悬念地死去，可怕的曙光
将我的身心覆盖。——怎么！仅此而已？
帷幕已经揭起，我却依然期待。

注　释

[1] 原诗最初发表于1860年3月15日的《现代评论》，收入1861年再版《恶之花》时，位居第125首；1868年第3版，位居第150首。

[2] 费利克斯·纳达尔（Féliecmx Nadar，1820—1910，原名Tournachon），法国作家、画家、摄影家，曾自制巨型气球，作冒险飞行。是波德莱尔的朋友，曾为其画过肖像。

延伸阅读

※原诗是一首每行12个音节的十四行诗，前两段押交叉韵，即abab abab格式，后两段先押连续韵，后押交叉韵，即aab cdc格式。

※此诗是献给波德莱尔友人费利克斯·纳达尔的，纳达尔喜冒险，有种种奇险经历，曾九死一生。诗人借此抒发对人生的感悟与理解。我们何尝不是也在"快乐的痛苦"中，感到"痛苦越是强烈，越是感到舒服"？但最终我们"依然是在期待"。

《夜夜的梦》铅笔油墨画　阿尔弗雷
德·顾彬　26.3cm×23.5cm　1900-1903
年　维也纳　阿尔贝蒂娜博物馆

156 旅 行[1]

——致马克西姆·杜·康[2]

I

对于喜爱地图和版画的孩子而言，
世界等同于他们强烈的欲望。
啊，灯光下的世界多么辽阔！
而在记忆里，它却是多么的渺小！

早晨，我们出发，胸中充满激情，
心底却孕育着苦涩的憧憬与怨恨，
我们随着波涛的起伏前进，
在有限的大海上闪现无限的遐想：

有的庆幸逃出可耻的国度；
有的庆幸逃离恐怖的故乡，
沉湎女色的星士[3]，
庆幸逃脱暴虐魔女[4]的迷药。

为避免变成禽兽，他们陶醉
在宇宙、光明和火一样闪烁的空中；
啮人的冰，烘烤他们的骄阳，
渐渐抹去他们的吻。

但是真正的行者只为旅行而出发
他们绝不会躲避厄运，
心胸宽阔如轻飞的气球，
不管何时何地总是向前走！

行者的欲望如天上的云，
他们像梦见大炮的新兵，
渴望着不断变幻的狂欢，

注 释

[1] 原诗最初发表于1859年4月10日的《法国评论》，1861年《恶之花》再版时，位居第126首；1868年第3版时，位居第151首。

[2] 马克西姆·杜·康（Macmxime Du Camp，1822–1894），法国诗人、小说家、旅行家，曾两次赴东方旅行，到过埃及、巴勒斯坦、努比亚、叙利亚。同时，他既是第二帝国时期（1852–1870）的显贵，又是《巴黎评论》的创办人之一，亦是《两世界评论》的特约撰稿人。同波德莱尔、福楼拜是朋友。

[3] 星士，此处是一典故，出自爱伦·坡短篇小说《莱吉亚》。文中主角，把莱吉亚的双眼比做双子星，把自己比做虔诚的星士，即占星家。

[4] 暴虐魔女，原文是Gircé，音译为喀耳刻，出自古希腊神话，喀耳刻是太阳神赫利俄斯与珀耳塞之女，精通巫术，住在埃埃厄岛，她让人喝下她调制的魔酒，用魔杖一敲，能让人变成动物。她曾用此法将俄底修斯的同伴变成了猪。文献见于荷马《俄底修斯之歌》第10歌。

[5] 伊加利亚，原文是Icarie，爱琴海中希腊岛名，古希腊神话中伊加罗斯即在此岛海域坠海身亡。法国空想社会主义者艾迪安·卡贝（Étienne Cabet，

《憎恶》羽笔油墨画　阿尔弗雷德·顾彬　30.8cm×32.5cm　1900–1903年　维也纳　列奥波多博物馆

人的智慧无法知晓其名！

Ⅱ

真可怕，我们居然像旋转的圆球陀螺
跳跃旋舞；甚至睡梦中
也被好奇心辗转驱使而饱受折磨，
犹如鞭笞太阳的冷酷天使。

古怪的命运，你的目标变化无常，
踪迹皆无，又无处不在！
人类对你充满希望，从不厌倦
为获安息却只能像疯子一样奔波不止！

我的灵魂正是一艘三桅船；
为寻找它的伊加利亚[5]，甲板上惊呼："瞧！"
桅楼上传来疯狂的呐喊：
"爱情……光荣……幸福！"糟糕！却碰上了暗礁！

望水手所指的每一座岛
都是命运女神赏赐的黄金乡[6]；
想象力已摆好狂欢的筵席
结果只看见暗礁辉映着晨光。

唉！这个憧憬乌有之乡的可怜虫！
杜撰发现新大陆的醉鬼水手，
难道不该给他套上镣铐，扔进大海
他的幻影使大海变成苦海？

仿佛在泥浆中挣扎的老流浪汉，
却仰望上苍梦想着天堂的奢华
只要看到有烛光的地方
那着魔的双眼，就像发现了卡普亚[7]。

1788–1856）于1840年发表所著空想小说《伊加利亚旅行记》，为实现空想，于1848年在美国得克萨斯、1849年在伊利诺伊建立共产主义的社区，均以失败告终。

[6] 黄金乡，原文是Eldorado，15、16世纪，盛传美洲某地盛产黄金，引发欧洲航海家蜂拥从事海上探险。

[7] 卡普亚，原文Capoue，原指意大利古城，位于那不勒斯境内，公元前216年至公元前215年间，汉尼拔的军队曾在此驻扎，过着豪奢享乐的生活，以致丧失战斗力。故亦可意译为温柔乡、安乐窝、乐土等。

[8] 象鼻偶像，指印度神话中的智慧神伽尼娑（Ganesa），有长长的象鼻、象头、人身、小眼，又称象头神，是人象结合后的智慧象征。为文学的保护神。人们在旅行时，常求他保佑一路平安。戈蒂耶在东方旅记中曾记录此事。印度民族运动领袖第拉克曾利用祭祀象鼻偶像反对英殖民者。

[9] 使徒，被派往各处传教的基督徒。

[10] 犹太人，传说耶稣被押赴刑场时经过一皮匠门口，想休息一下，遭到皮匠的侮辱。这个皮匠是犹太人，故犹太人被罚四处流浪。

[11] 它，指时间，原文表述为：ruor le temps，直译为杀死时间，引申义应为"消磨时间"。亦指前一行的rétiaire（斗士）；古罗马竞技场中，斗士手持匕首、三叉戟、网罟，用网罟住对方，使对方动作失灵。故有"时间"也如此"卑鄙"之说。

[12] 忘忧果，原文Lotus，是非洲库瑞奈亚盛产的一种灌木果实，据说异乡人吃后，即忘记自己的家乡。参见荷马史诗《俄底修斯之歌》第9歌第96行以下。

[13] 指唱歌的人。

[14] 皮拉得斯，古希腊神话中的王子，阿伽门农的外甥，俄瑞斯忒斯的密友。俄瑞斯忒斯因母亲弑夫另嫁，而弑母为父报仇，之后，两人一起逃亡。波德莱尔常把自己比做俄瑞斯忒斯，因为他的母亲也再嫁人。此处意为朋友。

[15] 厄勒克特拉，古希腊神话中阿伽

Ⅲ

非凡的行者！我在你们深邃如海的
眼中读懂了令人肃然起敬的经历！
请打开你们富如宝库的记忆，
闪现出你那繁星与天空织就的至宝。

我们不想凭借汽车和船帆的力量远行！
为了把这牢狱一般的生活化为欢畅，
请铺开你们以天际为框的记忆，
展现出我们如画布一样敞开的心。

告诉我，你们看见了什么？

Ⅳ

“我们看见了繁星
和波浪；也目睹了沙滩；
虽然屡遭灾祸打击的刺激，
我们却依然像在这里一样感到厌倦。

“太阳的光辉闪耀在紫色的海上，
城市的荣耀映沉在落日之中，
我们的心中点燃着不安的热望
渴盼着投入映照着迷惑之水的天空。

“最富丽的都市，最壮美的风景，
都不曾拥有如此神秘的魅力
这风云际会变幻无穷的美丽。
欲望总使我们感到渴盼的悲哀！

“——而欲念使欲望增添着力量。
欲望，你这以快乐为养分的老树，
你的树皮愈厚愈硬，
你的枝叶愈是渴盼亲近太阳！

门农与克吕泰涅斯特拉之次女，俄瑞斯忒斯的姐姐，曾鼓励其弟弑母为父报仇。后嫁给皮拉得斯。此处暗指诗人的情人让娜·迪瓦尔。

[16] 暗指诗人的母亲。

延伸阅读

※原诗是《恶之花》中最长、最重要的一首长篇四行诗，每行 12 个音节，押交叉韵，即 abab 格式。

※共八章，其中第三章的最后一行只半句作为章尾，另半句作为第四章的开头，而第四章的最后一行作为第五章，仅半句，另半句作为第六章的开头；结构奇特，但并非别出心裁，故弄玄虚，乃内容及表达所决定。

※诗人经历了 1857 年《恶之花》首版之苦后，在 1861 年编订再版本时，把 126 首诗精心编排，使之成为有首有尾的有机体，并特意将此诗排在结尾，作为全书的总结。

※正如诗人自述的：“《恶之花》是首尾相接，结构完整之作。”

※诗人感叹人生苦如无尽头的辛酸之旅，生活即令人无法逃脱的痛苦、忧郁，这漫漫辛酸之旅所得种种体验，不外乎厌倦和无聊，永远也摆脱不了时间之网，只有死亡才能治愈他苦难的灵魂，使他能一窥未知世界的新奇。

※全诗 8 章，分别表述：人生即旅程，目标是不定的无休止的困惑，透过旅游窥视世界灵魂的深幽之地；不尽的欢欲，在痛苦之中被爱情、权欲、信仰所笼罩，只能在不断的革命与麻醉中迷醉；而操纵生命的是时间，只有死亡才能解脱，才能走向未知世界，去领略生命的新奇。

※至此全书完成，各篇既可独立，又前后一贯，成为波德莱尔解剖、表述这个世界观感的一个有机完整的系统，亦可称谓诗人一生追寻的心路历程。

“你这比柏树更具活力的大树，
你还长吗？——然而，我们已经
为你贪婪的画册收集了一些图，
你这视远景为美的兄弟！

“我们曾向象鼻偶像求拜[8]；
目睹了镶满宝石的御座的辉煌；
那些兰宫桂殿般精美的仙境
足以令你们的银行家自惭形秽；

“我还看见了令人目眩神迷的服饰；
看到将牙齿和手指染色的美女，
让蛇缠身亲昵自如的杂耍者。”

V

还看到什么呢？

VI

“唉，幼稚的脑袋！

“有一些事情不应该忘记，
我们并不想看，却随处可见，
沿着命运的梯子自上而下，
无处不至的罪孽时时闪现：

“女人是卑贱傲慢而愚蠢的奴隶，
毫无愧色毫不厌烦地恋己；
男人是贪婪、好色、荒淫无耻的暴君，
是奴隶之奴，阴沟之水；

“享乐的刽子手，悲泣的烈士；
以血为调料的芳香欢宴；
权力之毒令独裁者瘫痪，
愚昧之鞭却使百姓欢喜；

“宗教虽多，大同小异，
各有信仰，无不通向天堂，
就好像考究之士躺在鸭绒床上，
从钉板、鬃衣之中寻找苦修的乐趣；

“饶舌的人类，自以为聪明，
古今无一不疯癫痴狂，
在极度的苦闷时无不向上帝狂叫：
‘哦，我的同类，哦，我的主宰，我诅咒你！’

“那些爱癫狂并不愚蠢之徒，
在逃出命运幽梦的群氓之后，
却陷入鸦片无边的驾雾腾云之中！
——这便是全球永不变更的报告。”

Ⅶ
从旅行中获得的知识真是辛酸！
这乏味狭小的世界，无论是过去、现在或将来，
我们看到的永远是自己的面影：
烦恼沙漠中的恐怖绿洲！

走？还是留？若留则留；
若走则走，有奔跑者，有龟缩者
为的是躲避机警的天敌，
时间！唉！这永不停息的奔波者，

他们如使徒[9]，仿佛漂泊的犹太人[10]，
乘船或坐车，都躲不过，
这可耻的斗士；有的人却不挪窝儿
在消磨中杀死它[11]。

当时间踏上我们的脊背，
我们只能怀抱着希望高呼：前进！

就像从前我们向中国行进时那样，
眼睛凝视着海面，任海风吹乱我们的头发，

怀着一颗年轻旅人的快乐之心
我们登舟驶向冥国的海上。
请听那迷人而阴郁的歌声，
“到这里来吧！你们可以吃到

芬芳的忘忧果[12]！你们一心
向往的奇果，就在这里；
这儿的午后充满着奇妙的温柔
永无止境，请尽情沉醉！”

听到这熟悉的声音，就知道是何方的幽灵[13]；
我们的皮拉得斯[14]正向我们伸出双臂。
“驶向你的厄勒克特拉[15]，宽宽你的心！”
这是我们曾吻过她双膝的女人[16]在呼唤。

Ⅷ
啊，死神，老船长，时间到了！该起锚了！
我们已倦于此间，啊，死神！出发吧！
管他天地黑如墨汁，你知道，
我们的内心深处充满了光明！

请给我们倒满毒酒，它将鼓舞我们！
趁我们头脑发热，我们要不顾一切，
管他下地狱，还是上天堂，这有什么关系！
跳入这未知之国的渊底去猎获新奇？

《船》油布油画　欧也尼·布丹
64cm×47cm　1875年　巴约纳·博
纳博物馆

唉　实在是对不起

我不能折腰

也不能下跪

I

你是不是，我的至爱，

那纤纤所指的小姐

爱情、游戏，护佑全是，

你你的心手涂满，但偏关门；

你也不再呼唤，我的至爱，

我的娇弱的手腕

你的铁扑钟声飘飘

为你增添了多少光彩

那些把我捆缚已箍，

往昔的魅影依然留存。

我已经厌烦

只有肖像之你犹在，

我爱你那终结段之气息，

那假若能的新艳菜莱！

不！你永远也不会忘怀！

你难道躲开从者

风流之气随风飘扶，

我偏爱那平深之味

那些同时存留的两个

你难道躲开从个？

问美的伟大辞什么

不是要你就是花儿？

我喜欢你的五颜六色

我不爱你那全部的两手啊，

这些可怜的神的名！

你的诱惑，我如流天之谷，

那往你好好的细节

那它少的的那精确的命运，

发生到面颊上的秀发，

细流似乎在回旋往复，

你的眼睛泛又灰白光，

流上升到红火的时，

美好使你的脸颊上升起

一道更好看的情！

你的眼睛（又美丽）

你目没有她的眼睛

拥抱我们的运途，

你这般时，护放之门槛

拥抱我们，淡忘我们

多么甘美！多么甜蜜！

你大腿上的

大手掌揽住了之处

风吹大地无尽之处

乘车之路从于飞翔

你的大腿上要

你的眼眶如天，

而且在眼之前来，

你的眼睛承受，

就像眼睛没有出路

（然后它存在的原本！）

II

脉冲，也就受住它，

我神经里它有的同行，

如果两天时光，

我的心上无比沉痛，

你该自己吧，灵魂！

我存心有蹊，不能折服

有疑虑，也不能下跪，

这对大丈夫有些太过，

"唉！实在是对不起！"

我不能祈祷，也不能下跪，

哦！真是痛苦之极。

无法祛恶魔之灼，

那要撞击我之处，

你如何亲吻！

哦！真是痛苦之极！

真是令人痛心之极，

不能成为你的神往，

才使不得你分开，

地狱之火啊！我在爱，

[illegible]

因为我早就爱上了你，

那么自然！无悔，

我要追求那么长，

只要这完美陶醉，

真的！老魔鬼，我爱你！

附录

残骸集

（1 承诺之脸 -5 闹鬼的小酒店）

《恶之花》各版目次对照表

波德莱尔生平年表

跋 / 文爱艺

《残骸》（卷首插画）铜板雕刻 费尔南德·赫诺普夫 19.8cm×12.8cm 1866年 那幕尔 费利西安·罗普斯省博物馆

1 承诺之脸

苍白的美人，哦，我爱你低垂的双眉，
　　黑暗似乎从中奔涌；
你的眼睛，虽然深幽，却令我神往
　　从中无丝毫的悲绪溢出。

你的眼睛，与你一头的黑发互应，
　　柔韧而浓密的秀发延展，
你的眼睛，无神地对我说：
　　“你对诗情有独钟，

“只要你不辜负我们对你的希望，
　　坚持你承许的诺言，
你就能看到我的赤裸之躯，
　　从肚脐一直到臀部；

“你就能看到那一对香乳娇美隆起，
　　头部如两枚闪闪的粉色勋章，
那平滑温润的肚子，柔软如天鹅之绒，
　　秀美的容颜似清丽亮闪之茶，

“平川之下，细草蓬密丛生
　　秀艳之景，姊妹之情横溢，
那柔软卷曲之波，胜似这夜色深浓，
　　无星之夜的漆黑！”

延伸阅读

※原诗收入1866年2月在荷兰首都阿姆斯特丹出版的《残骸集》(*Let EPAVES*)时，位居第11首。

※原诗是一首长短句交替的四行诗，共5段；长句12个音节，短句8个音节，均押交叉韵，即abab abab格式。

《赤裸裸的调情》画布油画　安东尼·威尔兹　97cm×72cm　1856年　布鲁塞尔　现代艺术博物馆

2 魔　鬼

I

你是不是，我的至爱，
维约特[1]所指的小姐。
爱情，游戏，护佑至爱，
在你的心中沸腾，但锅太旧！
你已不再鲜嫩，我的至爱，

我的姑奶奶！回顾
你的伙伴神魂颠倒
为你增添了多少光彩
那些把戏虽然已逝，
往昔的魅影依然留存。

我已乏然无味
尽管青春之韵犹在；
我爱你依然如秋之果息，
胜似春花的娇艳柔美！
不！你永远也不会乏味！

你依然魅力丛生
风流之气随风起伏；
我品尝到辛辣之味
锁骨间却存留陶醉；
你依然魅力丛生！

可笑的情人算什么
不是傻瓜就是苦瓜！
我喜欢你的玉颈香艳
我不爱萨洛蒙王[2]的肩上胛，

注　释

[1] 路易斯·维约特（Louis Veuillot，1813 年 3 月 7 日 –1883 年 10 月 11 日），法国天主教评论家、记者、编辑，曾恶毒抨击波德莱尔。

[2] 萨洛蒙（Salomon，公元前 970– 前 931），古以色列国王。

[3] 康康舞：19 世纪流行于巴黎的娱乐性舞蹈。

延伸阅读

※ 原诗是一首每行 8 个音节的五行诗，押交叉韵，即 ababa 格式。

※ 全诗分成两章，共 15 段。第一章，10 段，魔鬼之诱；第二章，5 段，心灵之痛。

《绿色与自然》水彩水粉铅笔画　费里西安·罗普斯　27cm×19.5cm
1875 年　私人收藏

这些可怜的滑稽客！

你的秀发，犹如蓝天之盔，
遮住你好战的前额，
缺心少肺的神情溢出脸庞，
盘收到后脑上的秀发，
如蓝色之盾护不住尾。

你的眼睛似飞灰尘泥，
泥土里却灯火闪烁，
光焰在你的粉腮上争艳，
一道电影雷动闪过！
你的眼睛飞灰尘泥！

你自负香艳的嘴唇
挑衅我们的苦涩；
你这嘴唇，伊甸之门扉
刺激我们，诱惑我们。
多么自负！多么香艳！

你大腿丰腴
天生攀附欲火之巅，
风雪天地无钱之虞。
康康之舞[3]从中飞舞。
你的大胆丰腴；

你的肌肤如火，
如母狼缺乏温柔，
你的肌肤无汗，
就像眼睛没有泪珠。
（然而它有它的温柔！）

II
蠢妇，见鬼去吧！

我倒是想与你同行，
如果晴天霹雳，
我的心境无波澜。
你独自去吧，见鬼！

我有心有肺，不能折腰
有膝盖，但不能下跪，
这对天主有些失礼。
“唉！实在是对不起！”
我不能折腰，也不能下跪。

哦！真是痛苦之极，
无法赴恶魔之约，
那恶魔污秽之所，
你如何亲吻！
哦！真是痛苦之极！

真是令人痛心之极，
不能成为你的烛台，
不得不与你分开，
地狱之火啊！我的爱，
你说我该怎样痛苦，

因为我早就爱上了你，
那么自然！无悔，
我要追求恶之真谛，
只要这完美魔鬼，
真的！老魔鬼，我爱你！

《小天使的歌声》黑色铅笔水彩画　费里西安·罗普斯　22cm×15cm　1878-1881年　那慕尔　费里西安·罗普斯省博物馆

3 阿米纳·博斯凯蒂首演题诗[1][2]

——于布鲁塞尔银都剧场

阿米纳跳跃、后翻，微笑着旋转；
乡下佬说："所有的一切，都太玄乎；
我看不懂，这是什么，还林中仙子，
我只知道'草菜山'[3]上美女如云。"

笑眉传情脚尖轻盈，
阿米纳掀起幽默狂潮；
乡下佬说："滚吧！真会打情卖俏！
我的老婆才不会这么轻佻。"

腿脚健美的精灵，您哪里知道，
您是在教大象跳华尔兹，
令猫头鹰开心，让长颈鹳欢笑，

乡下佬对绝妙之舞大叫："救命吧！"
和蔼的酒神把葡萄酒[4]斟满，
魔鬼却说："我更爱翻泡泡的啤酒！"

注　释

[1] 原诗最初发表于1864年10月1日的《巴黎生活》。

[2] 阿米纳·博斯凯蒂，女舞蹈家，1864年曾在布鲁塞尔演出。

[3] 草菜山：布鲁塞尔一小街，以冶游闻名。

[4] 原文直译为勃艮弟，一种法国名葡萄酒。

延伸阅读

※ 原诗是一首每行12个音节的十四行诗，前两节押连续韵，即aabb aabb格式；后两节先押连续韵，后押交叉韵，即aab bab格式。

※ 诗人以舞蹈家阿米纳·博斯凯蒂首演之舞生发开来，抒发幽思。

※"乡下佬"无法欣赏舞蹈之妙，如同酒神好心斟上一杯葡萄美酒，他偏要一杯翻泡泡的啤酒！

※ 嘲讽之意，跃然纸上。

《在火中》油墨彩色铅笔画　费里西安·罗普斯　17.5cm×9.5cm　1878年–1881年　布鲁塞尔　个人收藏

4 致尤金·弗罗芒[1]先生

——一个自称他朋友的讨厌鬼

他说他很富有，
但他又害怕染上霍乱；
——他说他囊中羞涩，
却爱上歌舞剧院；

——他说他迷恋风景画，
欣赏柯罗[2]先生的风采；
——他说他还没有马车，
又说马车很快就来；

——他说他既爱大理石又爱砖，
爱黑木也爱黄金叶；
——他说他在他的工厂
有三个手艺精工；

——他说他持有北方股票[3]，
超过两万余股；
——所谓奥博诺尔[4]的神妙，
在他看来一钱不值；

——他说要把这些破烂，
通通送给旧货小贩，
跳蚤市场正热闹非凡，
他已不止一次大方出手；

——他说他并不是很爱妻子，
老娘的感情也不是很深厚，
但他又说他相信灵魂不死，
因为他已读过尼布瓦耶[5]的名著！

注　释

[1] 尤金·弗罗芒（1820–1876），法国画家、作家。原诗最初发表于 1867 年，收入《残骸集》时，排在第 22 首。

[2] 柯罗（Corot，1886–1875），法国风景画家，代表作有《林中仙女》等。

[3] 法国北方铁路公司发行的股票，在当时回报率极高。

[4] 奥博诺尔（1672–1742），法国建筑师，装饰画家、室内装饰家。

[5] 尼布瓦耶（1799–1883），波德莱尔同时代的文人，以写教诲小说著称。

[6] 图尔奈，比利时小城。

[7] 美国地名。

[8] 加斯科尼，法国旧省名，位于西南部。

延伸阅读

※ 原诗是一首每行 8 个音节的四行诗，押交叉韵，即 abab 格式，共 12 段。

※ 该诗为标准的讽刺诗；简洁明快，无须多言。

——他说他很在乎肉体之爱，
在罗马，日子很无聊，
一个女人，痨病深深，
却对他爱得死去活来。

他说了三个半小时，
健谈之舌来自图尔奈[6]，
叽里呱啦地；
说得我脑袋欲裂。

如果要形容我的痛苦，
这将是没有尽头；
我强忍怒火：
“至少，请让我小睡一会儿！”

我坐立不安，
又不能一走了之，
我的屁股磨蹭着椅子，
恨不得给他一刀子。

这个怪物就叫巴斯通[7]；
大难临头各自飞。
我得逃进加斯科尼[8]，
不然我就跳下水，

如果回巴黎，
他依然心有余悸，
千万在归途
别与这个图尔奈的小丑相遇！

《永生不朽》金底纸板油墨彩色铅笔画 哈维·梅乐里 80cm×58cm 大约 1890 年 布鲁塞尔 现代博物馆

5 闹鬼的小酒店

——位于布鲁塞尔至余克勒途中

你迷恋于死人之骨，
又沉醉于可憎的徽章，
以便给快乐添刺激，
（即便在吃煎蛋的时候！）

老法老，哦，蒙斯莱[1]！
我一看到这幅招牌，
心中就对你难以忘怀：
请你仰墓，咖啡酒店！

注　释

[1] 蒙斯莱（Monselet，1825–1888）专栏作家，也是一名记者、小说家、诗人、剧作家，绰号“国王的美食家”，喜爱玫瑰，著有烹饪等书。曾诋毁波德莱尔的著作，故得此讽。

延伸阅读

※ 原诗是一首每行 8 个音节的四行诗，共两段，押环抱韵，即 abba abba 格式。
※ 在比利时首都布鲁塞尔至余克勒途中，有一家临近墓地的小咖啡酒店，店名为“仰墓酒店”。诗人途经此地，不由触景生情，诗绪由此生发开来，意绪在瞬间溢出。
※ 请你仰墓，请君仰墓！

《枯瘦者的争吵》画板油画　詹姆
斯·恩索尔　21cm×15.5cm　1891
年　个人收藏

《恶之花》各版目次对照表

1857 年	1861 年	1868 年	中文全译本 （文爱艺 / 编 · 译 · 评）
第一版 （夏尔 · 波德莱尔 / 编）	第二版 （夏尔 · 波德莱尔 / 编）	第三版 （阿塞利诺和邦维尔 / 编）	序（文爱艺撰） 献辞 一本禁书的题词
致读者	献词	前言（戈蒂耶撰）	致读者

忧郁与理想	忧郁与理想	忧郁与理想	忧郁与理想
1/ 祝福	1/ 祝福	1/ 祝福	1/ 祝福
2/ 太阳	2/ 信天翁	2/ 信天翁	2/ 信天翁
3/ 高翔	3/ 高翔	3/ 高翔	3/ 高翔
4/ 契合	4/ 契合	4/ 契合	4/ 契合
5/ 我爱回忆那些毫无……	5/ 我爱回忆那些毫无……	5/ 我爱回忆那些毫无……	5/ 我爱回忆那些毫无……
6/ 灯塔	6/ 灯塔	6/ 灯塔	6/ 灯塔
7/ 病诗神	7/ 病诗神	7/ 病诗神	7/ 病诗神
8/ 谋生的诗神	8/ 谋生的诗神	8/ 谋生的诗神	8/ 谋生的诗神
9/ 恶僧	9/ 恶僧	9/ 恶僧	9/ 恶僧
10/ 敌	10/ 敌	10/ 敌	10/ 敌
11/ 厄运	11/ 厄运	11/ 厄运	11/ 厄运
12/ 昔日	12/ 昔日	12/ 昔日	12/ 昔日
13/ 漂泊的吉卜赛人	13/ 漂泊的吉卜赛人	13/ 漂泊的吉卜赛人	13/ 漂泊的吉卜赛人
14/ 人与海	14/ 人与海	14/ 人与海	14/ 人与海
15/ 地狱中的唐璜	15/ 地狱中的唐璜	15/ 地狱中的唐璜	15/ 地狱中的唐璜
16/ 傲慢的惩罚	16/ 傲慢的惩罚	16/ 致邦维尔	16/ 致邦维尔
17/ 美	17/ 美	17/ 傲慢的惩罚	17/ 傲慢的惩罚
18/ 理想	18/ 理想	18/ 美	18/ 美
19/ 女巨人	19/ 女巨人	19/ 理想	19/ 理想
20/ 首饰（遭禁）	20/ 面具	20/ 女巨人	20/ 女巨人
21/ 异国的芬芳	21/ 美颂	21/ 面具	21/ 首饰（遭禁）
22/ 我爱你……	22/ 异国的芬芳	22/ 美颂	22/ 面具
23/ 我想把整个世界……	23/ 黑发	23/ 异国的芬芳	23/ 美颂
24/ 尚未满足……	24/ 我爱你……	24/ 黑发	24/ 异国的芬芳

25/ 穿着波状的……
26/ 舞蛇
27/ 腐尸
28/ 来自深渊的求告
29/ 吸血鬼
30/ 忘川（遭禁）
31/ 某夜我躺在……
32/ 死后的悔恨
33/ 猫
34/ 阳台
35/ 如果我的名字……
36/ 她的全部
37/ 今晚你说什么呢……
38/ 鲜活的火炬
39/ 给太快活的女郎（遭禁）
40/ 通功
41/ 告白
42/ 心灵的黎明
43/ 向晚的和谐
44/ 香水瓶
45/ 毒
46/ 阴云密布的天空
47/ 猫
48/ 美妙的船
49/ 遨游
50/ 无可挽回的悔恨
51/ 倾诉
52/ 自我折磨者
53/ 致我的弗朗西斯卡的赞歌
54/ 致一位克里奥尔的美女
55/ 忧伤与漂泊
56/ 猫
57/ 猫头鹰
58/ 破裂的钟
59/ 忧郁（之一）
60/ 忧郁（之二）
61/ 忧郁（之三）
62/ 忧郁（之四）
63/ 雾和雨
64/ 无可救药者
65/ 给一位红发女乞丐
66/ 赌博
67/ 暮霭
68/ 晨曦
69/ 你曾猜忌的……
70/ 我不会忘记……
71/ 憎恨之桶
72/ 幽灵
73/ 快乐的死者
74/ 墓地破裂的钟
75/ 月之忧伤
76/ 音乐
77/ 烟斗

恶之花

78/ 毁灭
79/ 遇害之女
80/ 累斯博斯（遭禁）
81/ 被诅咒的女人（遭禁）
82/ 被诅咒的女人

25/ 你想把整个世界……
26/ 尚未满足……
27/ 穿着波状的……
28/ 舞蛇
29/ 腐尸
30/ 来自深渊的求告
31/ 吸血鬼
32/ 某夜我躺在……
33/ 死后的悔恨
34/ 猫
35/ 决斗
36/ 阳台
37/ 着魔者
38/ 幽灵
39/ 如果我的名字……
40/ 永远如此
41/ 她的全部
42/ 今晚你说什么呢……
43/ 鲜活的火炬
44/ 通功
45/ 告白
46/ 心灵的黎明
47/ 向晚的和谐
48/ 香水瓶
49/ 毒
50/ 阴云密布的天空
51/ 猫
52/ 美妙的船
53/ 遨游
54/ 无可挽回的悔恨
55/ 倾诉
56/ 秋歌
57/ 致一位圣母
58/ 午后之歌
59/ 西西娜
60/ 致我的弗朗西斯卡的赞歌
61/ 致一位克里奥尔的美女
62/ 忧伤与漂泊
63/ 幽灵
64/ 秋之十四行诗
65/ 月之忧伤
66/ 猫
67/ 猫头鹰
68/ 烟斗
69/ 音乐
70/ 墓地
71/ 一幅幻想的版画
72/ 快乐的死者
73/ 憎恨之桶
74/ 快乐的死者
75/ 忧郁（之一）
76/ 忧郁（之二）
77/ 忧郁（之三）
78/ 忧郁（之四）
79/ 驱不散的烦闷
80/ 虚无的滋味
81/ 痛苦的炼金术
82/ 感应的恐怖
83/ 自我折磨者
84/ 无可救药者

25/ 我爱你……
26/ 你想把整个世界……
27/ 尚未满足……
28/ 穿着波状的……
29/ 舞蛇
30/ 腐尸
31/ 来自深渊的求告
32/ 吸血鬼
33/ 某夜我躺在……
34/ 死后的悔恨
35/ 猫
36/ 决斗
37/ 阳台
38/ 着魔者
39/ 幽灵
40/ 如果我的名字……
41/ 永远如此
42/ 她的全部
43/ 今晚你说什么呢……
44/ 鲜活的火炬
45/ 通功
46/ 告白
47/ 心灵的黎明
48/ 向晚的和谐
49/ 香水瓶
50/ 毒
51/ 阴云密布的天空
52/ 猫
53/ 美妙的船
54/ 遨游
55/ 无可挽回的悔恨
56/ 倾诉
57/ 秋歌
58/ 致一位圣母
59/ 午后之歌
60/ 西西娜
61/ 题奥诺雷·杜米埃的肖像画
62/ 致我的弗朗西斯卡的赞歌
63/ 致一位克里奥尔的美女
64/ 忧伤与漂泊
65/ 幽灵
66/ 秋之十四行诗
67/ 月之忧伤
68/ 猫
69/ 猫头鹰
70/ 烟斗
71/ 音乐
72/ 墓地
73/ 一幅幻想的版画
74/ 快乐的死者
75/ 憎恨之桶
76/ 破裂的钟
77/ 忧郁（之一）
78/ 忧郁（之二）
79/ 忧郁（之三）
80/ 忧郁（之四）
81/ 驱不散的烦闷
82/ 虚无的滋味
83/ 痛苦的炼金术
84/ 感应的恐怖

25/ 黑发
26/ 我爱你……
27/ 你想把整个世界……
28/ 尚未满足……
29/ 穿着波状的……
30/ 舞蛇
31/ 腐尸
32/ 来自深渊的求告
33/ 吸血鬼
34/ 忘川（遭禁）
35/ 某夜我躺在……
36/ 死后的悔恨
37/ 猫
38/ 决斗
39/ 阳台
40/ 着魔者
41/ 幽灵
42/ 如果我的名字……
43/ 永远如此
44/ 她的全部
45/ 今晚你说什么呢……
46/ 鲜活的火炬
47/ 给太快活的女郎（遭禁）
48/ 通功
49/ 告白
50/ 心灵的黎明
51/ 向晚的和谐
52/ 香水瓶
53/ 毒
54/ 阴云密布的天空
55/ 猫
56/ 美妙的船
57/ 遨游
58/ 无可挽回的悔恨
59/ 倾诉
60/ 秋歌
61/ 致一位圣母
62/ 午后之歌
63/ 西西娜
64/ 题奥诺雷·杜米埃的肖像画
65/ 致我的弗朗西斯卡的赞歌
66/ 致一位克里奥尔的美女
67/ 忧伤与漂泊
68/ 幽灵
69/ 秋之十四行诗
70/ 月之忧伤
71/ 猫
72/ 猫头鹰
73/ 烟斗
74/ 音乐
75/ 墓地
76/ 一幅幻想的版画
77/ 快乐的死者
78/ 憎恨之桶
79/ 破裂的钟
80/ 忧郁（之一）
81/ 忧郁（之二）
82/ 忧郁（之三）
83/ 忧郁（之四）
84/ 驱不散的烦闷

83/ 一对好姐妹
84/ 血泉
85/ 寓意

巴黎即景
86/ 贝雅特丽丝
87/ 吸血鬼的化身（遭禁）
88/ 爱情岛之旅
89/ 爱神和头颅

叛逆
90/ 圣彼得的否认
91/ 亚伯与该隐
92/ 撒旦的连祷文

酒
93/ 酒魂
94/ 拾荒者的酒
95/ 杀人犯的酒
96/ 孤独者的酒
97/ 相恋者的酒

死亡
98/ 恋人之死
99/ 穷人之死
100/ 艺术家之死

85/ 时钟
86/ 风景
87/ 太阳
88/ 给一位红发女乞丐
89/ 天鹅
90/ 七位老人
91/ 小老太婆
92/ 盲人
93/ 给一位过路女子
94/ 骸骨农夫
95/ 暮霭
96/ 赌博
97/ 骷髅舞
98/ 虚幻的爱情
99/ 我不会忘记
100/ 你曾猜忌过的
101/ 雾和雨过天晴
102/ 巴黎之梦
103/ 晨曦

酒
104/ 酒魂
105/ 拾荒者的酒
106/ 杀人犯的酒
107/ 孤独者的酒
108/ 相恋者的酒

恶之花
109/ 毁灭
110/ 遇害之女
111/ 被诅咒的女人
112/ 一对好姐妹
113/ 血泉
114/ 寓意
115/ 贝雅特丽丝
116/ 爱情岛之旅
117/ 爱神和头颅

叛逆
118/ 圣彼得的否认
119/ 亚伯与该隐
120/ 撒旦的连祷文

死亡
121/ 恋人之死
122/ 穷人之死
123/ 艺术家之死
124/ 一天的结束
125/ 奇人之梦
126/ 旅行

85/ 和平烟斗
86/ 异教徒的祈祷
87/ 盖子
88/ 意外
89/ 午夜反省
90/ 哀伤的情诗
91/ 致一位马拉巴尔的少女
92/ 警报器
93/ 声音
94/ 颂歌
95/ 反抗者
96/ 贝尔特的眼睛
97/ 喷泉
98/ 赎金
99/ 遥远的地方
100/ 浪漫派的落日
101/ 题欧仁·德拉克洛……
102/ 深渊
103/ 伊卡洛斯的悲叹
104/ 沉思
105/ 自我折磨者
106/ 无可救药者
107/ 时钟
108/ 风景

巴黎即景
109/ 太阳
110/ 瓦伦西亚的罗拉
111/ 被冒犯的月亮
112/ 给一位红发女乞丐
113/ 天鹅
114/ 七位老人
115/ 小老太婆
116/ 盲人
117/ 给一位过路女子
118/ 骸骨农夫
119/ 暮霭
120/ 赌博
121/ 骷髅舞
122/ 虚幻之爱
123/ 我不会忘记……
124/ 你曾猜忌过的……
125/ 雾和雨
126/ 巴黎之梦
127/ 晨曦

酒
128/ 酒魂
129/ 拾荒者的酒
130/ 杀人犯的酒
131/ 孤独者的酒
132/ 相恋者的酒

恶之花
133/ 一本禁书的题词
134 毁灭
135/ 遇害之女
136/ 被诅咒的女人
137/ 一对好姐妹
138/ 血泉

85/ 虚无的滋味
86/ 痛苦的炼金术
87/ 感应的恐怖
88/ 和平烟斗
89/ 异教徒的祈祷
90/ 盖子
91/ 意外
92/ 午夜反省
93/ 哀伤的情诗
94/ 警报器
95/ 致一位马拉巴尔的少女
96/ 声音
97/ 颂歌
98/ 反抗者
99/ 贝尔特的眼睛
100/ 喷泉
101/ 赎金
102/ 遥远的地方
103/ 浪漫派的落日
104/ 题欧仁·德拉克洛……
105/ 深渊
106/ 伊卡洛斯的悲叹
107/ 沉思
108/ 自我折磨者
109/ 无可救药者
110/ 时钟

巴黎即景
111/ 风景
112/ 太阳
113/ 瓦伦西亚的罗拉
114/ 被冒犯的月亮
115/ 给一位红发女乞丐
116/ 天鹅
117/ 七位老人
118/ 小老太婆
119/ 盲人
120/ 给一位过路女子
121/ 骸骨农夫
122/ 暮霭
123/ 赌博
124/ 骷髅舞
125/ 虚幻之爱
126/ 我不会忘记……
127/ 你曾猜忌过的……
128/ 雾和雨
129/ 巴黎之梦
130/ 晨曦

酒
131/ 酒魂
132/ 拾荒者的酒
133/ 杀人犯的酒
134/ 孤独者的酒
135/ 相恋者的酒

恶之花
136/ 毁灭
137/ 遇害之女
138/ 累斯博斯（遭禁）

波德莱尔生平年表

1821年　出生
4月9日，夏尔－皮埃尔·波德莱尔（Charles-Pierre Baudelaire）生于法国巴黎奥特福耶街15号，原名rue Hautefeuille 15，即圣日耳曼大街的拐角，后因道路扩建被拆，现为Hachette书店。
父亲约瑟夫－弗朗索瓦·波德莱尔（Josephe-Francois Baudelaire，1759-1827），时年六十二岁。出身农家，较为富裕，受过良好教育，曾就读于巴黎大学哲学及神学系。1783年至1784年担任神甫。法国大革命前，当过圣巴尔伯中学教师，后在Antonie-César de Choiseul-Praslin公爵家里任家庭教师。先后担任过元老院大法官事务局局长等职。1797年结婚，1814年丧妻，1819年再婚。他爱好文艺、美术，也动手作画。他亲自教波德莱尔读写，并将收藏的蚀刻画给他欣赏，还常带他到卢森堡公园讲解雕塑之美。
母亲卡罗莉娜·阿尔香波－迪费（Caroline Archenbaut Defayis，1793-1871），时年二十八岁。其父是拥戴波旁王朝的官员，恐怖时期逃亡英国，故她出生在英国，二十一岁时回巴黎，寄养皮埃尔·佩里尼翁家。1819年嫁给波德莱尔的父亲。

1827年　六岁
2月10日，其父去世，葬于蒙巴拿斯墓园。2月13日家庭会议成立。

1828年　七岁
随母迁居郊区娜依利（Neuilly），后又迁入巴克街（rue du Bac）。10月31日，第二次家庭会议，决议其母再嫁并由奥皮克做波德莱尔的监护人。
11月28日，其母改嫁杰克·奥皮克（Jacpues Aupick）上校，时任营长，荣获圣路易（路易九世，1214-1270）骑士级勋章和荣誉勋章。其人严厉刻板，心胸狭隘，对波德莱尔产生不良的心理影响。

1830年　九岁
法国国王路易－菲利普经七月革命即位，史称七月王朝。

1831年　十岁
10月7日，奥皮克荣升中校并调防里昂任第七师团参谋长。

1832年　十一岁
1月，波德莱尔随其母到里昂，入住私立德洛姆寄宿学校（hension Delorme），为六级生。10月，升入里昂（Collège Royal）皇家中学当寄宿生，为五级生。

1834年　十三岁
4月29日，奥皮克荣升为上校。

1836年　十五岁
奥皮克调回巴黎，转任第一师团。
3月1日，波德莱尔转至巴黎路易大帝中学（Collège Louis-le-Grand）读书，因巴黎的学校比里昂早一年开课，他由二级生降至三级生。开始阅读夏多布里昂和圣伯夫、雨果、戈蒂耶等作家的作品。

1837年　十六岁
在中学优等生会考中获拉丁文诗二等奖。

1838年　十七岁
7月底，跟同学同游凡尔赛宫的博物馆，对浪漫派画家德拉克洛瓦的绘画产生浓厚兴趣。之后，全家去比利牛斯山旅行，并赋诗一首：《乖离》（Incompatibilité）。
8月3日，波德莱尔告知其母对文学的酷爱，对象征与现实相结合的艺术表现形式尤为感兴趣。
喜读雨果的诗，圣伯夫的小说《淫欲快感》。
戈蒂耶发表《死亡嬉戏》。

1839年　十八岁
4月18日，因拒绝交出同学递给他的一张字条，被路易大帝中学开除。暂住Lasegue先生家，其子担任波德莱尔的辅导教师。
8月12日，中学毕业会考及格，获业士学位。
11月2日，入勒韦克－巴伊（Lévêgueet Bailly）寄宿学校。
从秋天起，染上性病。

同年女诗人戴波瓦波出版诗集《可怜的花》，Bétrus Borel 出版《毕笛发夫人》。

1840 年　十九岁

1 月 18 日，奥皮克转任巴黎卫戍部队第二步兵旅指挥官。
2 月 25 日，给雨果写信，表达仰慕之情。入勒韦可－巴伊（Lévêgue et Bailly）寄宿学校，并结识诗人欧利亚克、奈瓦尔、拉度希、普拉隆、瓦瓦瑟尔。开始给《海盗·恶魔》（*le Corsaire-Satan*）投稿。并与友人结社创办“诺曼第”文学社。
结识犹太妓女莎拉（Sarah），绰号“斜眼莎拉”（louchette sarah）。
12 月 15 日，与瓦瓦瑟尔（Gustave Le Vavasseus）参加拿破仑的骨灰运回仪式。
同年雨果出版《光影集》，圣伯夫出版《诗全集》，爱伦·坡出版《怪谈》。与继父矛盾激化。

1841 年　二十岁

1 月 20 日，向继父要 200 法郎还同学的旧债。
3 月 1 日，继父奥皮克被任命为参谋技术学校校长。
5 月下旬，为限制波德莱尔挥霍行为，继父奥皮克召开家庭会议，决定让波德莱尔离开巴黎，出海旅行。
6 月 9 日，乘索尔（Saur）船长的“南海号”客轮，由波尔多出发前往印度加尔各答。
9 月 1 日，遭遇强烈暴风雨，船被迫停留毛里求斯岛路易港。在此地停留 3 个星期，其间做客 Autard de Bragard 家。
9 月 18 日，离开毛里求斯岛，第二天到达留尼汪岛（波旁岛），之后到达布邦岛，在此停留 26 天。
10 月 19 日，他不想再旅行，瞒着所有的人，自行登岸。
10 月 20 日，捎信给 Autard de Bragard，并附上一首十四行诗，即 1857 年初版《恶之花》第 54 首《致一位克里奥尔的美女》。
11 月 4 日，他搭乘“阿西德”号客轮，返回法国。
此次远行，虽然没有达到预期的目的，但这九个多月的旅行，使他大开眼界，为其后诗歌创作提供了精神来源。

1842 年　二十一岁

2 月 15 日，抵达波尔多，回巴黎。
3 月，与画家纳达尔（Nadar）冶游，结识先贤祠剧场的女演员让娜·迪瓦尔（早年名为 Jeanne Lemer，又名 Jeanne Prosper，最后为 Jeanne Duval），她是四分之三白人血统，四分之一黑人血统的混血种，有黑维纳斯（Vénus noire）之称。
4 月 9 日，继承先父遗产七万五千金法郎，入住巴黎圣路易岛贝图纳沿河马路（quai de Béthune）十号，生活开始奢靡浪荡。
11 月 11 日，继父奥皮克被任命为塞纳省和巴黎要塞指挥官。
写出《恶之花》最初的二十余首诗。
邦维尔出版《女像石柱集》；路易·贝尔特朗出版遗著散文诗集《夜之卡斯帕尔》，由圣伯夫作序。

1843 年　二十二岁

5 月与友人勒·瓦瓦瑟尔、普拉隆等人准备印刷《诗集》，后不了了之；据普拉隆称《恶之花》中的很多诗在此时已定稿。
6 月迁居巴黎昂儒沿河马路（quai d'Anjon）十七号毕雄男爵所有的碧牡丹公寓（I'Hotel pimodan）。在此结识萨巴蒂埃夫人、巴尔扎克、雨果、圣伯夫。
与圣伯夫、戈蒂耶、雨果交往。
戴波瓦波出版《花束与祈祷》，圣伯夫出版《爱情之书》。

1844 年　二十三岁

3 月 2 日，出版匿名《巴黎剧场的神秘情郎》，波德莱尔参与撰稿。
7 月，由于在短短两年间花掉 44700 法郎，其母担心他挥霍无度，建议他的继父提出诉讼，由法院指定监护人管理其财产。
9 月 21 日，法院判决由公证人安塞尔（Ancelle）管理其财产，允许每月支取 200 法郎。深感拮据，只好经常求助其母，并企图靠写作解困。
12 月，开始在《艺术家》杂志上发表十四行诗，署名为 privat d'Anglemont。
奈瓦尔发表《基督在橄榄山》，维尼发表《牧人之屋》。

1845 年　二十四岁

5 月，出版《一八四五年的沙龙》，以母姓和父姓署名 Daude lair Dufays；书中赞颂画家德罗克洛瓦的作品。
4 月 6 日，给邦维尔写信，并附一首十四行诗。
5 月 25 日，在《艺术家》杂志上发表《致一位克里奥尔的美女》。
6 月 30 日，致信财产监护人安塞尔，企图自杀，遗产赠送给让娜·迪瓦尔，文稿托付给诗人邦维尔。
10 月，在 pierre Dubont 讽刺著作《投机买卖》（*L'agiotage*）的护封上，刊登广告：“波德莱尔新著《列波女子》即将出版”，这是《恶之花》的第一个书名。列波女子，即“同性恋女子”。
11 月 24 日，在《海盗·撒旦》上发表《天才如何还债》。
12 月 22 日，在其居碧牡丹公寓抽印度大麻。
戈蒂耶出版《诗全集》，爱伦·坡出版《鸦片及其他诗篇》。

1846 年　二十五岁

2 月 20 日至 22 日，在《民众思想》（*l'Esprit public*）上发表翻译小说《青年的魔术师》（*le Jeune Enchanteur*）。
3 月 3 日，在《海盗·撒旦》上发表《爱的慰藉格言录》，并预告《女子被爱入门》即将出版。
4 月 15 日，发表《敬告文学青年》（*Conseils aucm× jeune Llitté rateurs*）。
5 月 23 日，出版《一八四六年的沙龙》，并在封底再一次预告：“波德莱尔诗集《列波女子》近期出版，并有《女子被爱入门》。”
6 月 16 日，加入艺术家协会。
7 月，《青年魔术师》译文转载于《文学杂志》。
9 月 6 日，在《艺术家》杂志上发表《永不言悔》。
12 月 13 日，在《艺术家》杂志上发表《致一位印度姑娘》。
邦维尔出版诗集《钟乳石》。

1847 年　二十六岁

1 月初，在《艺术家协会通报》上发表自传式小说《拉·芳法罗》（*La Fanfarlo*）。
1 月 27 日，看到 Isadelle Meuniéen 翻译的爱伦·坡的小说《黑猫》，甚为赞赏，并着手开始翻译爱伦·坡的作品。
4 月 22 日，继父荣升为师长。
8 月 18 日，在圣·马丁剧院结识金发碧眼的美女演员玛丽·迪布朗（Marie Daubrun，原名是 Marie Brunaud）。
11 月 28 日，继父任命为巴黎综合工科学校校长。
11 月至 12 月间，病倒在让娜·迪瓦尔住处。
12 月 16 日，与母亲发生争执。
画家 Coutbet 给波德莱尔画像，现藏于蒙伯里耶博物馆。

1848 年　二十七岁

2 月 22 日，巴黎革命爆发，工人、学生、市民推翻了七月王朝，法国国王路易·菲利普逃往英国。
2 月 24 日，波德莱尔手执钢枪，扬言要杀死继父奥皮克将军。
2 月 27 日，与尚弗勒里（champfleur）和杜班（Toubin）创办革命刊物

《公众利益》(*le salut public*)，共出版两期，随即被迫停刊。
4月10日，任温和派社会主义日报"国民论坛"编辑部秘书。
4月13日，继父被任命为驻君士坦丁堡特命全权大使。
6月22日，爆发6月起义，他参与其中。
23日发生激烈巷战，他手中沾满火药。
26日，起义失败。
7月15日，在《思想自由》(*la Liberté de penser*)刊物上第一次发表翻译爱伦·坡的作品《催眠术的启示》(*Révé lation magné tique*)。此后开始长达17年之久的翻译爱伦·坡作品的工作。

1849年　二十八岁
10月7日，爱伦·坡去世。
对革命感到失望，从12月3日起躲居在第戎(Dijon)。

1850年　二十九岁
1月9日，让娜前往第戎与其会面，之后前往娜依利(Neuilly)同居。
7月13日，《累斯博斯》选入由勒梅(Julien Lemer)编辑的选集《爱情诗人》(*poètes de I'mour*)，这首诗收入1857年初版《恶之花》时被禁。

1851年　三十岁
2月20日，继父被任命为驻伦敦大使，拒绝复命。
3月7日、8日、11日、12日，在《议会通讯》上发表《葡萄酒与印度大麻》。
4月9日，又在《议会通讯》发表总题为《冥府》(*les Limbes*)的11首诗，后收入1857年初版《恶之花》，分别位居为第9、18、30、66、67、72、73、74、75、121、123首。
6月18日，继父被任命为驻罗德里大使。
10月15日，从英国伦敦订购全套爱伦·坡作品集。
11月27日，在《戏剧周报》(*la semaine théatrale*)发表《正派戏剧与小说》。
12月2日，路易·拿破仑发动政变，诗人反应激烈，强烈表示反对，导致对政治的失望。

1852年　三十一岁
1月14日，波德莱尔至安珠河畔的杜米埃家。
1月22日，在《戏剧周刊》发表《异教派》。
2月1日，在《戏剧周刊》发表《微曦两首》：晨曦和暮霭。
3月至4月，开始陆续在《巴黎评论》上发表《爱伦·坡的生平与著作》。
3月，开始厌倦与让娜·迪瓦尔的恋情，决心与之分手。
4月17日，翻译《Béeré enice》(贝尔尼斯)。
10月，翻译《井和钟摆》。
12月9日，以匿名方式给萨巴蒂埃夫人写信，并附赠诗《给太快活的女郎》，此诗收入1857年首版《恶之花》，位居第39首，后遭禁。
萨巴蒂埃夫人，原名阿格拉伊·萨瓦蒂埃(Aglaë sava tier)，是一位皮肤洁白的美女，与"黑维纳斯"让娜·迪瓦尔对称为"白维纳斯"。她是银行家莫塞尔曼(Mosselmann)的情妇，著名的交际花，貌美，喜文学，在她的沙龙里聚集了法国当时最有名的文人墨客，如雨果、缪塞、圣勃夫、福楼拜、大仲马等。画家梅索尼埃(Meissonier)和里卡尔(Ricard)分别曾为她画像，雕刻家克莱森热(Clésinger)在其作品《被蛇咬过的女人》中以她为模特儿。戈蒂耶曾作诗吟咏她，后收入其诗集《珐琅与雕玉》。波德莱尔虽钟情于她，多次赠诗，但更多的是精神之恋；在她身上寄托了诸多精神向往和追求。
12月11日，翻译贝德洛(Béeréenice)的《回忆》。
戈蒂耶出版《珐琅与雕玉》，李勒出版《古代诗集》，拉马丁出版小说《葛来齐拉》，屠格涅夫出版《猎人日记》。

1853年　三十二岁
计划撰写《唐璜的末路》，未果。
1月29日，发表两首由英文转译的小诗。
3月1日，在《艺术家》杂志上发表《乌鸦》。
3月8日，继父被任命为元老院议员。
3月27日，翻译发表《室内装潢的哲学》。
5月3日，匿名给萨巴蒂埃夫人写信，附诗《通功》(*Réversibilité*)。
5月9日，同样给萨巴蒂埃夫人写匿名信，附诗《告白》。
11月13日至15日，翻译《黑猫》。

1854年　三十三岁
1月，计划撰写戏剧《L'vrogne》(醉鬼，未完成)。
5月21日至28日，在《阿隆松日报》上发表译文《室内装潢的哲学》。
6月，《室内装潢的哲学》由普列·马拉希出版单行本。定居巴黎塞纳街5号摩洛哥公寓。
7月，与玛丽·迪布朗(Marie Daubrun)发生恋情。
7月14日，重新翻译《室内装潢的哲学》。
7月25日，开始在《祖国报》上连载译自爱伦·坡的小说《怪谈》和《新怪谈》。
7月29日，重新翻译《乌鸦》。
继续给萨巴蒂埃夫人写匿名信并附诗。

1855年　三十四岁
巴黎举办第二届万国博览会。
Courbet(高尔培)独自在美术专校的空场地上举办个人画展，以示对拒公开展的抗议，掀起巨大的争议。
6月1日，在《两世界评论》杂志上发表以《恶之花》为题的18首诗，并注明此题是接受自伊波利特·巴布(Hipp olyte Babou)的建议。
6月2日，散文诗《暮色》、《孤独》和抒情诗《两首微曦》收入由阿琪特书店出版发行的《向戴故致敬》(*L'Honge á C.F.Denecourt*)。
6月3日，在《祖国报》上发表美术评论文章《德罗克洛瓦》。
6月13日，致信给Buloc表达想写小说的愿望。
6月，计划写长篇论文《戏剧的趋势》。
7月8日，发表《笑的本质和造型艺术中的滑稽》。
8月3日，与米契·雷瑞书店签约出版译自爱伦·坡的短篇小说集《奇妙的故事》(*Histoires ecm×traordinaires*)。

1856年　三十五岁
2月25日，在《祖国报》上发表《奇妙的故事》序：爱伦·坡的生平和著作。
3月12日，米契·雷瑞书店出版《奇妙的故事》。
10月，玛丽·迪布朗与诗人邦维尔同居。
11月11日，写信给母亲宣告与让娜·迪瓦尔长达14年的恋情结束。
12月30日，同普来·玛拉希思及De Broise签约出版合同，拟出版《恶之花》及《美学旧作》。
雨果出版诗集《默思集》。

1857年　三十六岁
1月29日，《包法利夫人》的作者福楼拜在第六裁判庭接受审判。
2月7日，宣告无罪。
3月8日，译著《奇妙的故事》出版增订本。
4月18日，继父去世。
4月20日，在《法兰西评论》上发表9首《恶之花》。
5月10日，在《艺术家》杂志上发表3首《恶之花》。
6月，声称已撰写《阴谋家和宠臣的历史概述》一文。
6月16日，因翻译《奇妙的故事》收到教育部长给予的200法郎的奖金。
6月25日，《恶之花》出版，收入包括1840年以来创作的所有作品，其中有52首首次公开发表。
7月5日，在内阁授意下，法国官方报纸《费加罗》（Le Figalo）刊登该报创办人的女婿布尔丹（Gusfave Bourpin）的恶意文章，对《恶之花》进行大肆诽谤，指责其不道德。
7月7日，内政部公共安全局以《恶之花》涉嫌伤风败俗，责令检察署予以收缴。
7月11日，波德莱尔写信给普来·玛拉希思请求他藏好“所有的书”。
7月14日，爱德华·蒂叶里（Endouard Thierry）在《箴言报》（*Le Momiteur*）上撰文颂扬《恶之花》。
7月17日，检察署下令，提审波德莱尔及出版商，并扣押出版物。
8月18日，波德莱尔致信萨巴蒂埃夫人，请求她出面说明，《恶之花》中受争议的几首诗，是写给她的，以此说明诗是无害的，但遭到拒绝。
8月20日，第六裁判庭在听完曾起诉过《包法利夫人》的作者福楼拜的起诉人Ernost Pinard和Chaik d'Est-Ange的辩词，宣判：因《恶之花》妨害公共道德及伤风败俗罪，判处波德莱尔罚金300法郎，两位出版商各100法郎，并勒令删除6首诗，即《首饰》、《忘川》、《给太快活的女郎》、《累斯博斯》、《被诅咒的女人》、《吸血鬼的化身》。
8月24日，在《现代》发表6首散文诗：《暮色》、《孤独》、《如此计划》、《穷人的眼睛》、《英勇的死》、《假币》。
8月29日，萨巴蒂埃夫人委身于波德莱尔。
8月30日，雨果从根西岛致信波德莱尔：“你的《恶之花》犹如群里，光辉灿烂。”
10月1日，发表《法国讽刺画家》。
10月15日，发表《外国讽刺画家》。
10月18日，在《艺术家》杂志上评析《包法利夫人》。
11月6日，波德莱尔向皇后申请减免罚款。
12月31日，因经济拮据向教育部申请补助。生病，身心疲惫，极度失望，想回到母亲家中。

1858年　三十七岁

1月18日，收到译著《新奇妙的故事》稿酬100法郎。
2月27日，与监护人安塞尔（Ancelle）发生争执。
5月13日，出版翻译小说《亚瑟·柯顿·皮姆历险记》。
9月30日，在《当代评论》上发表《人造理想—大麻烟》。
10月20日，旅行。
10月24日和31日，分别在《艺术家》杂志上发表《法国讽刺画家》。

1859年　三十八岁

1月22日，收到译著《新奇妙的故事》及300法郎稿酬。
2月，回家探母，与母和好，在家中，印制长诗《旅行》和《信天翁》数份分送给友人。
3月13日，在《艺术家》杂志上发表《戈蒂耶》。
3月15日，在《当代评论》上发表《骷髅舞》。
3月20日，在《法国评论》上发表译文《耶路撒冷事件》。
4月5日，让娜·迪瓦尔中风，入住杜布瓦医院（Santée Dubois）。
4月10日，在《法国评论》上发表《西西娜》、《旅行》、《信天翁》。
4月20日在《法国评论》上发表《诗的产生》。
5月10日，在《法国评论》上发表《黑发》一诗。
5月19日，让娜·迪瓦尔出院。落下半身不遂的后遗症。
6月10日、20日及7月1日、20日，在《法国评论》上发表《一八五九年沙龙》。
9月15日，在《现代评论》上发表《巴黎的幽灵》两首诗《七位老人》和《小老太婆》。

1860年　三十九岁

1月1日，同普列·马拉希及戴布瓦兹签订出版协议，出版：《恶之花》（第二版）《人造乐园》《美学新奇》《文学论集》。
1月13日，首次头痛。
1月15日和31日，在《当代评论》发表《鸦片吸食者的陶醉和痛苦》。
1月22日，在《自由谈》上发表《骸骨农夫》《天鹅》《致一位圣母》。
2月7日，收到评论文章的稿酬300法郎。
2月17日，发表译著《怪天使》。致信音乐家瓦格纳（Wagner，1813-1883），赞颂他的音乐。
5月15日，在《现代评论》上发表《巴黎之梦》、《驱不散的烦闷》、《永远如此》等诗。
6月2日，《人造乐园》出版。
10月15日，在《艺术家》杂志上，发表《时针》等数首诗。
11月15日，教育部长因《恶之花》的出版给予波德莱尔200法郎奖金。
11月21日，开始翻译朗费罗（Longfellow，1807-1882）长诗《海威萨之歌》。
12月，跟半身不遂的让娜·迪瓦尔住在讷伊。

1861年　四十岁

1月，因让娜·迪瓦尔的“兄弟”寄居让娜家，波德莱尔大怒，遂与之分居。
2月9日，《恶之花》再版问市；被迫删去6首诗，增加35首，增《巴黎即景》之目。
2月28日，发表《声音》和《和平烟斗》。
4月1日，在《欧洲评论》上发表《瓦格纳》一文。
4月3日，政府发给他300法郎奖金。
5月，再次企图自杀。
5月6日，诗人致信其母，此信被誉为最感人、最美丽的致母书。
7月，自我推荐进入法兰西学院。
11月1日，在《幻想派评论》杂志上发表散文诗9篇。并开始动笔写《札记》（*Carnet*）。
12月11日，被提名为法兰西学院院士候选人。

1862年　四十一岁

2月10日，接受圣伯夫的建议，主动致信法兰西学院常任秘书，放弃候选。
4月2日，在《轶事评论》上发表《风行的铜版画》。又收到政府给予的300法郎奖金。
4月14日，哥哥去世。
4月20日，发表文章评论雨果的小说《悲惨世界》。
8月18日，致信求救于阿尔塞纳·胡赛（Arseène Houssarye），并建议他出版《烟火集》。
8月26日、27日，在《快报》（*La Presse*）上发表15篇散文诗。
9月6日，英国诗人史文朋（Swinburne，1837-1909）在《观察家》（*The spectator*）杂志上撰文赞美《恶之花》。
9月14日，发表《画家和蚀刻师》。
9月24日，发表散文诗5篇，即收入《巴黎的忧郁》中的第15至20篇。
11月12日，普列·马拉希书店破产。

1863年　四十二岁

1月13日，波德莱尔将《恶之花》及小散文诗的出版权转让给耶兹尔（Hetzel），获稿酬1200法郎。其中《赤裸的心》，另获1200法郎。
3月25日，在《大道上》发表《意外》和《午夜反省》。
4月22日，普列·马拉希被传讯，被判入狱一个月。
8月13日，画家德洛克洛瓦去世。
9月2日及11月14日、22日，分别发表《德洛克洛瓦生平及作品》。
9月17日，诗人维尼去世。
11月1日，将译爱伦·坡五卷著作，交米契·雷威书店出版，获2000法郎稿酬。
11月26日、29日和12月3日，在《费加罗》上发表《现代生活的画家》，评论尚未出名的画家康斯坦丁·吉斯（Constantin Guys）。《恶之花》中《巴黎之梦》即题赠给他。

1864年　四十三岁

2月7日及14日，在《费加罗》上以《巴黎的忧郁》发表6首散文诗。

4月14日，在《费加罗》上发表《莎士比亚诞生三百年纪念》。

4月24日，为解除贫困，前往比利时计划出版全集，但计划落空，写《比利时讽刺集》。

5月至6月，作演讲旅行，但收入不理想。

7月2日，在《巴黎生活》上发表5篇散文诗。

8月13日，又发表散文诗《计划》。

12月25日，以《巴黎的忧郁》为题在《巴黎评论》上发表6首散文诗。

1865年　四十四岁

1月1日，写《一本禁书的题词》。

2月15日，病情恶化；《赤裸的心》（*Mon Coeur mis à nu*）快完稿。

3月16日，米契·雷威书店出版其译自爱伦·坡的小说《奇妙的故事》。

7月，回巴黎。

12月23日，魏尔伦（Verlaine，1844-1896）在《艺术》（L'Art）撰文赞扬波德莱尔。

1866年　四十五岁

2月，《漂流诗集》（*Les Epares*）由普列·马拉希在阿姆斯特丹出版。

3月10日，发表评论雨果小说《海上劳工》的文章。

3月15日，参观比利时那慕尔市圣路教堂（l'églisc Saint-Loup）时，不慎跌倒在石板上，出现失语及右侧半身不遂的症状，被送到布鲁塞尔。

3月22日至23日，病情加重，脑部毛病复发。

3月31日，《当代巴拿斯》诗选选波德莱尔15首诗。

4月3日，入住圣若望及圣伊丽莎白医院。安谐尔及波德莱尔的母亲在旁照料，但诗人的粗话得罪信教人士，月底被送回公寓。

6月1日，在《十九世纪评论》上发表散文诗两篇，以《变兽幻想者小诗》为题。

7月2日，由母亲护送回巴黎。

7月4日，住进多姆街迪瓦尔博士的疗养院。圣伯夫、马克西姆·迪康、邦维尔、萨巴蒂埃夫人、李勒前往探视。

1867年　四十六岁

1月1日，《十九世纪评论》发表《日暮》一诗。

8月31日上午11时，波德莱尔在母亲的怀中逝世。年仅46岁。同日，《国内外评论》刊登其散文诗《温驯的狗》。

9月2日，在圣奥诺雷教堂举行告别方式，葬于继父家族墓地，诗人邦维尔发表演说。因天冷，参加的人并不多。

9月11、14、21、28日，《国内外评论》每天刊登一首波德莱尔的散文诗。

10月12日，《十九世纪评论》刊登其诗《一天的结束》，以示悼念。

12月4日，波德莱尔的作品，以1750法郎拍卖给米契·雷威书店。

1868年

12月9日，波德莱尔全集第二卷：《美学新奇》出版。

12月19日，全集第一卷：《恶之花》（第3版）出版。由戈蒂耶作序，共收诗151首。

1869年

1月，Alphonse Lemerre的《波德莱尔的生平与著作》出版。

2月20，全集第三卷：《浪漫主义的艺术》出版。

6月19日，全集第四卷：包括《小散文诗》《人造乐园》《年轻魔术师》《拉·芳法罗》出版。

9月18日，全集第五卷：《奇妙的故事》出版。

1870年

1月8日，全集第六卷：《新奇妙的故事》出版。

5月7日，全集第七卷：《亚瑟·柯顿·皮姆历险记及其他》出版。

1871年

8月16日，其母去世。

1872年

马拉希的继承人Renée pincebourde出版怀念集，收录由波德莱尔的朋友撰写的回忆、通信及书目。

1887年

遗著《赤裸的心》和《烟火集》出版。

1890年

1月3日，萨巴蒂埃夫人去世。

1896年

由马拉梅等39位文学家筹办的波德莱尔之墓落成。

1906年

《书简集》（1841-1866）出版。

1918年

《给母亲的信》出版。

1949年

5月31日，《恶之花》初版的判决，予以撤销平反，恢复名誉。

1951年

10月27日，邮政总局发行一套三张的诗人邮票，包括波德莱尔、兰波、魏尔伦。

1957年

法国国立图书馆举行《恶之花》出版百年纪念活动及波德莱尔著作展。

1968年至1969年

1968年11月23日至1969年3月17日，在巴黎小王宫美术馆，举办波德莱尔作品展，包括遗物、原稿、画像和初版书，以及与波德莱尔有关的画作。

《面具与书》画布油画　乌拉尼斯拉夫·斯勒文斯基　62cm×42cm
大约1897年 华沙 国家博物馆

跋

文爱艺

当代文学，没有产生令人百读不厌、震撼灵魂的精神之书，其中最重要的原因是对现代派的误读；误读的结果，使原本与大众血肉相连的文学，远离大众，因此被大众所唾弃。

我之所以耗费 20 余年的时间研究现代派，就是想弄清楚什么是现代派。在这 20 余年的大部分时间里，我主要的精力是研究波德莱尔和他的《恶之花》，这不仅仅是因为波德莱尔被誉为“现代派的鼻祖”、《恶之花》被尊为“现代派的奠基之作”，更重要的是他们体现了现代派的基本特征。

多年研究，我认为真正的现代派具有如下特征：

首先，现代派的作者大多是思想家，有着崇高的精神追求，他们对自身所处的时代的精神实质都有着精确的把握，对所处的时代的体貌形态都有着精妙的描摹，从而成为自身所处的那个时代的清醒者和进步思想的先驱。

其次，他们都具有广博的学识、丰富的阅历，对所持语种都有着很深的研究，在娴熟的掌握中又有着独到的发现和表现，从而成为所持语种的集大成者和文体家。

其三，他们都具有自觉的不懈的探索精神，不为世俗所囿；独到的感悟、独到的发现、独到的表现，呈现出纷繁的面目，丰富了文学的天空，成为人类进步的精神滋养。

其四，也是最重要的一点，他们从不为名利而创作，这与我们现在所谓的“作家”们用公款为自己作品开所谓的“研讨会”，在报刊上买版面发表吹捧文章形成鲜明的对照。

他们有的生前备受冷落甚至排挤，有的作品被查禁，甚至身陷囹圄，但思想的光焰照亮温暖着他们寂寞的心，从而使他们在逆境中创作了一部部照亮人类灵魂的不朽巨作。

当代文坛的最大悲哀，是学术腐败的悲哀；评论家们收着红包写评论，能有真知灼见？报刊收着……

版面费发表文章，能有血性文字？用公款“自费”印书，能打动公众的心？

现代派是不能克隆和模仿的，他是时代天然铸就的。

在我看来，现代派内核的广泛定义不是新名词，人类所有伟大的作品，都是其所处的那个时代的现代派，因为真正的现代派就是其所处时代的集中体现。

我们无须标榜现代派，给自己贴上现代派的标签，我们只需用灵魂去体验、去发现、去表现我们的时代，去体味灵魂的需求，去张扬人性之美，去鞭策人性之恶，这正是我译析这部《恶之花》的目的。

让我们扬帆遨游在文学的天空，撷取提升我们精神力量的明珠吧！在那儿，你将获得纯净和明亮。

第一版草于 2007 年 9 月 6 日襄城区檀溪路 15 号

第八版改于 2012 年 4 月 5 日清明节

第九版再改于 2015 年 9 月 12 日苏州

第十版复改于 2016 年 3 月 29 日苏州

第十二版又改于 2017 年 3 月 29 日苏州

第十五版反复修改于 2019 年 9 月 1 日襄阳

第十五版反复修改校正于 2020 年 3 月 18 日襄阳

图书在版编目（C I P）数据

恶之花 / （法）夏尔·皮埃尔·波德莱尔著 ； 文爱艺译. -- 15版（修订本）. -- 兰州 ： 敦煌文艺出版社, 2019. 12
ISBN 978-7-5468-1849-8

Ⅰ. ①恶… Ⅱ. ①夏… ②文… Ⅲ. ①诗集—法国—近代 Ⅳ. ①I565. 24

中国版本图书馆CIP数据核字（2019）第264838号

恶之花

[法]夏尔·皮埃尔·波德莱尔　著　文爱艺　译

责任编辑：田　园
策　　划：美书坊 爱艺书院
书籍设计：刘晓翔

敦煌文艺出版社出版、发行
地址：（730030）兰州市城关区读者大道568号
邮箱：dunhuangwenyi1958@163.com
0931－8121698（编辑部）
0931－8773112（发行部）

北京雅昌艺术印刷有限公司印刷
开本　787毫米×1092毫米　1/16　印张　28.5　插页　2　字数　300千
2020年7月第1版　2020年7月第1次印刷
印数　1～3000册

ISBN 978－7－5468－1849－8
定价：128.00元